# 万食如意 02

中国華僑出版社

## 目录 | contents

第五道 × 热菜

# 焗扇贝

健身房聚会后，贝海泽独自开车回家。

贝中珏和伍敏还没睡，关了灯，在客厅看一部老电影《英国病人》。

门外有脚步声，伍敏最是敏锐，立刻道："儿子回来了。"

她向来对家人的脚步轻重一清二楚。果然紧接着就听到钥匙插进锁孔转动的声音，随着大门打开，贝海泽走了进来。

客厅未开灯，黑漆漆的，只有银幕发出来的幽幽光芒；他伸手摁亮了玄关处的小灯，将钥匙放在鞋柜上的玻璃碗里，打开鞋柜，找出自己的拖鞋，在换鞋凳上坐下来。

"你回来得正好，快来帮我们看下这个投影。"贝中珏道，"怎么不对焦？你妈也不会调。"

贝海泽换好拖鞋，走过来，从茶几上拿起遥控器，对着投影仪按了几下，发现没用。

伍敏靠着沙发扶手，瞟了一眼儿子——她时常告诫自己，儿子大了，不要正面干涉他的生活。若换了别的妈妈，闻到儿子身上一股酒味，感觉到他情绪低落，岂有不立刻发问的道理？

原是拿错了遥控器。贝海泽换了一个，在设置里将焦距调好，又打开自动对焦选项。

他轻轻放下遥控器，上楼；伍敏听见他打开房门，然后关上。

她又陪着丈夫看了十来分钟，便起身去厨房，做好一碗醒酒茶，送进儿子的房间里去。

即使在青春叛逆期，贝海泽的房门也从来不反锁；伍敏为了尊重他这一份体贴，每次也都是敲过门，得到儿子的许可才进去。

房内静悄悄的，她不疾不徐地敲了两声，确定儿子能听到，却没有得到回答。

纵是伍敏这样开明的家长也着急了，直接转动把手，将门推开。

房内黑黢黢的，只有街灯从窗帘透进来隐隐的微光。

伍敏打开壁灯。

贝海泽穿着外套坐在床边，头低着，双手捂着脸。

伍敏太了解自己的儿子了。贝海泽有轻微洁癖，从小非常注意个人卫生，其中有一点就是在外面穿的衣服不上床。

她印象中贝海泽只有两次从外面回来后穿着外套坐在床上发呆。

一次是表妹闻人玥被医生诊断为PVS。

一次是他打了三百多个电话随访五年前的肝癌患者，得知有两百多位患者已经去世了。

她将茶杯轻轻放在书桌上，又咳了一声。

贝海泽这才放下手，但并没有抬头："妈，让我一个人静一下。"

连声音也不对了，她听得出他声音不是平时那种亲和而稳重的语调，明显带着烦躁和不安。

伍敏将茶递到他手里："喝啤酒了？把这喝完。"

一直等到他喝完，伍敏才重新开口：“发生了什么事？”

见儿子似乎没有对她坦白的意思，伍敏语气变得更加温和而有力：“儿子，没有什么事是不能对妈妈说的。任何事妈妈都站在你这边。”

贝海泽将茶杯捧在手里，喉结上下滚动了几下。

被告知许度是当红网络小说作家时，他还说了几句激励她的话。

无外乎是既然找到了自己喜欢做的事情，就好好地坚持下去，不要再和父母斗气了。

当时她捧着脸颊，看上去就像一个被肯定了的好孩子。

“是的，海泽哥哥。不谦虚地说，现在的我有健康的体魄，有喜欢的事业，有交心的朋友，有良好的生活方式——这一切都要谢谢你，我的人生从来没有这样充实过。”

他的回应，自认没有任何逾矩之处。

“你现在年纪还小，将来还会有更多更快乐的事情等着你。”

“海泽哥哥，你真是个很棒的医生。你不仅仅能治好一个人生理上的病，也能治好一个人心理上的病。”

许度这样夸张的赞美，贝海泽平时听得也太多了。

“为了当得起你的赞美，我也要更努力才行。”

一直到这里为止，还都是正常的交谈。

他有一搭没一搭地听他们声情并茂地读着许度成名作里的经典片段，心想她虽然年纪小，但写的小说能受到这么多人欢迎，很了不起。如果师父知道，一定会又惊讶又自豪。

咦，情节有点熟悉啊……

这不是珠珠借给我看的那本书吗？

啊，珠珠。

一想到女朋友，他就开始心猿意马，啥也听不见了。

啊，珠珠，我的珠珠。

等下找个借口早点走。周五的晚上，不能和女友约会简直是一大酷刑，他现在就想给她打电话定位，然后飞奔到她身边去。

方才聚餐时大家都喝了一点酒，让他想起和她一起撬窨井盖的那个夜晚。

不知为什么，他和她在一起，总会做一些幼稚又轻佻的动作。

如果她现在就坐在他身边，他真想故意用酒气哈一哈她，看她有什么反应。

大概会皱眉推开他的脸："警告你，别乱来。"

在他第一百零一次给她拍照失败后，她又发毛又好笑："贝海泽，你属狗的吗？工作像威风凛凛的黑背，私下像温驯的金毛，偶尔又像没头脑的哈士奇……"

一想到她满盛笑意的杏眼，他就不饮自醉。

他甚至暗暗地对这个夜晚有更多期待，因为他们约了第二天要一起去百丽湾吃早午餐。

他的那些未婚男同事们，为了留宿女友家简直无所不用其极，装病、装惨、装忧郁，扮醉、扮累、扮可怜。他听过最过分的，会事先打开家里的水龙头，弄得水漫金山，顺理成章地去女友家避难，然后被楼下的邻居骂得狗血淋头。

想到这里，他几乎忍不住笑出来。

他倒也不是要做什么，虽然他很想做点什么。

卿卿我我一番后，可以盖着她的被子，睡在她的沙发上就很满足了。

也许他的隐藏属性就是一条爱黏人的小狗，一方面想永远守护她，另一方面又总想着依偎在她怀里——不管是哪一种，他总希望她的所有都沾满他的气息。

就在贝海泽一颗春心荡漾之际，突然响起一阵掌声，朗诵结束了。

他微笑着抬起头来，正好对上了许度的目光。

他是觉得那目光似乎有些不同，未及多想，就被众人起哄推上台。他想大概是要拱他和许度表演节目，唱支歌应该可以应付过去，于是心不在焉地听着庄羚说话，大脑里继续着刚才的信马由缰，以至于浑然不觉自己一直低着头，抿着嘴偷笑。

有深深眷恋的爱人，有强健的体魄，有值得拼搏的事业，他何其有幸？

随后情况急转直下。

他完全回忆不起细节，仿佛大脑接受到巨大冲击，自动按下快进键。

被告知许度成名作的“男主角”原型是他。

被大声地表白。

被用力地拥抱。

被亲在嘴唇上。

许度也被自己这么大胆的举动给吓坏了，呆了两秒，捂着脸跑了出去，庄羚和左粲粲没想到女主角这么怕丑，忙笑着推贝海泽：“男主角，不是和你开玩笑，嘟嘟都像小说里那样表白了，你还不快追！”

见贝海泽完全地怔在了当场，全身都没有办法动弹；她们只好在众人的起哄声中，笑着自行追了出去。

他不是没有被人表白过。相反，作为一名曾经得到过“校草”称号且性格亲切随和的男孩子，从小到大向他表白的人多如过江之鲫。

若是说年少时接到情书还会不知所措，今时今日作为一个成熟且有担当的男性，他完全懂得应该如何处理。

除了病人和病人家属对他表示好感，他会严肃拒绝以外，其他的示好女性如相亲对象王窈，虽然不会得到暧昧温暖的回应，也会感受到善意和尊重。

但是……

为什么是许度？

面对伍敏的追问，贝海泽抑制住内心的烦躁，委婉地回答："妈，我自己会处理。"

母亲离开房间后，他又独自呆坐了一会儿，从口袋里拿出手机，摁亮屏幕。

锁屏照片是他试伴郎服时和姜珠渊的合影。

他划开屏幕锁，壁纸是他在姜珠渊吃面时拍的照片。

她厌烦了他每次都拍出最丑的一面，所以伸手来推手机——就是那一刹那，贝海泽拍下来了。

"我有很多照片很美很自然，我传给你啊。这张删掉吧。啊？好不好？海泽哥哥。"

不换，是因为他的恶趣味——把她困在屏幕里，每次打开手机，就好像她在等他一样。

慢慢地，屏幕又暗了下去。

贝海泽根本没有余暇去照顾许度的感受，他满脑子想的全是姜珠渊。

珠珠知道会不开心的。虽然她没有说，但贝海泽感觉得到，她其实很不喜欢他和许度一起健身。

发现副驾驶座动过会自己调回去的珠珠。

闻到车里有香气会自己打开车窗的珠珠。

看到梳子上有头发会自己拈掉的珠珠。

听说糖是许度送的会脸色有些不自然的珠珠。

听说他的外号是爪牙会又好笑又放心的珠珠。

他一直想赶快把这件事情了结，也自觉和许度没有任何惹人遐思的互动——正因为他全部身心、全部爱恋都给了姜珠渊，才这样迟钝，竟然没有发现这一场伏笔千里、近在咫尺的单恋。

以至于闹到现在不可收拾。

心脏传来一阵阵揪住的疼痛。

珠珠，我的珠珠这次要生气了。

我该怎么办？

苦苦思索了一番，他没有答案。

门外走廊上传来贝中珏的声音："儿子大了，他说自己处理就自己处理，我们不要管。"

一阵脚步声，复又沉寂下去。

贝海泽抹了抹脸，走向淋浴室，打开暖黄色的顶灯。

镜子里的他看起来脸色有些苍白。

他素来会在洗澡前快速地做几组俯卧撑和卷腹，然后在镜子前做几个动作，欣赏一下肌肉。

自从有了女朋友之后，这种幼稚的习惯就翻了倍。

因为他不无邪恶地想着，总有一天珠珠会看到——得让她满意才行啊。

他脱掉衣裤，打开龙头，花洒中冲出热烫的水流，沿着后颈一直淌下去，覆盖了整条背脊。皮肤迅速升温，仿佛一只可爱又炙热的小手，正在从上到下地抚摸着他的身体，带走所有疲惫与烦躁。

珠珠很怕热，不管什么天气，她的手心总是烫的。

他将濡湿的头发全数向后捋去，又抹了一把脸，低着头，左手撑在墙壁上。

外间有电话铃声——原来是手机响了："你是不是打我电话了？开始静音，后来又没电了。"

他知道她总是忘记带充电宝，即使带了，也会忘记给充电宝充电："刚想到你，你就打来了。"

"我到家了，别忘了明天九点来接我。你在干吗呢，怎么有水声？"电话那头，她咬了一口苹果，咔嗞咔嗞地嚼着。

这话问得他心思荡漾，不由得放软了声音："我在洗澡。"

突然气氛就暧昧了起来。

晶莹的水珠仿佛通过电话信号溅到了她脸上，还有蒸腾的雾气，烘得她双颊发烧。

隔了一会儿她才口齿不清地埋怨：“洗澡接什么电话嘛，挂了。”

她的声音里带着一点撒娇，一点奶腔，撩拨得他简直要发疯。挂了电话，他又洗了半个小时才出来。

正擦头时，林沛白又打来了：“小贝，干啥呢？”

“有事快说，我要睡了。”

“提醒你把杂志的 invoice（类似于发票的一种凭证）发给我，周末我得把报销单做好。”林沛白活像个八婆的会计，“哎，你知不知道，刚才谁给我打电话？”

“谁？”

“秦教授的学生，庄羚，以前负责过阿玥的膳食指引。”林沛白道，“你猜她说什么？”

电话那头顿时没了声音；值班室内的林沛白一对脚跷在办公桌上，手里的笔转来转去：“哎呀，害羞？”

原本心情恢复了大半的贝海泽有些恼怒：“别乱说。”

林沛白继续开着玩笑：“其实我们两个质素差不多——你小子哪里来的好运气可以娥皇女英？”

贝海泽直接把电话撂了。

林沛白“喂喂”两声，开始控制不住自己的狂笑，笑完了才又打过去。贝海泽显然还有些气恼：“Invoice 转给你了，滚。”

“别这样。人家小姑娘怕丑，庄羚找我做中间人，我当然要听听你的想法。”林沛白仍旧带着笑意，但语气已经严肃得多，“老实说，兄弟的感情事，我不便插嘴，但是你和小姜不是发展得挺好，怎么又招惹上许度呢？你如果有什么想法，还是要干脆利落点，这也是对两个女孩子负责的态度。”

贝海泽叹了口气，把事情讲了个大概，林沛白终于不笑了。

“小贝，这和我听到的版本不一致啊。庄羚的原话我不记得了，据说全场数你笑得最骚，还和许度眉来眼去。只是你们两个性格都比较温吞，缺一点勇气，所以需要好朋友来推动一把。还是说你现在也举棋不定，不知道选哪个好？”

“林沛白，你脑袋里是不是只装得下发骚两个字？想到女朋友不会一个人傻笑吗？有什么好选的？她们都是优秀的女孩子。珠珠接受了我，我已经心满意足。至于许度，我压根儿就没有往这方面想过。”

“所以你对许度一点意思也没有？”

“没有。”贝海泽疲倦地解释着，“如果我知道她的心思，一开始就不会答应师父，让大家处于这么尴尬的境地。”

“许昆仑还挺会打算。上班是他徒弟，下班是他女婿，多好，一天二十四个小时都得听他的。”

“你有建设性的发言没有？”

“建设性的？有，让我这位心灵导师来告诉你。人的感情存在于大脑的所有神经当中。信息的传递是流动的、复杂的、多变的，也可能是这段时间的相处，让她对你的感情从小说突破到现实。”林沛白道，“听我这样分析，局面会不会变好一点？”

“好好好，我误导了许度，我苛求了你，全是我的错，行了吧。”

“现在这样说已经晚了，你打算怎么办？”

“不知道！”贝海泽厌烦道，“向你解释就这么费劲儿，可想而知珠珠会多么恼火。”

“难道现在不是应该先把许度的问题解决了，再考虑怎么安抚女朋友？”

“那也要许度肯接电话才行呀。不知道她在逃避什么，表白当然会有被拒绝的可能。”贝海泽无力道，“我已经发短信告诉她，我有以结婚为目的交往的女朋友了。有些误会，我要和她好好谈一谈，让她给我回个电话。”

做到这个地步，似乎也别无他法，林沛白不由得摇了摇头。

听庄羚的口气，许度是抱了非常大的信心和希望，所以才鼓足勇气表白。

贝海泽直接拒绝的做法无疑很残忍。

可这也已经是他所能释放出的最大善意和温柔了。

所以林沛白也不再嘲笑，而是努力帮他想办法："首先这种事情是瞒不过的。当时有人在录像，搞不好你的罪证已经被放上网，在社交媒体上病毒式流传，标题就是二次元恋情走进现实，俊男美女当众相拥热吻……"

"珠珠平时有很多充实的事情要做，不像你，天天刷这种新闻。"

"万一看到了呢？万一在你解释之前看到了呢？"林沛白道，"所以这个周末，你要好好地陪在她身边，不要让她有任何接触到网络的机会。具体来说，要分成以下几步来完成。

"第一步，把自己打扮得帅一点，再帅一点，要充分展现出自己头发浓密、五官鲜明、手长脚长的特点，让她一看到你就双腿发软。我知道你周末一般戴有框眼镜，但我认为最好戴隐形，因为你的眼睛还挺好看的。

"第二步，送花送礼物，送漂亮又昂贵的礼物，看第一眼就没办法再挪开目光的礼物。首选是首饰类的礼物，可以亲手帮她戴上。戒指，可以顺便亲亲小手；耳环，可以顺便亲亲脸颊；项链，可以顺便亲亲脖子。大家都是文明人，不要骂我下流好吗？

"第三步，从头到脚地赞美她，表明自己的心意，告诉她，自己愿意为她上刀山、下火海。这就要回到第二步了，礼物如果是你自己制作的，而且又非常稀有，就会更有诚意。当然很难做到这一步，所以你听听就好了。

"第四步，陪她逛街，豪气地表示随便买、随便刷，不流露出一丝倦意地陪她试遍所有化妆品和衣服，结合第三步，诚心诚意地夸她穿什么都好看，不化妆是清水出芙蓉，天然去雕饰，化妆是欲把西湖比西子，浓妆淡抹总相宜。

"第五步，请她吃大餐。她爱吃的都点给她，摆满整整一张桌子，帮她把牛排切成小块，她只要眼睛看向哪样食物，就赶快放到她手边。开一瓶最好的香槟，相信我，香槟的效果会好于红酒。

“第六步，请她到海边去散步，牵着她的手，给她指出她的星座，这不是你自己幻想过的招数吗？小姜的星座是什么？太偏僻了你不一定找得到啊。射手？啊呀，你这小子真是走狗屎运，射手座太好找了，闭着眼睛也能找到。看星星的时候要回到第一步了，最好穿一件可以把对方包起来的风衣。

“最后，在不经意间，云淡风轻地告诉她，自己有个仰慕者，但已经把对方的桃花都斩碎了，不要生气。

“如果你觉得这样还不够，就问她，如果你的男朋友不小心招惹了一个仰慕者回来，你会生气吗？如果会的话，你要怎么样才消气？然后按照她的方法去做就是了。

“明白了吗？”

“我感觉你在坑我。”

“贝海泽，我诚心诚意，可以说是绞尽脑汁，娘顶天了，你居然说我坑你？你这么残忍，小姜知道吗？我要向她告状！”

“别生气，我很感谢你。不过以上所有步骤你自己实施过没有？”

“没有。”

“这还不是坑我？！”

第二天早上，贝海泽依约准时来接姜珠渊。

姜珠渊步出电梯，走入大堂，见到正在等她的贝海泽时，不由得眼前一亮。

他穿一件长度到膝盖的黑色风衣，同色的肩襻和袖襻上绣有银灰色的窄边，里面是银灰与宝蓝相间的斜纹高领毛衣，配与风衣同色系但稍微浅一些的休闲长裤。

因他只有工作时才着严肃的正装，私下穿得都十分居家普通，偶尔换了这样英俊挺拔却又有着和工作时截然不同的气质，又回想起昨天晚上打电话的情景，姜珠渊一颗心不受控制地乱跳起来。

不是去吃个随意的brunch（早午餐）吗，这是要干什么？要把大街上所有适龄女性的芳心都收割下来吗？

他的头发浓密乌黑，平时总是被手术帽压得扁平，现在却有着蓬勃而温柔的线条，让人不由得油生一股将手指插进他头发里的冲动。

贝海泽看到她突然左手打了一下右手，不由得莞尔，朝她挥挥手，走了过来："珠珠。"

姜珠渊不由得快速自省了一遍。

眉毛早上有细心修过，头发也做了护理，黄色的V领针织衫虽然普通，但是下摆束在了一条不规则下摆的A字长裙里呀！和针织衫的素净相比，长裙是撞色的几何图案，阔腰带显得她腰细，咖啡色的羊皮小靴多么可爱——她这一身也是朝气满满。

"今天的发型有用发胶哦。"姜珠渊你够了，一万句开场白也比这个好呀，"我的意思是你今天好帅。你这样不可以单独出门，我要把你挽紧一点。"

他不知道她是否有双膝发软，但水蒙蒙的眼神已经说明了一切。纵然是贝海泽这样受惯了称赞的人，在姜珠渊主动伸手过来挽住他胳膊时，也不由得心中一荡。

林沛白，记你一功。

"对了。"他将一直背着的右手伸了出来，原来浓烈的香气来自他藏在身后的一束花。

"姜花？现在都十月底了，怎么还会有姜花？"

对于这句预料中的话，贝海泽有预演好的台词，但话到嘴边又觉得太肉麻："……找一找就找到了。"

他说得很轻描淡写，但姜珠渊知道不是那么容易："好漂亮。"

贝海泽伸手摸了摸她的脸颊："只要姓姜，都漂亮。"

姜珠渊已经快醉了，最后的一丝清醒支撑着她问道：“难道今天是什么特殊的日子？”

“不是，不过我今天准备了很多节目，希望你会喜欢。”贝海泽道，“以后我不值班的周末，都这样过。”

他牵着她朝外走去，姜珠渊突然道：“啊，我忘了拿一样东西，我回去一下，顺便把花放好。没有水的话，半天就蔫掉了。”

“要我跟你一起上去吗？”

“不用。”

她搭上电梯，一回到家，立刻找了个花瓶出来，灌上清水，将花插了进去，摆在饭桌上。

不过这不是她回来的主要目的。她走进卧室，打开衣柜，拉开装着内衣的抽屉。

她周末从来不穿有钢圈的胸罩，内裤也是平角宽松款的，但这不代表她没有漂亮而精致的内衣裤。

她换上了一条嫩黄色带蕾丝的胸罩和成套的蕾丝内裤，屏住气，瞄了瞄镜子里的自己。

除了肚子上有些赘肉外，其他部分也挺 OK 的。

管不住嘴，也是没有办法呀。“食色，性也”，迄今为止她和贝海泽有过一些身体接触，但仅限于牵手、拥抱、亲亲额头。

姜珠渊实在不知道贝海泽对自己有没有欲望。

她听说过一个说法，在手术台上看惯了人体的外科医生，都未免有些性冷淡。

不过自从昨天她不小心听到他洗澡的声音后，就有些心猿意马呢。

她虽然在这方面毫无经验可言，但在本科时选修了一些相关课程，观念也是很开明的——如果水到渠成，为什么不可以和心仪的对象一起享受性爱的快乐呢？

大家都是成年人了，为自己的决定负责不就好了吗？女性有欲望很奇怪吗？拼命压抑才对身体不好吧。

好吧，就这样决定了！

贝海泽哪里知道姜珠渊正计划着将他生吞活剥呢？两人走到车库，奇怪的是并没有看到他的那台蒙迪欧："你没开车？那开我的车吧。"

贝海泽笑而不语，带着她走到一台银灰色的奔驰前面："请上车。"

缪盛夏是个奔驰控，他家有个地下车库，专门放他收集的奔驰车，因此姜珠渊也见过不少车型。她一看就知道是奔驰S600："这不是你的车啊。"

"这是我爸的车。"贝海泽道，"他腰不好，很少开。我有时候会帮他热一热车。"

"你今天很怪。"姜珠渊先是撇了下嘴，又笑逐颜开，"不过我好喜欢！"

在贝海泽看来，能被物质满足的那都不算欲望："那将来我们也买这种车吧。"

"好啊。"她开开心心地打开车门坐进去，系好安全带。

贝海泽小心翼翼地问道："你今天看新闻了没有？"

"没。"姜珠渊道，"有什么大事吗？周末记者也要放假吧。"

"没有，完全没有。我有样东西送给你。"

原本要在晚餐时拿出来的礼物，现在为了遮掩他的失言而被拿了出来。

他从风衣口袋里拿出一个系着红绳的小缎袋。姜珠渊打开一看，竟然是一枚洁白圆润的珍珠。

"谢谢，好漂亮。"珍珠在她手心滚来滚去，"不过，不是才送了我发卡吗？"

见到她一直到目前为止都笑得眼角弯弯、嘴角弯弯，显然是凤颜大悦，贝海泽也心情极好，一不小心就说了真话："本来想在表姐婚礼时送给你。"

姜珠渊歪着头问道："那为什么现在拿出来？"

"……我想征求你的意见，用来做什么——胸针、耳环还是戒指？"

姜珠渊用手指拈起珍珠，举到眼前欣赏："好难选择。感觉不管做成什么，都会改变它现在的光彩。"

贝海泽伸出食指抓了抓眉毛："……这是我在虹岛潜水时找到的，如果你喜欢，我再去采。"

姜珠渊诧异道："你自己采的？你不是说你妈不喜欢你潜水，所以没去了吗？"

"其实还好。之前朋友约我，就偷偷去了。"

"许度？"她随口问道，"你们健身都到海底了啊。"

贝海泽脸都白了。

"不是，是郁专美。"

姜珠渊复读了一遍这个名字："郁专美？"

贝海泽这才想到老郁的名字也容易引起误会："不是，你误会了。郁专美虽然名字听起来很像女孩子，但实际上是个比我大三岁的男性，格陵大学海洋生物系的教授。你上网查格陵大学的主页，真的，你查。他去年春天回国执教，回国前我们在网上的潜水论坛认识了，回国后我们见了面，偶尔一起潜水。"

"你这么紧张干吗？我又没说什么。"姜珠渊笑着摸摸他的头发，"小可怜，鬓角都冒汗了。"

"那就做成戒指吧。"贝海泽顺势捉住她的手指，眼睛亮晶晶地凝视着她，"我爸每年结婚纪念日都会买一颗宝石送给我妈，让她自己设计。我想，我们认识的第一年用戒指开始，应该不错。"

姜珠渊的心扑通扑通地跳着，声音放软："你这是祖传的浪漫吗？"

贝海泽开了个玩笑："我祖传的东西还有很多，想要吗？"

她嗔怪地在他脸上划了一下。

"那我量一下你的指围，发给庄罗珠宝那边，你再选一个喜欢的戒圈。"贝海泽柔声道，"说来也很奇妙，就是在那之后，遇到了你。"

想到两个人的相遇，还真是跌宕起伏："第一次见面，你应该没注意到我；第二次见面，你对我又打又骂。”

“所以你现在知道偷偷把属于大海的珍珠带回来会受到什么惩罚了吧。”

她就是他的珍珠姑娘：“我愿意永世受到这种惩罚。”

他量好指围后，仍然舍不得放开她的手。姜珠渊用余光打量了一下车周围，一个人影也没有。

这个时候难道不应该接吻吗？为什么他看起来无动于衷？难道真的像传说中那样，大多数的外科医生荤段子张口就来，对实际操作却兴致缺缺？

她舔了舔发干的嘴唇：“海泽，我真的很感动，不过……”

“不过什么？”

“你不会真的认为我会相信你在虹岛能采到这么漂亮的养殖珍珠吧。据我所知，虹岛附近的海珠养殖场都不提供这种潜水采珠的服务哦。”

贝海泽一怔，没想到这么快就被她识穿。

如果不会毫不留情地点破，那也不是她的性格了：“真是什么都瞒不过你。”

其实他和郁专美每次下水都有自己的原则——不拍照，不从海底带任何东西上来。

转折出现在一次郁专美去虹岛采集实验材料，和当地养殖户发生了摩擦，且嫌隙越来越深，经过数次调停，最后决定在虹岛南侧最大的私人承包海域来一场比赛——不带氧气瓶下海，谁在最短的时间内采上来最多的鲍鱼和贝类，谁就胜利。

郁专美回来就约贝海泽一起去。

从自由潜泳的下潜深度、人类的憋气极限、鲍鱼的生长位置以及对方的专业性来讲，贝海泽都不认为己方有胜算。但是既然郁专美约他了，出于好友义气，他还是偷偷去了。

姜珠渊听得嘴巴都张开了，呆呆地忘记合拢：“怪不得你妈不让你再去了，这么危险。”

“其实还好。我们心里有数，不会为了赢而拼命。”

“所以不带氧气瓶，就得闭气吗？你能闭多久？”

“那一次是两分三十二秒，但后来再也做不到了。大概两分十八秒吧。”

“你这么会憋气，那……”姜珠渊突然闭上嘴，看了一眼腕表，同时竖起一根手指示意贝海泽不要说话，大约过了半分钟，她才突然长吸一口气，咳嗽连连，再一看腕表，“……我才三十八秒？！”

贝海泽宠溺地大笑：“大海来的珍珠姑娘，你太弱了。”

“那后来呢？”

结果和对方打成了平手，总算握手言和。他们把带上来的鲍鱼都吃了，贝壳全部撬开，居然意外地让贝海泽剖出来一颗珍珠：“确实是在那之后遇到了你，但是我得到的那一颗，和在大溪地买的这一颗，完全不能比。”

姜珠渊一听来了兴致，摇着他的胳膊，催着拿出来；贝海泽恰好也一直带在身边，于是取出皮夹，从照片卡位里倒了出来：“很小。”

这是一颗很丑陋的、类似于梨状的细珠，表面不光滑，釉质不均匀，通体泛着灰色。可是姜珠渊很喜欢，小心翼翼地拈起来：“为什么不把这一颗送给我呢？因为是你的护身符吗？”

“不是，我只是觉得不好看而已。”

“在我看来，比刚才那颗漂亮多了。”

“是吗？”贝海泽见她模样不像是说假话，不由得道，“你是为了安慰我？”

“这才是我的本体，怎么能说不好看呢？”姜珠渊爱不释手道，“但是大溪地那颗也不可以收回去哦。”

“当然，不过我还是要暂时拿回去镶嵌。”

“好。那这一颗呢，就放在我这里，我自有安排。”姜珠渊小心翼翼地将珍珠收好，然后俯身过去，抓着贝海泽的手，看着他的眼睛，诚恳道，“为了给我最好的所以撒谎，很感动，但以后不要了。只要是你给我的，都是最好的。所以，从今以后请买大溪地的珍珠给我，不要再亲自采了。”

贝海泽也紧紧地握着她的小手，柔声回答了一个“好”字。

所以呢？

都到这一步了，还不亲吗？

是安全带太紧了吗？没有呀，我都凑到你面前了啊。

快看看我的眼睛，还有忽闪忽闪的长睫毛，不美吗？

虽然姜珠渊还没有和适龄异性接过吻，但她听说接吻的时候会呼吸不畅，吻到快窒息的时候，就像一脚踩在天堂，一脚踩在地狱，感觉特别好。

不亲的话，两分十八秒的天赋不就浪费了吗？

是她唇上的汗毛没除干净？

不可能啊！出门前她反复照过镜子了。

难道真的是性冷淡？

那她这一辈子的幸福……

“珠珠，你现在高兴吗？”

“哦——高兴！”

“那我问你一个问题……”该死，林沛白是怎么说来着？

“什么问题？你问吧。”

“……如果，我是说如果，有人向我表示好感，你会不会生气？”

“胥丹吗？她又给你发清凉照了？”

“谁？啊……”贝海泽突然想起来上次有病人家属发暧昧消息给他，珠珠看到了，但是没有在意，刚要解释，姜珠渊又道：“你别太有自信。我看她只是想试试小贝医生除了医术之外，别的方面是不是也很好用。”

说完，姜珠渊自己都觉得不好意思，不由得捂起嘴来吃吃地笑。

这可是她自己先挑起来的：“那你想知道吗？”

姜珠渊了然地看了他一眼：“昨天晚上打雷了，你听到没有？”

“是吗？没有。这几天预报的都是晴天。”

“我还以为会下雨呢。没想到是光打雷，不下雨。”姜珠渊摆摆手，“好了好了，不说了，开车吧，再不走就要迟到了。”

紧赶慢赶还是迟到了五分钟，好在辛律之和马琳达并不介意。

除了马琳达和贝海泽之外，他们互相之间都见过，只是欠正式介绍。

“你好，我叫马琳达，叫我琳达就可以了。”马琳达穿一条柔和动人的白色蕾丝长裙，外面是一件格纹短皮衣，精致的长裙和英挺的短皮衣，矛盾而激烈的搭配，愈发衬得她娇艳动人。

她首先主动伸手和贝海泽握了一握，又对着姜珠渊一笑：“有这么charming（迷人）的男朋友，别的男人哪还看得上呢？Patrick，你说是不是？”

她轻轻挽住了辛律之的臂弯；后者今天穿了一件最简单不过的白衬衫，外面是粉灰色手工棒针麻花纹外套，再加一条浅色修身休闲裤，十分随意舒适。

他一眼便看到她头上戴了一枚玫瑰花式样的水晶发卡，将调皮的发丝都别住了。

听了马琳达的调侃，她脸颊微微泛红，娇羞的样子是他以前从未见过的。

他不由得想起两人第一次在云泽见面的情景。

那时候的她端庄大方，可偶尔还是会流露出一股刁蛮的气势来。

这种不谙世事的娇憨令他觉得，保护她最好的方法，就是不要去惊动她。

明明已经犯过这种错，为什么在感情上做决定时总不顺从内心，而是遵循理性？

短短三个月，她已经有了男友，气质也变得更加优雅动人。

不奇怪，她这么可爱美好，当然会有很多优秀的男性追求。

她有足够的自由，去选择、去接触、去发展。

但今天她正式将男友介绍给自己时，辛律之才真真切切地感受到了他和她就像两条无差异曲线，可以无限接近，但永不相交。

他没办法让时空停止、改变或者倒退。

她不需要缪盛夏架梯子，也不需要他扮醉护驾。

“其实，”马琳达推了推辛律之，“是不是应该由你先自我介绍呢？”

“……抱歉。”他声音有些喑哑，“我在走神。”

辛律之原以为自己已经能够很好地处理，但是从小便刻骨铭心、不被需要的感受，突然又排山倒海而来，充斥了整个胸腔。

他可以接受一条一维的皮亚诺曲线填满整个二维的正方形，但是一种虚无的情绪为什么可以填满一个立体的人？

这个问题永远没办法用数学解释。

“那我来介绍好了，Patrick Shin，辛律之，我的继子。”看到贝海泽和姜珠渊诧异的表情，马琳达拍手笑道，“啊，我一直都很矛盾。一方面，我不希望其他人知道我年纪轻轻就有了这么大的一个儿子，但我又特别喜欢看其他人知道 Patrick 是我继子时的表情——总之，不要把我当作长辈，OK？”

姜珠渊期期艾艾道：“这下可尴尬了。自从在云泽见面后，我一直以为你是他女朋友，刚才来的路上还对海泽介绍说你们是情侣。”

马琳达好奇问道：“为什么？为什么认为我们是情侣？要知道 Sean 可是第一眼就看出来了。”

黑天鹅保育区惊鸿一瞥，自然而然认为他们两个郎才女貌，天生一对，昨天说到各带家属，自然而然以为是男女朋友：“我……”

“你这老实孩子，干什么说出来？”贝海泽立刻出声分担她的尴尬，“真抱歉，她是有些小糊涂。”

贝海泽笑着摸摸姜珠渊的头发时，除了不被需要之外，辛律之还感受到了三十二年前他的父亲辛家明和母亲纪永姿以及纪永姿当时的未婚夫见面时，那种嫉妒和愤怒的心情。

“两个人被认定为情侣，至少需要满足以下条件之一——双方同时承认这种关系，有过双方自愿的亲密行为。当时你们两个话都没有说一句，事后你也没有见过她和我有情侣般的行为，为什么会有这种错觉？”

姜珠渊听他语速加快，似乎有些恼火，心想这件事情确实是她莽撞，辩解也没有意思，立刻再次道歉：“对不起，是我狭隘了。”

马琳达瞥了一眼面色难看的辛律之，笑着表示不介意：“我和Patrick从小一起长大，听起来应该是一个青梅竹马的故事，对不对？完全不是那么回事，他性格很疏离，一丁点遐思也不会给身边的女孩子。而我，可能因为从小缺少父爱，一直都喜欢成熟又强悍的男性，所以爱上了Albert。所以我和他的关系既像姐弟，又像母子——哎，这个故事很长，也不是今天的主题，我就不说了，免得闷着你们。Patrick，坐下吧，我饿坏了。”

贝海泽替姜珠渊拉开座位：“好了，过去的乌龙就别再提了，别坏了胃口。”

他们坐的地方正是辛律之和马琳达上次来时的位置，视野开阔，蓝天、白云和海滩尽收眼底。侍应过来倒水，辛律之点点下巴，示意他将餐单交给姜珠渊。

姜珠渊利落点好：“我在网上搜过了，这里芝士龙虾卷好评率最高。”

辛律之听她主菜点了芝士龙虾卷，不禁生硬问道：“不要crab cake吗？”

马琳达笑着制止辛律之的无礼：“埋单不代表可以干涉别人点餐。”

“……没关系，换成蟹饼吧，谢谢。”

贝海泽贴心道：“我点龙虾卷，然后分享好了。”

马琳达果然是饿坏了，点了一堆吃的；而辛律之只点了一客凯撒沙拉。

“Patrick，以你的肌肉比例和代谢率，吃得太少了。”

辛律之垂着眼帘，拨弄着桌上的刀叉，淡淡道：“不埋单代表可以干涉别人点餐吗？”

他鲜少和马琳达抬杠，这是迁怒了；马琳达道：“珠珠，你是专业人士，你说作为一个成年男性，是不是吃得太少？”

说是成年男性，昨天才气吞山河地收购了老饕门，今天的肚量却只有一个孩子那么大。

隔着一张桌面，姜珠渊能察觉到他的不悦。她不得不在意，不得不尴尬——你和朋友吃饭，朋友带上了自己聪颖又敏感的儿子，然后你一时嘴贱说了句“你是妈妈从垃圾堆捡来的哦”，孩子生气了，你能不道歉，不去在意孩子的情绪吗？

困难在于，她可以逗弄小孩，惹他发笑，却不能去逗弄这个正在生气的大人。

姜珠渊不爱听他人八卦的一个重要原因就是不想牵扯到误会当中。在她看来，弄错了他和马琳达的关系并不是一个多么致命的错误。但决定权并不在她，被误会的人当然有权放大或缩小。

她虽有职业病，也知道现在不是发病的时候，而是露出一个礼貌的笑容，低声下气：“看来辛先生被我的愚蠢坏了胃口。”

“姜小姐叫我什么？很刺耳。”

见辛律之连连发难，好脾气的贝海泽沉下脸来。他正要为姜珠渊说点什么时，马琳达出来解围道：“他不喜欢人家叫他 Mr. Shin 或者辛先生，和我一样直接叫 Patrick 好啦。Albert 以前叫他阿律又或者 Pat，现在没人这样叫。”

这理由在姜珠渊看来不合理。

她和他也不过见了三次：第一次觉得他为人亲和；第二次发现他还有神秘一面；第三次则领教了他在数学和经济方面的实力。

没想到今天出来，正式当作朋友一般地见面，他却是锱铢必较、暴戾无常的性格。

又或者这才是他的真实情绪？毕竟他也一分钱没有留给代喜娟两母子。

又或者马琳达和他的关系是他的死穴？毕竟这样年轻美丽的女孩子时时刻刻陪在身边，却是以继母的身份——姜珠渊不再多想，他们是什么关系，和她没有任何关系："好的，Patrick。"

见女友一再忍让，贝海泽在桌下扣住了姜珠渊的手，十指交缠，又紧了紧，以示安慰。

等餐时，马琳达又道："珠珠，你的发卡是男朋友的礼物？"

姜珠渊道："又红又绿，一看就是直男审美，对不对？"

"不错，这只发卡的名字应该叫作'Mercy from my girl'（女友的慈悲）。由此可见，珠珠不是什么小心眼儿的人，相反很随和，也很友善。"

之前虽未聊过，她已直觉会和马琳达合得来。今天一聊，果然不仅美艳动人，还风趣直率，尤其是在辛律之的衬托下："其实还好。心胸开阔一点，什么也看得惯。"

贝海泽笑道："希望你能在别的方面也对我慈悲一些。"

马琳达附和："绅士应该严于律己，宽以待人。而淑女，不犯错又怎么彰显绅士的气度和机智呢？"

一来一回，既有酬唱之语，亦有弦外之音，不知道对方听进去了没有。

"你们一个是医生，一个是营养师，那平时有什么消遣？喜欢旅游吗？我个人就很喜欢摄影了，不，不应该说是摄影，而是拍照罢了。"

姜珠渊和马琳达两个人的成长背景可谓是大相径庭，但难得性格契合，越聊越投机，越聊话题越多。贝海泽一直面带微笑地听她们讲，偶尔开口，既不喧宾夺主，又不无谓附和，寥寥数语，既有自己的主见，又不失对女友的爱护，不由得令马琳达心中更加增添几分对他的喜爱。

反观自己的继子辛律之——他们从小一起长大，所以她对辛律之的性格太了解了。

正常的人际交往没有问题。虽然情商低，常常做出让人无语自己却感觉没问题的举动，但有脾气的时候一般都会自己默默消化掉。

她只见辛律之发过一次脾气，当然，那次要比现在严重得多。

那次他看到了纪永姿离家出走时留下的信。

Albert：

见信如晤。

你知道（后被划掉），是这样的，我们对数学的研究理念从来不同。

我认为数学应该坚持温柔的、有趣的、纯理论研究，而你认为数学之美正是在于它可以为任何领域做出指引，尤其是金融和政治。

我不喜欢这种侵略性的研究态度，但我看到你已经开始将这种理念用于对 Patrick 的培养上。

是，你只不过是教他搭建精巧的机关，让他躺在自己的床上，就能给院子里的小鸟喂食——但在我看来，他已经在很多方面都显现出了和你一模一样的思考方式。

比如坚果是红嘴雀的，那么来偷吃的花栗鼠就活该在你们设计的那个像陀螺一样的玩意儿上旋转到死。

我不喜欢这样。

好吧，这不是我们生活中的关键矛盾。

也许是因为你和 Patrick 太亲密了，让我觉得自己在这个家变得可有可无。

也许是因为身体原因，三年来的两次流产让我变得很糟糕。

我可以想象到你读到这里时的表情，我最怕的那种表情。

无论什么时候，我说了让你不高兴的话——天知道我有多么战战兢兢——你就会放下手头上的一切，直直地、毫不留情地盯着我，好像我是个深渊。

但我不会报以凝视。

好吧，我们也曾经有过快乐的日子。

你去到哪里工作都会带着我，每一次你的团队都把我照顾得很好。

工作间隙你也会带我到处去旅游，虽然大多数时间是我在到处浏览，而你在酒店睡觉。

每一个纪念日你必定会和我一起庆祝。我喜欢你发明的“mathematicsex”的游戏，从1.0到9.0的版本都很喜欢。

我感觉得到，你是很想经营好这段婚姻。

我也努力过。

我认为这个世界上没有人比我更清楚你在衣食住行上的所有偏好和禁忌——好吧，可能这样还不够。

又或者矛盾从一开始就种下了。

从罗马度完蜜月回来之后。我们说过不再为Rosemary吵架，但看到她送来的结婚礼物我还是没有控制住自己的脾气。相骂无好言，你亲口承认当初确实是你安排了我在杂志社的工作，随之而来的就是世界各地到处开会——那时候Vincent抱怨过，不明白做学术编辑为什么常常要出差？

然后你往他那里送去了非常多漂亮性感的医药代表。

不得不说，你真的很会考验人性。随后我和他所面临的各种矛盾，都是因为长时间的异地、反复多次的猜疑而来。

我无法形容自己听到真相时的复杂心情，但我从来没有把解除婚约这件让父母兄长与我反目至今的事情算在你头上。

毕竟婚约是我主动解除的，我应该承担软弱和失信所带来的全部后果。

但我一直在想，一直到今天，我还一直在想，你为什么要这么做？

我们明明是两个完全不同世界的人，你为什么要来颠覆我的人生？

是不是从一开始我就做错了？不该写信去杂志社抨击你关于概率论的综述？不该同意杂志将信刊登出来，这样你就不会撰文反击，而我也不会再次回信。

如果我知道这场学术讨论实际上惹恼了你，那么我陪Vincent去马里兰开会的时候，就不会和你见面。

一个曾经在学术上激烈反对过你的女人，最后完全放弃了自己喜爱的事业——不，也不算自己的事业，反正那也都是你施舍的——成为了你的妻子，这条路也是我自己选的，我应该承担虚荣和浅薄所带来的全部后果。

不知不觉写了这些，好像全部都在指责你。

但其实你没有错，从第一天认识到现在，你没有变过，你一直都是冷静、聪明、缜密，具有侵略性的 Albert Shin。

你经常取笑我早上起来的时候会发呆——那是因为我不知道一整天想做什么，能做什么。

我厌倦了两天一次的夫妻生活，每周一次的例行远足，两周一次的婚姻咨询……

我们终于把生活过成了我母亲诅咒的那种。

对了，我在你的记事簿上看到你预约了心理医生。

我没有病。我很清楚，没有遇到你之前，我不是这样的。优柔寡断，总是选择了又迟疑，决定了又反悔。

这么糟糕的我，还是离开吧。这样就不用在对方身边苦捱，对婚姻胡乱应付，对生活敷衍了事。

请尊重我最后的决定。

祝

身体健康 万事如意

纪永姿 即日

马琳达和辛律之看到这封信时，纪永姿已经离家有三年之久。他们已经开始上小学，接触到更多的孩子，才发现各个家庭的相处模式比他们更加千奇百怪的也有。更何况辛家明将妻子离家出走这件事情处理得很平滑、很低调，所以马琳达一直以为两父子所受到的影响非常小。

毕竟他们什么都有。

虽然缺少一个女主人，但是有管家、有用人、有司机、有花匠、有厨师，也没差啊。

那天晚上 Patrick 在饭桌上和父亲对话。

“‘mathematicsex’是什么？”

“一种你这个年纪还不应该知道的游戏。还有——尊重，很关键的一条就是不要未经允许翻抄对方的私人物品。”

“Rosemary 是去年感恩节来我们家的那个阿姨吗？”

“是。”

“她真丑。”

“她不会再来了。”

“Vincent 是这个世界上最臭的名字。”

“我同意，把你的青宝塔吃完。”

“我讨厌斐波那契数列。”

“不，你不讨厌。别发小孩子脾气。”

父子俩对话时，Patrick 拨动刀叉的动作就和现在一样。

昨天刚刚收购了一家市值八亿的公司，今天却闹起无名火来，马琳达一点也不想安慰他。

吃饭时，辛律之接到一个电话，皱着眉头听那边说了半天，方用英语回答知道了。

马琳达问他怎么了：“有什么紧要的事情？”

“没有。”辛律之厌烦道，“有人在酒店等我们。”

姜珠渊简直像松了口气似的将餐巾放在桌上，和贝海泽对视一眼；辛律之抬眼看她，又垂下眼帘，那像女人一样线条优美的嘴角抿成了一条忍耐。

马琳达了然道：“不想见？”

“嗯。”他用叉子拨走沙拉里的青宝塔，将面包粒和乳酪一颗颗地戳起来，然后放进嘴里。

贝海泽道：“辛先生，我叫你 Patrick，可以吗？”

“可以。”

“说起来可能有点失礼——其实上次见面后，我在网上检索过你发表的文章和申请的专利。你在大数据网络概率算法方面取得的成果真是了不起。尤其理论建模和实践运用之间的无缝对接，是天才一样的想法。”

姜珠渊很少听到贝海泽夸人。大概是因为他内心深处也十分自傲，不会轻易夸人。虽知他这是一种客套，也是为了缓和气氛，但是这样大加溢美之词：“数学呀，不是你的专业啊。”

“看看摘要和图表还是可以的。”

“可是有很多专业词汇呀。”

“用在线字典查。”

姜珠渊素来对好学的人关心，对谦逊的人贴心，对数学好的人偏心，此时看小贝的眼神不由得更亮了：“你真厉害。”

咦，明明厉害的不是他吗？

辛律之把餐叉往桌上一放，语气自然：“小贝医生在器官移植方面很有建树。”

姜珠渊一愣。贝海泽感谢他的认可之余有点意外：“你也关注这个领域？”

“你的举动并不失礼，我也差不多同一时间检索了你的文章。”辛律之道，“能在临床工作的同时兼顾基础研究，很难得。当然从我的专业来看，统计算法用得很不错。”

他用眼睛余光扫向姜珠渊。后者当然没有把刚才问男友的话再问他一遍，而是看着男友道：“你可以讲讲猪和猴子的故事呀。”

辛律之咳嗽了一声：“我……”

“啊，对了，珠珠你是营养学硕士毕业吧？”为避免辛律之说出“我不用查字典”这么幼稚的鬼话来，一直旁听的马琳达抢过话题，“你的硕士论文讲什么？一定比他们有趣。”

“我……”姜珠渊还在想他们为什么要搜索对方的论文，突然思路被马琳达打断，“这个就不要班门弄斧了吧。”

其实她也检索过他们发表的学术论文。辛律之自不用说，读的是普林斯顿，英语是母语，他的论文她只看了题目就放弃了；贝海泽读博期间由中德双方联合培养，论文正文用的英文，致谢用的德语。

两个人迄今为止在专业方面所发表的都是英文文章，杂志也大都是国际权威杂志。

姜珠渊的英文听读写没有问题，但还没有写作科技论文的实力。

注意到了她的迟疑，贝海泽鼓励道："可以说吗？我觉得很有意思。"

咦，难道他也查过她的论文？得到默许，贝海泽道："她的硕士论文题目是《影响美拉德反应的几种因素研究》。通过正交试验建立数学模型来研究糖类、氨基酸、金属离子、pH 值以及温度在多水平上对美拉德反应的影响。"

"什么是美拉德反应？"

姜珠渊便讲解给马琳达听，一向以专业为傲的她，这次的科普却有点无精打采，简单介绍了一番就算了。马琳达看出了姜珠渊在学霸面前的窘迫，于是不再为这一话题添砖加瓦；偏偏辛律之道："我用你的名字查过 PubMed（一种权威的英文文献数据库），没有查到任何结果。"

那能怪她吗："中文的，PubMed 不会收录。"

辛律之擦了擦手，拿出手机："哪里查？"

"知网。"姜珠渊见他真开始搜索了，不由道，"要收费的，我回头发给你看吧。"

她倒不会对内容有什么担心，只是中文和他们比起来，真的是太弱了。

"不用，已经下载好了。"

马琳达看了一眼面色尴尬的姜珠渊，道："Patrick，你中文阅读有困难啊，能看懂吗？别勉强。"

"我中文阅读没有任何困难，完全能看懂。"

"你不懂。"

"嘘。"辛律之竖起一根食指示意马琳达噤声。

辛律之在快速浏览论文纲要的同时，贝海泽对姜珠渊道："你论文里的正交试验设计得不错，我可以借鉴吗？"

正交试验是一种在多因素、多水平的前提下，通过优化组合的方式减少实验次数的方法。因素越多，实验越繁琐，实验设计就更复杂：“当然可以，别客气，好东西要分享。”

“可以不谈我不懂的话题了吗？”马琳达摊摊手，“看看我最近拍的照片吧。”

“恐怕这个话题还要继续一会儿。”

辛律之从衬衣口袋里拿出笔，又问侍应要来一张纸，唰唰几笔画好表格，斟酌着填上数字与字母，又写下演算公式，最后递给贝海泽：“你的实验开始做了吗？没有的话，用这个吧。”

贝海泽本来只想接过来看一看，没想到被运算内容给吸引住了，完整看完后，不禁摸了摸下巴，几乎是不假思索地赞叹：“太巧妙了。”

说完他方觉失言，看了一眼姜珠渊。

“怎么了？”姜珠渊有些不自然地笑，“总不会我还没得意半分钟就要被打击了吧。”

辛律之看着她的眼睛：“对，比你的模型好非常多。”

“我看看。”姜珠渊接过演算纸。

她对自己的实验设计很有信心，因为她用数学软件进行过多次优化——但辛律之刚才一蹴而就列出来的组合方式更加巧妙！

不仅彻底解决了她的实验设计中冗余的部分，且具有高度兼容的核心，可以直接累加更多因素，而计算量不会指数上升。

这种被碾压的感受搁在谁身上都不会好受吧。

马琳达把话题扯开了，但姜珠渊一点也没有听进去。马琳达在她面前展示的每一张照片，她也只是强打精神地应酬着。

马琳达给她看自己拍的精美的翻糖蛋糕。

这一刻，她忘记了辛律之的专业就是数学。

马琳达给她看可爱的小孩子的照片。

她太了解了，这和专业无关，这是她绝对不会想到的解决思路。

马琳达给她看上一次来拍的水天一色。

上次在会议室算数学题，再上次计算 24 点的小软件——根本不能代表辛律之的真实水平。

甚至于，那只不过是一种过家家式的消遣游戏。

姜珠渊的手有点抖，她不知道马琳达什么时候把手机收起来了，她低着头，将一块蟹饼塞进嘴里；她听见辛律之问马琳达：“不好吃吗，你想吃什么？点你自己想吃的吧。”

然后气氛有个短暂的静默。

她听见马琳达道：“珠珠，你想吃什么？”

珠珠心想，够了。

这样吃下去太不消化了。

“真的是太丰富了，我吃饱了。我去一下洗手间。”

“我和你一起去？”

姜珠渊表示不用。她走开几步之后，贝海泽跟了过来，将她的手机递给她：“哪里不舒服吗？”

“还好，没有不舒服。”

贝海泽摸了摸她的头发：“不要老说没事，没事。心里难受也是一种不舒服，都可以直接对我说。”

姜珠渊咬了咬下嘴唇。贝海泽的视线停留在她的头发上，乌黑而富有光泽，摸上去就像一束流动的绸缎：“我再也不会视而不见。”

其实在昨天见过成少为之后，姜珠渊对辛律之就有了戒备感。

但她还是赴约了。也许是因为辛律之的身上虽然有很多秘密，但至少到目前为止，他没有过任何伤害她的举动，相反还曾经保护过她。

但今天见面，辛律之漫不经心地展现出了真正的实力后，姜珠渊就发现自己的这种想法也太天真了。

他不也曾经是成少为的朋友吗？

可还是对成少为做出了超越商业行为的伤害。

所以这种人还是要避而远之吧。

明明一直都是很有自信地生活着，但从今天开始，在辛律之面前，会害怕、会颤栗——这样没用的自己，令姜珠渊感觉很不好："早知道就不来了。"

"如果你不来，岂不是一直误会马琳达是他女朋友？"

姜珠渊看了一眼马琳达那边，正好辛律之朝这边望来。两人的视线在空中相接，姜珠渊几乎是立刻转开脸："这根本就无关紧要。"

看她心情简直糟糕到了极点，贝海泽道："要不我们走吧，我想马琳达不会介意。"

"以前真没觉得他是这样自大的人，让你陪着我一起受委屈。"

"这种程度吗？"贝海泽不禁觉得好笑，"如果你见过我小师叔就不会大惊小怪了。"

"谁？"

"就是你捡到我手机后，说自己在慕尼黑的那个人。"贝海泽道，"我从十二岁开始，每个星期都要和他至少见一次面。相信我，这颗心脏已经锻炼出来了。"

"哦！"姜珠渊想起来了。思绪有片刻转移，她才轻松了一点："那走吧，等会儿我发短信告诉琳达。"

贝海泽点点头："我去埋单，我们在门口见。"

另一边，马琳达对辛律之道："你刚才的表现太糟糕了！"

"别用这种口气和我说话。"

"为什么？你简直像个三岁的孩子！"

辛律之拨弄着刀叉："是吗？"

"她已经道歉，你还继续借题发挥，像个孩子一样争强好胜——别玩餐刀了！天上地下，你最帅、你最聪明、你开屏最漂亮，感觉一定棒极了吧。"

他转开头，视线投向沙滩，低声道："一点也不。"

“收起你那张臭脸，对，还有满身的铜臭味。人家吃什么，吃得香不香你要管，安身立命的专业你也要一争高低——那个总能举重若轻、掌控全局的 Patrick 去哪里了？”

马琳达鲜少端出继母的架子来教训辛律之；他也鲜少有令她担心的时刻；相反，总是他在看护她，照顾她。但是今天的他真的是太反常了：“等珠珠回来，你是不是要去扯散她的辫子、掰断她的发卡，非要她掉眼泪不可？”

辛律之看了她一眼，那幼兽般楚楚的眼神令马琳达心头一震。

她放软了声音：“如果你真的喜欢，很简单——抢过来。Albert 可不是把你当作绅士来培养的，你知道该怎么做。”

辛律之略显干燥的嘴唇动了一动。

然后呢？

因为一次学术上的短兵相接，辛家明爱上了素未谋面的纪永姿，两人见面后辛家明才知她已订婚。嫉妒而愤怒的他二话不说，用尽手段把纪永姿从未婚夫 Vincent 手里抢了过来。

始于圈套和阴谋的关系，被无尽的猜忌和不安缠绕着。哪怕辛家明自始至终对纪永姿一往情深，极尽体贴，还是没能得到认可和信任，并最终导致了双方的悲剧结局。

现在是二十一世纪了，姜珠渊不应该过纪永姿那样的人生。

马琳达也觉得目前的困境似乎无解：“……如果她没有误会我们的关系，会不会不一样？”

辛律之凝视着碟子里的青宝塔，它的花序是完美的斐波那契数列。突然前面传来一阵喧闹，桌椅碰撞声、女性惊呼声、幼童哭喊声，交织在一起，一时间安静的大堂变得喧闹起来。

“发生了什么事？”马琳达循声望去，又听见一把男声扯着嗓子喊：“有没有医生？有没有医生？”

贝海泽正在埋单，听到有人大喊，连钱夹也未及收好，双腿已经自动赶过去；他拨开围观的人群，一名侍应正从背后环抱着客人做着标准的海姆立克急救法。

那客人是一个约莫三十来岁的青年男人，一身潮流行头，脸色煞白，眼神涣散，浑身绵软无力；他的同伴是一名衣着艳丽的少妇及她的女儿，正抱作一团，哭哭啼啼："不是！不是哩！他没有噎着！"

贝海泽立刻表明身份，让侍应将患者放平，抬高头部，极快速地检查了一遍："之前有什么异样吗？"

"没有哩！他就是喉咙不舒服……疼……"

病人的昏迷是由窒息引起。至于气管为何堵塞，贝海泽不是专科医生，不清楚原因，也不需要清楚原因——因当务之急是切开气管，恢复呼吸，否则不可逆的脑损伤甚至于死亡就在不远处等着他了。

刀，他需要一把刀。他现在知道为什么耳鼻喉科的同事身上总会带着一把小刀。

餐刀不够锐利。

贝海泽猛地站起来，冲进后厨，随手拿起一把厨刀又飞速折返，整个过程不超过二十五秒。

姜珠渊这时也已闻声赶来，她听见寻求医生帮助的喊声，就知道贝海泽一定不会坐视不理。她原想着也许能帮上忙，但是等她拨开人群时，最先看到的却是病人掉了一只鞋的赤白的脚，不禁吓得怔住了，摊着两只光光的手，呆若木鸡地站着。

贝海泽看到自己的女友呆呆地站在离病人最近的地方，来不及再说什么，单膝跪在病人身侧，左手摸准了位置，右手执刀刺下去的同时大喝一声："珠珠，让开！"

姜珠渊被一股力量朝后大力拉开。与此同时，厨刀刺入皮肤，切开位于环状软骨下方的环甲膜，血液混着呼吸道内的秽物喷溅而出，大部分喷在了贝海泽的衣服上，脸和脖子也溅上了数滴。

中年男子喉咙深处咯咯作响，伤口处冒起一串小血泡来。他整个身体突然抽搐数秒又瘫软下去。贝海泽来不及擦拭脸上的污秽，从桌上拿了一根吸管来插进伤口里帮助空气进出。

做完这一切之后，他终于放松下来，瘫坐在地上。

他刚才一直闭着气，现在才恢复呼吸。按闭气的状态估计，他从接触病人到切开环甲膜的时间控制在了一分钟以内。

那人的脸慢慢地回了点颜色，胸腔也开始恢复起伏；小女孩嘤嘤地哭着：“舅舅，你怎么样呀？”

侍应过来表示救护车已经到了路口，还有两分钟就到，他们会立刻腾出通道运送病人；那少妇也反应过来，对贝海泽连连道谢：“谢谢你救了我弟弟！谢谢！”

他摆了摆手：“没什么。”

危机已除，贝海泽平静解释这是普通外科医生都会的急救措施，病人还需要立刻做气管切开术，然后检查到底是什么问题。

绝望的时候，横空出世这么一位医生救了她们的亲人，这一对母女简直把他当作了救命的稻草：“您给做吧！您给做吧！”

贝海泽对双眼盛满殷切的小姑娘微笑着安慰：“我不是耳鼻喉专科医生，但我会跟车一起去医院。别担心。”

“去您的医院！去您的医院呀！”

他平复着气息，眼神在人群中搜寻着女友，他看见她了。

刚才拉开姜珠渊的是辛律之，他仍紧紧捉着她的手臂——那一瞬间贝海泽脑海中似乎掠过了什么，但又没能想通；姜珠渊甩开辛律之的手，飞奔过来。

“别碰我。”贝海泽赶紧阻止，“很脏。”

他没有说出口的是——事急从权，他没有做任何隔离和消毒措施就实施了环甲膜切开术，病人有无传染性疾病，病人术后是否会感染，这些专业问题这时候立刻浮现在他脑海里。

姜珠渊从包里翻出来纸巾，想给他擦拭脸上和手上的血污。

不过她的举动还是暖到他了："我自己来。"

说话间救护车到了。少妇帮着将病人抬上担架，她的女儿则扯着贝海泽的衣服下摆急急道："叔叔，你说和我们一起去的！你要救我舅舅呀！"

随车人数有限，贝海泽对急救人员表明了身份，然后对姜珠渊道："对不起，不能陪你了。车钥匙在我右边口袋里，你等会儿自己开车回去好吗？"

姜珠渊本想跟他一起去，但想到他是工作，不好显得任性，于是点点头，从他口袋里拿车钥匙。

马琳达突然道："你让珠珠独自开车回去？不好吧。"

贝海泽略一迟疑，马琳达道："不如不要动你的车，我来送她回去。"

他本想再叮嘱两句，救护车那边已经刻不容缓，他对马琳达道了声谢，一脚跨上车，还扭头对姜珠渊道："到家了给我发个短信，我结束了就给你打电话。"

第六道 × 热菜

# 清炒苦瓜

风云突变，刚才还要和她一起离开的贝海泽，转眼护送病人去也。

本来还有一见如故的马琳达，但她说去一趟洗手间再走，也一去不复返。

“要不我去看下吧。”

面对着毫无话题可聊的辛律之，姜珠渊起身去了洗手间，却没能找到马琳达。等她再回来时，桌面已经收拾过了，辛律之正将餐单递给侍应：“放不下就换桌子。”

“我没有找到琳达。”

辛律之指指桌面：“刚才侍应送了这个过来。”

姜珠渊这才看见贝海泽的钱夹放在桌上。她将钱包收起，又等了两分钟，不得不出声提醒对面正在看手机的辛律之：“要不，给她打个电话？”

辛律之皱眉：“她回去了。”

“什么？”原来他是在给马琳达发短信。他随即拨通了对方的电话：“怎么回事？”

他沉默了会儿，将手机递给姜珠渊。马琳达诚心诚意地说了好几个对不起：“刚才 Patrick 接到一个电话你还记得吗？我才想起那位访客给我带来了非常重要的信息，非见不可。请不要介意我的不告而别。”

“没关系，你忙。”

马琳达很是过意不去：“早知道就应该让你拿海泽的车钥匙了。现在可怎么办哪？啊，让Patrick送你回去，好吗？他的车很好，开车技术更好，一定能把你安全送到家。”

“其实我一个人回去也完全没有问题，不用送。”

“你还生气吗？我已经说过 Patrick 了，珠珠，我能对你说真心话吗？他今天态度很差劲，也许是因为老饕门收购案。”

既然她主动提到了这件事情，姜珠渊终于忍不住发表了自己的意见：“琳达，你们部署了四年，用一个超低的价格买走了组长他们两母子辛辛苦苦建立的饮食王国，痛苦的难道不应该是组长他们吗？”

她说的话，辛律之听得清清楚楚，不由得抬起头来望向她。那模样活像得意扬扬上讲台做出完美答案后，却发现根本不是同一道题。

“这件事情很复杂，电话里说不清楚。这样，让Patrick带你到酒店来，我慢慢讲给你听，好吗？”

“没有这个必要，毕竟我也只是局外人而已。”姜珠渊温和地回答，“琳达，我的意见请不要放在心上。”

“珠珠，我很喜欢你，你爽朗、直率、聪明，我很希望能和你做朋友。我们之间有什么误会，还是尽早解开的好。而且这或许也能够帮助 Patrick 和 Sean 打开心结。你愿意帮助我吗？”

姜珠渊不认为自己有这个能力：“这个——恐怕我爱莫能助。况且正如你所说，有什么误会，应该双方第一时间亲自来说清楚，多一个人参与，就多一分添乱的可能。”

四名侍应抬了一张十六人的长台过来。姜珠渊有些吃惊，抬眼看着他们用长台换走了她面前的小圆桌。

“啊，珠珠你知道吗？你的谨慎，还有悟性，正是我最欣赏的地方。我明白，在你眼里 Patrick 是个满身铜臭、唯利是图的商人，仗着自己拥有的庞大财富和惊人智商——也许还有漂亮的外表——随意践踏他人的尊严和生活。我必须得承认，你说得对。”

姜珠渊实在当不起这样的剖析：“琳达，我并没有这样说过……”

“好了，抛开 Patrick 的人格缺陷，我们还是来说老饕门收购案吧。我不能说 Patrick 错了。因为在我看来，他所做的一切，只是用尽可能最公平的方式去了结一段公案。但我也不能说他全对，因为他完全没有考虑过朋友的感受。我发誓，我没有预设立场。你能相信我吗，珠珠？”

两人通话时，一道道香气四溢的美食如流水般送了上来，很快就摆满了整条长台，姜珠渊充满疑问地看向辛律之，而后者却只是偶尔抬眼，在对方报出菜名时略一颔首，然后又低下头，不知在摆弄什么；过了一会儿，他将一只纸叠的青蛙轻轻地放在了桌面上。

他伸出食指轻轻一按，青蛙便跳过桌面，跌到姜珠渊怀里。

“珠珠？你还在听我说话吗？怎么了？”

“没什么，我在听。”

见她脸色放缓，听她声音放软，躲在不远处悄悄观察的马琳达也舒了一口气。

她喜欢拍照，但不追求摄影技巧，是因为辛家明去世后，她对这世间绝大多数的事情都提不起兴趣了。

她五岁时被收养，是为了缓解纪永姿第二次流产的痛苦。纪永姿一直想要一个女儿，原本想收养一个年纪小一些的，但最终还是选中了漂亮可爱的马琳达。

马琳达的生父是华裔黑帮分子，生母已不可考。自小在寄养家庭中辗转的她，来到辛家后无论是身体上还是心灵上，都被照顾得很好。辛家父子习惯通过计算将生活安排得妥妥当当。而她则好像继承了纪永姿的感性，无师自通地擅长用对话来影响身边的人和事。

一旦树立了一个目标，一般人根本不能招架得住她的巧舌如簧。

纪永姿的出走，改变了所有人的人生轨迹；辛家明的去世，带走了她生命中大部分的情感。

而现在，她终于有了一件好想做、想做好的事情："Patrick 呢？他在干什么？"

姜珠渊把青蛙放回桌上："他给你点了好多吃的呢，大概整张菜单都点完了吧。"

马琳达捂着嘴笑了一会儿，方道："他不可能对我献这种殷勤，我对美食没有多大兴趣。这样，你每样都试一试，然后从专业的角度来告诉我好不好吃，有没有营养，可以吗？"

既然是专业诉求，那就不好拒绝了。

"您点的餐齐了，请慢用。"

姜珠渊伸手越过这条"美食长河"，将电话还给辛律之。辛律之接过时，发现屏幕上沾了一星胭红。

"啊，抱歉。"

她扯了一张餐巾纸想去擦，而辛律之直接用手指捺掉了。

无话可说，餐巾纸被按在桌面上，用来擦并不存在的污渍。来回擦了几下之后，辛律之的声音似乎也被擦拭过一样干燥："完全没有你想吃的吗？"

姜珠渊露出了一个礼貌的笑容："琳达授权我每样帮她尝一点，可以吗？"

"当然。"辛律之看了看满桌的食物，"先吃什么？"

听到是琳达的命令，他似乎来了一丝精神。

"嗯，蛤蜊浓汤吧……我自己来就可以了，谢谢。"

她先拍照，然后才拿起勺子，沿着碗沿舀了浅浅一勺，放进嘴里。

一勺蛤蜊浓汤，鲜美回甘，滋味无穷。

一颗烤小番茄，软糯酸甜，清爽可口。

一片香炸鸡腿，焦香扑鼻，嫩滑多汁。

一块牛角面包，外酥内绵，奶味浓郁。

她一盘盘地拍照，然后在边上品尝一小口。她吃得慢，辛律之叫侍应过来："这些、这些，还有这些都冷了，让厨房重新做一份。"

姜珠渊道："加热就可以了啊。"

"那就加热吧。"

侍应回到后厨，笑着八卦："头一次见到把整张菜单都点了的，好阔气。"

"还不是为了追美女？美女眼神望向哪道菜，他就赶快挽高袖子，整盘端到她面前。"

"可惜美女正眼都没有望他一眼，啧啧啧。"

"哎哟哟，好歹是个帅哥呀，真心疼。"

最后是一口水果燕麦优格，虽然每样都只吃了一点，姜珠渊也已经饱得不能再饱了。

"哪样你觉得最好吃？"

"琳达应该会喜欢牛角面包配蛤蜊浓汤，浓汤里有大量蔬菜，作为早午餐来说营养也比较合理。"

辛律之拿起面包，撕下一块，汤里蘸蘸，送进嘴里。

吃饱了没法思考。

姜珠渊呆了几秒，起身往沙滩走去。

大脑完全放空，在沙滩上走走消消食也不错。

云泽没有海，只有湖。

遥湖和这片海相比，和善得多，温柔得多。

真奇怪，同样是水域，海令人想出发，湖令人想回家。

她胡思乱想了好一会儿，身后突然响起一把声音，是辛律之：“为什么发呆，想到遥湖了？”

他右肩上挎着姜珠渊缀满彩色铆钉的小坤包，看上去有些奇怪。

不想被他猜中，姜珠渊顺口道：“没有，我在想海岸线处处连续、处处不可导这件事儿。”

“啊，这个。”辛律之顺口接下去，“从分形几何的概念来讲，一块石头有一条微观的海岸线，和佛家的‘一花一世界’仿佛有异曲同工之妙。”

姜珠渊顿了一顿，鼓起掌来：“真知灼见啊。”

她想把包拿回来，不知是吃多了犯懒，还是辛律之不动声色地侧了侧身体，总之她连肩带的边都没能沾上。

“我埋好单了，可以走了。你想去哪儿？”

姜珠渊闻言朝不远处的餐厅露台望去，侍应们正在准备收拾桌面：“不打包带回去给琳达吗？”

“不了。”

其实也不关她事：“哦，就是感觉有点浪费。”缪盛夏都不会干这事儿。

“琳达不会吃的。”辛律之道，“你想去海伦街吗？琳达说格陵只有这条街值得逛一逛。”

“海伦街？我从不去那儿。谢谢把我的包拿过来了，下次有机会我和海泽请你们吃饭。”

辛律之侧了侧身：“希望你理解，我不习惯别人付钱。下次……”

“我为什么要理解？”不待他说完，一直摸不到小挎包的姜珠渊不耐烦地打断，“你当着我男朋友的面，用我犯过的一点点小错误来羞辱我，用智商狠狠碾压我的时候，考虑过我习不习惯吗？什么下次，哈，我只是客套客套罢了，才不会有下次。”

说完她也不看辛律之的反应，一把扯下包来——抡上肩，头也不回地朝餐厅走去。

没有走出几米，她就听见身后有急促的脚步声追了上来。

“生气了？你从来没有对我发过脾气。”

“辛先生，我没有对你发过脾气是因为我们不熟。”

“现在熟了？那为什么还这么见外，叫我辛先生？”

天呀，这逻辑简直环环相扣。

姜珠渊都不知道自己为何而怒了：“因为你讨厌这个称呼，这样可以让你生气——我为什么要和你讨论这个？！”

“知道你是故意而不是生疏，我就不生气了，珠珠。”

“不允许你叫我珠珠。”

“对不起，珠珠。我所有无聊幼稚的行为，全部对不起啊，珠珠。我保证再也不羞辱你了，珠珠。我保证再也不碾压你了，珠珠。”

道歉倒是来得很快。姜珠渊撇了撇嘴，加快脚步。

“珠珠啊，没发现你走得再快，我也追得上吗？”他腿长，很快转到了她面前，倒退着走，“珠珠你看，我倒着走也很快。”

姜珠渊自以为感受到了马琳达作为继母的辛苦：“辛律之，你不要像个孩子一样一直挑衅好不好？我四岁就不干这事儿了。”

是吗？小孩子是这样的吗？他好像没有经历过这种肆意玩闹的人生:“我情不自禁，能陪我再玩一会儿吗？”

“不能。”她实在是再也不想和他纠缠，快步走到正收拾桌面的侍应旁边，“等一下。”

“两条街外有一间‘食物银行’，你们知道吗？饭店或者超市的多余食物都可以送过去，供有需要的人登记自取。”

侍应面面相觑，道：“我们知道这家‘食物银行’。可是我们餐厅的食物快过期了就扔掉，从来不往那里送。至于客人吃剩下的食物，客人没说送过去，我们也无权处置，还是扔掉。”

姜珠渊“哦”了一声，转头对辛律之道：“我想把其中我一点都没有碰过的食物，打包送到食物银行去，可以吗？”

在外人面前，辛律之收起了刚才的顽童模样：“当然，你想做什么都可以。”

“那你们别收拾了，让我打包吧，谢谢。”姜珠渊从钱包里拿出一张百元大钞，“请给我食物级 PP 材质的打包盒。”

“要把这些食物全部打包的话，大概需要五十个打包盒。”侍应大概地数了一下，“我们餐厅只有一种打包盒，是用虾壳制作的，即使扔进海里也能完全降解，但是比较贵……”

“好，我来付。”辛律之道，“去拿吧。”

姜珠渊才不想陪他继续玩，从钱包里拿出所有的百元大钞，一起递给侍应：“够吗？”

侍应看了看辛律之，又看了看姜珠渊，抽出两张一百元：“马上拿过来。”

他飞奔去拿打包盒的时候，姜珠渊对辛律之道：“你还有事就去忙吧，我自己能搞定。”

由她施加的，哪怕委婉的逐客令，也会令他乱了章法。

辛律之简直不知道怎么办才好。他压根儿没有想过自己无论是智商、财富、体能乃至于社会地位都全面碾压姜珠渊，完全可以理直气壮地保持一张始终如一的臭脸。

但实际上在她不耐地皱起两条浓密又漂亮的眉毛时，他马上溃不成军；而当她不屑地撇嘴时，他根本走投无路：“我今天没有工作安排，你看你需要我做什么？”

在姜珠渊看来，反正贝海泽走了，她也不耐烦总是维持一个优雅端庄的形象，发发公主脾气也无妨：“我需要你走远一点。”

辛律之立刻朝后退了一步，见她没在意，悄悄前挪半步。

啊，一向迟钝的他，在她说出“我需要你走远一点”之后，能敏锐地感觉到她已经消气了。

她的坏脾气来得快也去得快，就像一只小手高高举起，又轻轻落下，捶在他的胸口。

他又悄悄前挪半步。

很快打包盒和找零一起送过来，两名侍应帮着姜珠渊将食物全部打包好，还聊了几句。

“其实点了这么多，不吃真的挺可惜。”

对着陌生人，姜珠渊和贝海泽一样，总是很友善温柔：“吃不下硬塞也不好，不如拿给有需要的人。”

那侍应转向辛律之，建议：“打包带回去也不错呀。我们做过实验，冷藏条件下放三天没有问题，就是口感会差一些。”

“一切听她的。”辛律之乖乖收起雀屏，“她说怎么做就怎么做，不用问我的意见。”

“听见了？不用理他。”

不用理他？

云泽初次见面时，一个开奔驰的傻小子，嬉皮笑脸地追了九条街，要给她摘星星摘月亮，换来一句冷冰冰的“不用理他”。

辛律之现在真真切切地体会到了“永不厌倦”的心情。

她的高兴、生气，他都甘之如饴；若还有开心、悲伤，他都想分享。

他已经习惯了在人前展现出多智近妖的形象。

而在她面前，他想卸下所有铠甲。

也希望她除去所有伪装。

那两名侍应原先见美女姐姐用餐时他殷勤侍奉左右，还暗暗赞叹这种绅士行为。现在见他一副唯唯诺诺、亦步亦趋的模样，也不免有些瞧不上了——亏得他一表人才，却毫无男子气概。

和面前这位温柔爽利的姐姐相比，大概也就是个金玉其外、败絮其中的窝囊废吧。

“姐姐，我们一开始还以为你们要做大胃王直播呢。”

“那是什么？”

“就是点一桌子热量破万的食物，然后全部吃掉。上次我们有个小师妹过来做直播，吃了五份肉食者早午餐，就是这个。”他指指桌上一盘拱得如小山般的多层牛肉汉堡，“摞起来和她一样高了。”

“你们是大学生吧？勤工俭学？”

“嗯，我俩都是格陵农大食品学院的学生。”

“啊，那是我当初想报考的学校和专业呀！你们大几了？”

“大四，他爸是这家店的经理，所以我们在这里打工兼实习。”

“别乱说。总公司已经签约卖掉了，听说这家店是重点整顿对象。我爸可能很快就要被炒鱿鱼了。”

“卖掉了？老饕门前段时间不是还在准备上市吗？这么快？”

“嗯。这家店是重点整顿对象，我爸可能很快就不能当经理了。对了，你知道吗？听说收购方是一名还不到三十岁的美籍华人。”

听到这里，姜珠渊不由得朝辛律之看了一眼。两名侍应顺着她的目光看过去——辛律之正出神地想着什么。他原就长得标致，放空时便如同一座雕塑般赏心悦目。

可惜是个银样镴枪头。

“你想想看，我们三十岁的时候会在干吗？估计背了一身房贷在相亲吧，真是太令人嫉妒了。”

“不说这个了。姐姐，看你的样子，是同行吗？”

“嗯，我学的是营养与食品学。你们马上要做毕业论文了吧？”

“嗯，我做得早，已经写完了。他就惨了，导师是兰若天教授，做的是食品保质工艺优化的题目。”

“兰教授？兰教授指导你还惨吗？”

“当然！他的导师随便有一点实验结果就收货了，兰教授给我列举了八个可能影响食品保质工艺的因素和常规范围，要我做出最优组合来——等会我还要赶回去做实验呢。”

全部打包完毕之后，侍应又去拿了两个空纸箱来装：“要不，我拿上推车，和你一起过去吧。也看看情况，和我爸反映一下，以后把多余的食物都送过去。”

“OK。”

结果推车不在店里。

辛律之此时出声道：“坐我的车吧。”他吩咐，“叫他们把我的车开过来。”

“你的车？你知道我今天坐什么车来的吗？”

“什么车？你们后到的，我没有看见。”

“总之是一等一的豪车，我不坐破车，省省吧。”

姜珠渊并没有拿辛律之与贝海泽比较的意思。但他的好胜心又冒出了头：“破车？”

“对，破车。”

“你们去门口等着，我亲自去开。”

“不用理他。”

已经走远的辛律之听到这句话，又退了回来，在姜珠渊耳边说了一句话。

“你可以说我开破车，但刚才那位一直用鄙视眼光打量我的小弟弟，将失去做富二代的机会。”

“什么意思？”

“雷再晖建议我从老饕门经营良好的分店当中挑选几名经理和店长到国外去学习，回来后进入总公司的管理层。有才能的人很多，但不是每个人都有上升的机遇。”

“辛律之，你第一天认识我？我是那种会被野蛮人威胁到的人吗？”

“这怎么能叫威胁呢？美女的愿望不都是世界和平吗？Beauty and beast（美女与野兽），是罗曼史。Beauty and captain（美女与船长），那才是威胁。”

“什么船长？”

辛律之笑着走开了，挥挥手：“还有，不要再对我用那四个字。”

等两名侍应一人抱一个纸箱，在餐厅门口看到辛律之的“破车”时，不禁吹了声口哨。

其中一人悄悄地撞了一下另外一人的胳膊肘：“哎，我说，这车怎么样也要七位数吧？”

“对啊，还有车牌，这种黄底车牌至少二十万元吧？”

“不止。我听说万象集团的 8888 花了一百二十万元，那还是十年前的价格，这块牌子也有两个 8 呢。”

“如果这都是破车，那豪车得是什么程度？”看来是不学无术的纨绔子弟在追漂亮傲娇的“白富美”了，世间上的任何行为一旦用金钱来打磨，就会变得闪闪动人，“停车技术也不错，一步到位。”

辛律之下车，极具风度地替姜珠渊打开副驾驶的门，一歪头：“三个火枪手，上车吧。”

两名侍应默契地交换了一个“有貌、有钱、有闲，可惜有病”的眼神，迅速放好纸盒，上了车，又招呼姜珠渊：“姐姐，姐姐，咱们就坐这车吧。”

两人嘻嘻哈哈地笑了起来：“如果以后我们能凭自己的本事开上这种车，多酷啊。”

他们都已经考过了驾照，但作为普通家庭出来的大学生，将来要想开上这种车，估计还非得有命运的青睐才行了。

谁说他没有机会呢？

姜珠渊没忸怩，痛快地上了车。

一路无话。姜珠渊想起了什么，回头继续讨论：“那你现在用的哪种实验方法？黄金优化法、正交法还是响应面法？”

“一听就知道姐姐的数统知识一定学得很好了，我现在用的是黄金优化法和正交法，但即使这样，工作量也很大。”

“其实我也很一般……”姜珠渊沉吟，“虽然我刚见识了一个很棒的进化型正交设计方案，但并不适用于复合因素检测。”

辛律之抿了抿嘴，用来掩盖一丝得意的笑容。

“那姐姐你有更好的建模办法吗？会不会根本不存在，就是要用穷举战术？”

姜珠渊摇摇头，又摇摇头。

“一定可以用数统知识解决。”她转回身，右手托腮，喃喃自语。

辛律之看了她一眼，也没说什么，心情极好地继续开车。

姜珠渊一直思考着这个问题，直到他们已经在食物银行里登记完相关资料，并将食物全部放入了冷藏柜。

“请问您需要这些食物吗？需要的话，就在我这里登记一下，谢谢。”

姜珠渊循声望去——辛律之正在查看一盒速溶咖啡的保质期限，没想到的是其中一条开了封，一拿起来就全部倒在他的手上了。

她想破了脑袋也想不出理想的模型，在网上搜索得到的信息也语焉不详，看来必须求教这个心理年龄只有四岁的数学博士了。

“Patrick，你看看你，多大意呀，我来帮你。”

哎呀，生气的时候连名带姓叫他辛先生，辛律之；有求于他，就叫他 Patrick 了。

这点小心思像是用羽毛在他心尖挠了一下，痒。

辛律之把沾了咖啡粉的双手伸到她面前：“帮人帮到底，谢谢。”

……好，大丈夫能屈能伸，小女子也要刚柔并济。

“你喜欢这个牌子的咖啡？这是本地品牌，马里兰买不到，对了，上次给你喝的就是这种。”

虽然早就看穿了她献殷勤的用意，但真的很受用，想多享用一会儿：“最近刚喜欢上。”

姜珠渊从包里拿出湿纸巾，又隔着外套握住他的手腕——不禁有些吃惊，看他高高大大，手腕却很单薄，手指也纤细修长如同女人一般。

就连指甲也是带一点天然的粉红色。

想起之前她也牵过他的手，但那时候好像没有这种认知。

见她走神，辛律之道：“怎么，把脉你也会？”

姜珠渊用湿纸巾帮他擦手：“不会，要用我的护手霜吗？”

“可以试试，这是什么味道？”

“佛手柑。”

原来她身上的香气，是佛手柑的味道。而姜珠渊出于对美好事物的欣赏发出了赞叹的话语：“不得不说，你的手真是我见过所有人当中最漂亮的了。”

辛律之不是没有被人夸赞过，只不过他身上的一切才能都是与生俱来，得天独厚，即使夸赞了他也不当一回事。

她的每句话，每个动作，即使并没有那含义，也总是能轻易撩动他的心弦：“是吗？和我爸的手完全不一样。”

姜珠渊随口道：“那就是遗传妈妈了。”

他手指一僵，她顿觉失言，又道：“以前怎么不觉得你瘦呢？怪不得琳达说你吃少了。我给你设计个食谱参考一下吧，配合力量训练，可以长肌肉。速度可能慢了点，但是……”

话还没说完，辛律之就攥起了拳头。

关节愈加分明的同时，衣服下面的肌肉也紧绷起来：“请问你觉得一个人的身体应该达到什么程度才称得上完美？这样够不够？”

还真是四岁的好胜心啊：“起码要能表演胸口碎大石，咽喉锁银枪吧。”

辛律之松开拳头，甩了甩：“这么轻松的语气，想来你一定是有练金钟罩的食谱了。”

“吃了能增加心理年龄的食谱才适合你。”她突然伸手指向他左边耳垂，“哦，你有耳洞。”

“我们第一次见面吗？你才发现？”她的耳垂很小巧，没有耳洞，左边耳垂前有一颗米粒大小的痣；她的手肉乎乎的，指节有坑，指甲很短，就像小孩子一样——这些是他第一次见面时就注意到的细节。

现在想起来，原来那时候已经将她的一切都印在了心底："珠珠，你是不是从来没有正眼瞧过我？"

"也不是。"真奇怪，以前没有注意又或者忘记了的细节，今天重新深刻起来，"想象不出你戴耳钉的样子。"

"你觉得我是为了戴耳钉扮酷才打耳洞吗？"

"不然呢，谁没有叛逆期？"

"那你在叛逆期做了什么？"

姜珠渊瞥了他一眼。

"没啥好说的。"

她越不说，他越好奇。

"我得听过了才能评价。"

"不告诉你。"

"我猜和缪盛夏有关。"

"不告诉你。"

"看你这么乖的模样也做不出什么离经叛道的事情。"

"不、告、诉、你。"

哈，从不用理他，进化到了不告诉你："好好好，看你能忍多久。"

说话间，他们已经走出了食物银行，先将侍应送回了餐厅："姐姐，我把电话号码留给你，保持联系呀。"

对了，光顾着聊天，差点忘了本意："Patrick 啊，有道题请教你——如果有八个因素……你明白我的意思吗？"

两名大学生有些奇怪，不知道为何她会问这明显看起来就是一只绣花枕头的公子哥儿，他只怕连题目都听不懂吧？

令他们大跌眼镜的是，这位公子哥儿却慢条斯理地回答："来的路上就听到了，我还以为你永远不会问了。"

姜珠渊的语气更谦恭了："那据你所知，有没有更优化的模型？"

"当然。"辛律之看着那两个大学生，"小朋友，对于你们来说，一切问题都能用数学解决。数学解决不了的，用高等数学即可。”

咦，这是胡诌，还是打趣？他们兀自犹疑时，又听姜珠渊大力推荐：“这位哥哥英文名叫 Patrick Shin，是普林斯顿的数学博士，会写程序，发过好多文章，问他准没错。”

普林斯顿？一人还在犹疑时，另一人突然叫起来：“真是 Patrick Shin 吗？化学课上讲过的那个华裔天才？”

辛律之不满道：“为什么是化学老师，而不是数学老师提到我？”

“因为你帮他优化过一个合成工艺呀！他说当时你发了一篇文章，编了一个相关程序，叫 R 什么来着——他写信咨询，没想到你真的很耐心地回复了。听辅导员说，这事儿他都讲了十年了，每一届学生都讲一遍。哇，你十年前也就和我们一样大吧？啊，姐姐，你十年前多大啊？还在上中学吧？”

辛律之冷冷道：“不好意思，我十年前比你现在还小，不要乱给我添岁数。”

真是人不可貌相，侍应的态度立刻大变样，眼中射出了崇拜的光芒，教授哥哥地一通乱叫：“教教我们吧！”

辛律之还在介意他们给他多算了几岁：“既然上过课，十年前的知识也足够你用来优化实验了。为什么不会？书都念哪里去了？”

两人哀号起来：“无机化学太难了呀！考完就还给老师了呀！”

“对对对，”姜珠渊很有共鸣，“如果说有机是天书，那无机就是无字天书。”

“我先教你们这位姐姐，然后她再来教你们吧。”辛律之道，“你们不是还赶着收工回去做实验吗？走走走。”

把两个小弟弟打发走了之后，他心满意足地开着破车带姜珠渊离开了餐厅。

“那现在去哪儿？要不找个清静的地方坐下来，我们慢慢讨论，我请你喝咖啡。需要电脑吗？那去网咖？”

刚才还恨不得和他划清界限，说不会有下次，现在为了这么个破程序，脸上的笑容都快溢出来了。

明明知道那笑容是表面的、违心的，还是想看她多献媚一会儿。

辛律之将车转向了主干道，气定神闲地吐出两个字：

“求我。”

“……我就知道你不会那么好说话，我也不麻烦你，只要你告诉程序的名称，我自己去搜索。”

“求我。”

“哎，人之患，在于好为人师哦。架子嘛，摆一下好了呀。”

“求、我。”

“我就不信只有你一个人会。”

“好，有骨气。这样，也不用求我，什么时候你表演咽喉锁银枪、胸口碎大石给我看，我就告诉你。”

没听到她的回应，辛律之扭头看了她一眼，立刻又转回头去：“不要撇嘴，不要皱眉。”

“为什么？”

因为他会心软：“你做这些表情的时候非常丑。”

姜珠渊早过了被人评价为丑女就会伤心的年纪，况且还是在一个连手都比她漂亮的男人面前。即使之前有被叫作“美女”，也不过是客套说辞罢了——现在重要的不是打嘴仗，而是满足求知欲：“表演猴子戏是吧。”

明明答案就在身边，却没法得到的感觉实在太糟糕了：“我有比那更棒的。”

她从钱包里拿出辛律之签过名的糖纸；后者瞟了一眼，语气由戏谑变得正经：“你把它拿出来做什么？”

“朝闻道，夕死可矣，回答吧。”

“收起来，朝朝暮暮，我不回答。”

“所以现在是全凭你心情好坏来决定是否践约了？”

“哈，如果不是心情好，我出的题，你哪能看得懂啊？”

说完他便想起，答应过她不再碾压，正要道歉，没想到她已经不客气地反驳：“那你当初就不要出那么简单的题目，不要签名呀？”

辛律之没言语，拐了个弯，将车驶到路边停下来，熄火。

“可以让我回答任意一个问题，做任意一件事情——你确定要为那两个小孩子用在这里？你只要对我真心实意地笑一下，就算求我了，懂吗？”

所以现在是怪她虚伪：“我没有什么需要你回答的问题，也没有什么需要你去做的事情。”

也许是被他回击得多了，每说出一句话，她会立刻检讨其中的逻辑性；但辛律之没理会话里的漏洞，而是直接伸过漂亮的手指：“那还给我。”

见他明抢，姜珠渊下意识护住。

“难道我拿着它，让你去死，你也去吗？”

闻言，辛律之大为震动。

并不是因为她臆想可以借由一个小小的签名左右他的生死，而是她在交谈中展现出来的决断和激烈，终于令他心生警惕：“姜珠渊，生死岂可乱说？！”

天哪，姜珠渊，听听你自己说了什么？

你多大了，怎么会任由情绪放纵到如此地步？

辛律之不像他了，你也不像你了，这个世界也不像你喜欢的那个世界了：“对不起，是我越线了。”

她解释道：“其实我真的已经很少很少这样口不择言了，小时候别人都说我心直口快，我还以为是个好词。我爸说我这是拿无知当个性，还说我说话都是从喉咙里出来的，不经过大脑。我妈说，淑女都是能不说话的时候就尽量不说，能立刻说出来的话停三秒想一想再说。如果需要想三秒才能说出来的话，就停三分钟再说……以此类推。”

幸也不幸，她的父母压制了她的这一天性。

见她道歉，辛律之满心不忍，又无计可施。

他重新发动引擎："童言无忌，是我反应过度。"

姜珠渊看了看腕表，已经下午三点多了。她抬起头，朝车窗外看去。

初冬的阳光洒满了整条街道。

车内一片沉默。

这是三秒的暂停，还是三分钟的停顿？还是以此类推？

车行平稳，而开车的人略有些心浮气躁。

他原想一个女孩子能问什么——身世的秘密、复仇的真相，这些他都可以告诉她。

他原想一个女孩子能要什么——美丽的衣裳、精致的珠宝、华丽的别墅、完美的丈夫、可爱的孩子、珍视的事业，这些他都可以帮她实现。

无论是因为报恩还是别的什么不可明说的原因。

没想到她问的、要的，从来不是他预设的那些。

她要的是生或死，全或无。

他就这样轻率地将决定权交给了无情的她。

必要的话，她绝对会行使这一权利，去否定、褫夺、颠覆和湮灭。

而他到时候是践约，还是毁诺？

再强大的对手他也遇到过，再动荡的局面他也经历过，但现在她可能带来的未知却令他心生不安。

不欲多想，辛律之换了一个话题。

"Random-Centroid Optimization."

"什么？你在和我说话？"

"这车上还有别人？"

"我英语听力不是很好，能听懂日常对话而已。"

"Random Centroid Optimization，RCO，中文应该叫作随机质心优化算法。我会把程序发到你的邮箱，有什么不懂的再问我。"

“哦，Thank you（谢谢）。”姜珠渊想了想，突然道，“你一说我有印象了，真的学过。”

但是都还给老师了。她正盘算着回去好好看看，尽量不再问他，又听辛律之道：“少为应该对你讲过我的工作。”

姜珠渊不明白他此时说这话的用意：“嗯，我们第一次见面的时候你就讲过了。”

“那时和你不熟，说得很含糊。我毕业后就一直在负责父亲留下来的基金会，总部在马里兰的 Bethesda。”

“这一部分组长向我提过。”

“虽然我的父亲是基金会的主席，但我要进入欧拉的董事局，也得先在大学时进入欧拉兄弟会，成为会长。”

“兄弟会？”看他的模样不像是爱疯闹的人，“听说是玩得很疯的组织啊。”

辛律之不以为然地笑了笑：“和其他兄弟会比起来，我们这些亚裔书呆子的试炼已经很简单了。TriSolve（三道难题），TriAthlon（铁人三项），TriPunch（穿三个孔）。”

“前面两个我听懂了，可最后那个是什么？在肚子上打三拳？”

“抽签确定身体上的三个部位，找刺青师傅穿三个孔。”

“穿孔难道不应该是 pierce？”

“在我父亲之后有一届会长是中美混血，Ed・Pierce，他上台提出的第一个动议就是改项目名称。”

所以是为尊者讳：“真会玩，这算什么考验？”

“欧拉兄弟会比基金会的渊源要久得多，所以没人知道何时流传下来的规矩。”辛律之道，“大多数人不喜欢这条规则，有些呆子好容易准备了大半年，完成了 TriAthlon，抱着侥幸心理去抽签，结果抽到很不好说的位置，就放弃了。也有人下定决心而来，但是完不成 TriSolve 或者 TriAthlon，也只能被拒之门外。”

“也就是说，看起来很容易，实际上很难——你们每年能招到多少人？”

“八到十人。每年我们会发一百张报名表，需要三到五个人举荐，淘汰率是 90%—95%。”

“忘了你是在普林斯顿，怪人一定很多。”

“要废除 TriPunch，你得先成为会长。成为了会长之后，你就会想，后来人也应该尝尝这种滋味。”辛律之道，“所以直到毕业，我也没有废除它。”

“就像高考一样，总想着等我当上教育局局长，就废除该死的高考；可是真的当上了，一定会觉得我要出更难的题折磨学弟学妹，不然就亏了。”

辛律之强忍笑意：“对。”

“我知道了，”姜珠渊摇晃着食指，“耳朵是你抽到的其中一个。”

他又点点头：“对。”

姜珠渊的手在腿上轻轻地敲打着：“你没抽到眼睛、舌头、鼻子、眉毛这些部位，真是太幸运了。毕竟你长得这么好看，打个孔多可惜。”

“琳达找的刺青师傅，我们专门开车去迈阿密打，手艺还挺不错。”

这句讲完，又陷入了沉默。

姜珠渊的手仍然在腿上轻轻地敲击着，似乎在想着什么。

辛律之不疾不徐地继续开车，手指间或敲击着方向盘。

她突然打了个响指：“我可以问琳达呀！那样就不尴尬了。”

辛律之不禁爆发出一阵大笑：“你太弱了！”

你太弱了。

这四个字将姜珠渊的理智瞬间拉回到今天的早些时候。

洁白的姜花、泛黄的珍珠、恶俗而充满情意的发卡。

浓密的头发、挺括的风衣、精致而散发香味的蕾丝。

笑过之后，辛律之敏锐地感觉到同样是沉默，气氛却变了："怎么？"

"这是发什么疯？"姜珠渊笑着摇摇头，"你，是一等一的数学天才、建模大师，偶尔做一次企业收购也是干净利落，完美无缺；我虽然天赋不及你，但也有信心成为本领域的专业人士，每个经手的案子无论大小，我都做足功课，毫不松懈。"

"如果说到之前的几次见面——抛开外表不谈，我相信我和你对彼此的印象，也应该是大方得体、彬彬有礼、温文尔雅、聪明机智之类的褒义词吧。"

一直聆听的辛律之轻轻地"嗯"了一声，表示同意。

"可是过去的几个小时里，我和你成了没头脑和不高兴、暴脾气和玻璃心、幼稚鬼和公主病。"姜珠渊道，"给琳达和海泽看到这种场面，一定大跌眼镜。"

和她在一起的时候，他不太想听到其他人的名字："所以呢？"

"我在想，是不是因为越接近你，越觉得你聪明又漂亮，近乎完美，所以没办法像对待其他人那样，以平常心交流？"姜珠渊道，"你身上实在有太多值得我学习的地方了，但是天赋这玩意儿又学不来——真是无力又尴尬啊。"

这种称赞，才真是疏离又冰冷啊。

辛律之用眼角余光瞥见她在查看手机，上下划动了几下，又收回包里，若有所思。

那种愤怒与嫉妒重回胸腔，滚滚而来。

他从未发现自己如此善妒，而且毫无立场、毫无依据。

承蒙辛家明教育，辛律之有一百种方法让姜珠渊来到他身边。

而她只有一个理由。

名花有主。

以一敌百，大获全胜。

两人异口同声。

“我们谈谈吧。”

格陵洲际酒店，夫人套间的会客厅里，马琳达浅浅地饮了一口茶，更深地窝进沙发里，真心实意地发出一声赞叹：“Cici，你带来的茶真的很不错，香气和口感会让人感觉回到了温暖的南方。”

被称作 Cici 的女孩子纤弱清秀，衣着保守。她端着茶水，笔直地坐在柔软的大靠背沙发椅里，下意识地推了推鼻梁上的黑框眼镜：“我记得琳达你喜欢这个牌子的红茶。”

琳达放下茶杯，笑得很亲切：“不是我，是 Patrick。你父亲第一次招待他，就用的这种茶。现在 Patrick 在马里兰的办公室，也常常收到你父亲寄来的茶叶。当然，Patrick 喜欢的，我也喜欢。”

听到她提起 Patrick 的名字，Cici 的脸上泛起了一阵红晕：“我不知道你们来了格陵，否则早就来探望了。你们好吗？在这里习惯吗？格陵虽然和马里兰一样靠海，但因为人工填海的缘故影响了洋流运动，一年四季的气候很紊乱。”

“听起来你在这里待了很久了。”

“我在这里工作有一年了。”

“上次我们回去，你父亲还向 Patrick 说起你的事情。”

“他在 Patrick 面前说我什么？一定说了很多坏话。”

“说你和 Ellis 的脾气一模一样。”马琳达摩挲着杯沿，“无视父母权威，不服管束。好在你读的书多，身边有一帮靠得住的朋友，大家在一起不喝酒、不开快车，很自律。”

“经过了 Ellis 的事情之后，他们不相信我能够对自己的生活负责。但事实证明，我没有走他的老路。尤其出来工作的一年，没有依靠家里，我也过得很好。”

确实如此。她一直都是个讨人喜欢、独立自主的女孩子：“你不问问你的父母，他们过得好吗？老人性子倔，他们不和你联系，你也应该时不时打个电话给他们。”

“Marie 是我们的缓冲带。”Marie 是她家的管家，已经工作有数十年了，“我知道他们身体都挺好。当然这都是多亏了 Patrick，没有他，我们全家人永远也走不出失去 Ellis 的阴影。”

“那都是七年前的事情了。”

更长远的记忆 Cici 也已经模糊。

但她一直深刻地记着，在一次激烈的争吵中，Ellis 踹烂了自己的房门。

再也没有修过。

他那一向乱七八糟的房间从此大剌剌地敞开，一览无余。

父亲的本意是没有门，可以更好地监视儿子，而这成了 Ellis 更加不愿待在家中的理由。

他的心门一直紧紧地关着，谁也敲不开。

深夜里，Cici 常常被车灯及喇叭声惊醒。她悄悄起身，趴在卧室的窗口，看 Ellis 那帮所谓的朋友开着车在修剪漂亮的草坪上横冲直撞，然后停在早就被他们撞坏了的天使雕塑旁。

他们从车上跳下来，把客厅的音响开到最大，又冲进厨房，打开所有的柜门找酒；而后父母房间亮起灯，父亲穿着睡袍冲下楼，家里充斥着各种咒骂和摔打声。

以至于她有很长一段时间觉得，年轻男人的脸孔都阴狠且暴戾，说的话都下流而决绝。就连 Ellis，对她而言不是哥哥，而是一个可怕却擦不掉的鬼画符，就像他房间里那些惊悚的涂鸦一样。

直到 Ellis 车祸身亡，绝望的父亲带她去找辛家明叔叔。

一间看上去毫不起眼的办公室，年轻的数学天才坐在父亲的书桌后面，恭候第一位委托人大驾光临。

他看上去很整洁，也很文雅，和 Ellis 那些浑身大麻味的朋友完全不一样。

Cici 记得他给父亲拿来了纸巾盒，父亲不停地擦着眼泪。他听得很多，说得很少。但就是这寥寥数语，却有着直击人心的力量，终于止住了父亲自出事以来就没有停过的眼泪。

父亲又开始不停地擤鼻涕，恢复了商人本色，精明地对合同中的一些条款讨价还价，并最终达成一致。

临走前，她问自始至终面色沉静的辛律之：

“So，you are godfather（所以，你是教父）？”

“小朋友，会说中文吗？”

Cici 因为身量纤弱的缘故，十五岁的她仍然在童装部买衣服：“我不是小朋友，我会说中文，我有中文老师。老师说作为华人，应当找机会多说中文，多写中文。”

“老师说得很对，我不是教父，我只是一个能够帮上一点忙的同胞而已。”

七年来，她的父亲对这位“能够帮上一点忙的同胞”赞不绝口：“他常常说，如果能够有 Patrick 这样完美的儿子，即刻死去也瞑目了……”

突然想起马琳达和辛家明的关系，Cici 道歉：“对不起。”

“没什么。Heart break（心脏病）发作很快，谁也没有预料到，还要多谢你父亲找格陵的亲戚帮忙，用私人飞机送 Patrick 回华盛顿。”

“很遗憾没能快点把 Patrick 送回来，让他和 Albert 叔叔见到最后一面。”

往事重提，总有些惆怅和感伤：“不提了。算起来，你去年从伯克利毕业，怎么没有去你父亲的公司工作，反而跑到格陵来了呢？因为母亲是格陵人，所以你想回来看看？”

Cici 略一踌躇：“看来 Patrick 还没有告诉你。琳达，我在老饕门给代喜娟当了一年的私人助理。”

马琳达脸色微变：“为什么？我想 Patrick 不会不通知我，就做出这样的安排。”

“不，这是我的个人行为。”Cici 道，“我也并不想让你们知道。但是 Patrick 突然出现在了签约现场，现在我觉得很尴尬。”

马琳达突然莞尔：“你担心 Patrick 不高兴？”

“……会吗？”

“不会。”

听马琳达这样说，Cici 不知道是应该松一口气还是失落：“我准备辞职了。”

“哦？换了 Patrick 当老板，反而不想做了？”

“其实我一直想去欧拉基金会工作，去年申请实习生的岗位，说我其他条件都符合，只是没有工作经历。”

“啊，真乱来。实习生怎么会有工作经验？”

“我知道不会很轻松，但还是想试试。我并不打算和Patrick一争高下，但是我希望他能对我刮目相看，而不是总把我当作一个小朋友。”

啊，原来是这样。

马琳达不由得重新审视起面前这个清秀的小妹妹来。

“这件事情 Patrick——啊，他回来了。”

虽然房间和走廊里都铺着厚厚的长毛地毯，但琳达还是敏锐地听出了辛律之的脚步声。

“……好像还有一位客人。”

Cici 莫名紧张，她取下黑框眼镜，迅速整理了一下仪容。

会客室的门笃笃笃地敲了三下。

“请进。”

门外果然是她一直魂牵梦萦的辛律之。他那男中音的声线还是一贯地富有磁性：“琳达？ Cici？”

Cici 浑然忘记了刚才马琳达提醒还有一位客人，她起身，声线有些发颤：“Patrick，好久不见。”

“周五不是见过了吗？”辛律之自然地回应，“抱歉今天比较忙，你们慢聊。”

此时Cici听见外面有把女声在问：“有客人？”

这声音很熟悉，辛律之朝身后看去，温柔地回答她的问题：“……没有不方便。稍等一下，过来打个招呼。”

Cici看见他伸手过去，拉住了一只缀满彩色铆钉的小坤包，仿佛表演魔术一般，变出来一个大活人。

那有一双漂亮杏眼的女孩子微微笑着对琳达示意：“琳达，是我。”

“姜珠渊，Celine Si，司瑟霖。”辛律之为两人介绍，“Cici父亲和我父亲祖籍都是潮汕，Cici对我而言，就像妹妹一样。”

“我们见过。”姜珠渊一眼就认出来了，Cici正是小司。现在的她，一点也不像代喜娟身边那个沉默而且毫无存在感的助理，“Celine，你好。”

相比较姜珠渊的坦荡，Cici有些谨慎。她知道姜珠渊是“万食如意”项目的成员，虽然来得晚，却是成少为的心腹之一，也深受代喜娟器重：“你好，没想到在这里遇到你。”

“是吗？我倒不是很奇怪。”

“我上星期回马里兰，你父亲很烦恼，似乎是因为和你之间有些争执。做个好孩子，别让他担心。”说完，辛律之扭头对姜珠渊道，“去我房间。”

“我邀请了Cici留下来吃晚饭。”马琳达又道，“珠珠，你想吃什么？日本菜怎么样？我让酒店安排。”

“我不在这里吃晚饭，谢谢。”

他们离开后，Cici显得有些魂不守舍：“琳达，她怎么会在这里？”

“你看到了，她和Patrick有事要谈。”

“他们……是什么关系？”

“我想这只猫还关在薛定谔的盒子里呢。”

Cici若有所思；此时会客厅里的电话铃响起，马琳达去接：“啊，这样……对，Patrick认识她……好，请她上来。”

她放下电话。

电话旁放着一只细长的花樽，插着一朵含苞待放的玫瑰，一束阳光从窗外射进，恰好洒在花蕊上。

“真是修罗场啊。”

“琳达，你说什么？”

“今天一定是适宜做东的日子，又来了一位客人。”马琳达转身对Cici笑道，“太阳这么好，我们去泳池边散散步，顺便等等那位太太吧。”

辛律之打开了总统套间的门。

“请进。”

一条缀满菱格天鹅绒的玄关通向宽阔而明亮的起居室，充满玫瑰香气的房间有着一整面的落地窗，窗外是蔚蓝而清澈的泳池；落地窗两侧，各有一扇门通向书房和卧室。卧室的门开着，当姜珠渊在辛律之的引领下，经过落地窗走向书房时，可以看到卧室内是黑白灰的简洁布置，长毛柔软的白色地毯，充满现代感的灰色沙发，King Size 的黑色大床。

书房同样是简洁大方的美式风格，姜珠渊在书桌对面的沙发上坐下。

“喝什么？”

“水，谢谢。”

辛律之重新出去了，再进来时，手上拿着两瓶气泡水。

“对小概率公主来说，小概率事件的发生，应该很好接受才对。”

“什么？”

辛律之拧开水递给她：“Cici 在代喜娟身边工作这件事情也让我很意外，不过我想她一定有她的理由。”

“和我没有关系，不必解释。”

“生气了？”

“没有。你为什么会这样想？”

辛律之倚桌而立，两条又长又直的腿显出紧绷而又充满力量的线条。

“我想我们还是先把 Cici 的事说清楚比较好。”他不希望这其中有什么误会。

自始至终，他对他的每个计划及可能的后果负全部的责任，不会让无关的人牵扯进来：“少为不会，Cici 不会，琳达不会。”

成少为盲目追求寇亭亭的时候，他只是冷眼旁观；但现在开始，可能引起姜珠渊误会的行为就要坚决制止：“晚饭时我来问问 Cici，如果她真是因为我的原因在代喜娟身边工作，我会立刻送她回家。”

见他一直执着于这件事，姜珠渊无奈道：“好了好了，我相信。”

“那言归正传吧。你要和我谈什么？”

真回到正题上来了，不知是缺水还是别的什么原因，姜珠渊的嘴唇和喉咙有些干渴发黏，扑通扑通跳着的心也仿佛陷在泥浆里一般有气无力。

她喝了一口冰水，那寒意一直延伸到眼窝。为了平息焦虑而又不安的情绪，她对刚刚拧开另外那瓶气泡水的辛律之道：“我想，你还是坐下来比较好。”

他依言在另一张沙发上坐下，与姜珠渊的位置呈九十度角。

从她的角度去看他饮水的侧面，清秀而又坚毅的线条，熟悉又陌生。

辛律之喝了一口水，放下。

从她的目光，他能感受到她又想起了云政恩。

她的思念在他这里转成了一种复杂的情绪，感动、悲伤、惆怅、安慰，甚至还有一丝……羡慕。

原本是因为她和云政恩的关系才开始注意她、靠近她、欣赏她，但不知不觉中，这种情绪已经慢慢颠倒，她的美貌、她的真诚、她的聪明、她的勤勉、她的温柔、她的慈悲，甚至还有刁蛮和骄纵，这一切特质并非因为那段过去而熠熠生辉。即使剥离了有关云政恩的记忆，她也能自由而热烈地存在着。

她是她自己，她是姜珠渊，她是无可替代、无与伦比的珠珠。

“真是伤脑筋，不知道从何说起……”

辛律之抬眼望她："我有很多时间，你可以慢慢想，慢慢讲。"

"我不太习惯对别人讲自己的事情。"

辛律之低声道："我很荣幸。"

"这件事情，爸爸、妈妈、哥哥，还有海泽，我都没有说过。"

"那一定和缪盛夏有关了。"

"啊……数学家的排除法。"

"他也很荣幸。"

"刚才我就想问了，你怎么会知道他的名字？他只是个土财主，而且你只见过他一面。"

"他查过我，不是吗？"辛律之淡淡道，"网络上的一切行为都会留下痕迹，尤其是对基金会内网的窥探。"

姜珠渊吐了一口气。

"对，一切行为都会留下痕迹。"

她拿起身侧的包；那一瞬间辛律之脱口而出："你要走？"

姜珠渊一愣："我还没开始呢！你不要打断我的思路。"

她打开包，拿出手机，调出一张照片，轻轻地放在辛律之的酒杯旁边。

这是一张七年前的照片，拍的是一张淡绿色单据的局部，签名处有一个龙飞凤舞的Shin。

由于时间久远，像素不高，和他签署在糖纸上的Shin有一些不同，但笔锋仍然看得出是同一个人的笔迹。

辛律之拿起手机，凝视着他七年前留下的线索。

姜珠渊紧张地看着他的表情。

他将手机轻轻放回茶几，起身走到书桌旁，他的声音突然变得低沉而冷漠。

"会喝酒吗？"

"不会，我酒量很浅。"

"因为琳达有过一段很痛苦的戒酒期，所以我在她面前很少喝。"辛律之从抽屉里拿出一只扁酒盒和酒杯，“我想喝一点威士忌，可以吗？放心，我酒品很好。”

“酒品很好是指？”

辛律之一边倒酒一边回答：“有节制，不发疯。”

“请便。”

他喝得很克制，只轻轻地饮了一口。午后的阳光从泳池上方射进半掩的窗帘内，落入酒杯，似乎有脚步声从外经过，伴着女人莺莺呖呖的聊天声，但很快又归于安静。

姜珠渊静静地等了一会儿，辛律之没有说话的意思。她似乎想起了什么，又在钱包里一通翻找；辛律之跷着腿，把玩着酒杯，静静地看她把整个包都掏了个遍，终于在角落里找到了那张糖纸，啪的一声拍在茶几上。

“你看这两个签名。”

“看到了。”

“你没有什么想说的吗？”

“难道不是应该你向我解释吗？”

“解释什么？”

“你为什么会有我七年前的签名？”

姜珠渊张口结舌；辛律之又道：“这张表格共有三联，我这里有一份，另外两份在哪里？”

“烧了，高院长重新签了一张存档。销毁前，我拍下来了。”

“一直保存了七年？”

“对。我每次换手机，都一定会把这张照片转到新手机里——等一下，为什么是我一直在回答你的问题？”

辛律之喝了一口酒。

“因为你更想从我这里得到答案。那就只能先用你的故事来交换——为什么你会得到这个签名？”

姜珠渊踌躇了一下。

“这很重要吗？”

“当然。”辛律之道，“我喝酒的时候一定要听故事。”

“我觉得你的酒品一点也不好。”

姜珠渊撇了撇嘴。

“你问我叛逆期做过什么……”

“果然和你的无可奉告有关。”

“是是是，你最聪明，我得从这个说起。”

她不安地动了动双脚。

其实应该怎么样定义叛逆？

她虽说有小脾气，但也懂得分寸，只在父母能接受的范围内撒娇任性。

他们不能接受的事情，偏偏要去做，哪怕只有一次，哪怕最后失败了，对她来说就是叛逆。

她一直平静无波的人生轨迹上，有过两个尖锐的波峰，联袂而来：“你知道你签这张表格，带走的是谁吗？”

辛律之静静地看着她，不说话；姜珠渊只得退了一步：“还记得我们第一次见面的时候，我和你说过，你长得很像我的一个高中同学吗？”

“当然。”

她又喝了一口水，因为紧张，她呛住了。

“我的高中同学，他的名字叫作云政恩，他和你一样，是个数学天才。七年前，他在高考后的第一天，去世了。”

辛律之曾无数次地重建那段过去，通过张警官的叙述，通过电脑数据，通过录像带，通过纪录片。

而这是他第一次从姜珠渊口中，听到那段记忆。

“你们是同学，也是朋友吧。”

朋友？他是雾都孤儿，她是堂・吉诃德，他们都有和其他人格格不入的地方。也许正是因为这样，所以一直谈得来：“其实只要你愿意和他交谈，你就会发现，他对所有人——哦，不，除了一个人——的态度都是一样彬彬有礼、有礼有节的。我对他来说，可能只是一个对他很好的同学，并不是那么重要。”

听到这里，辛律之终于再次抬眼望向了姜珠渊：“你是这样想的吗？”

她想起自己曾经义愤填膺地告诉母亲，寇亭亭之所以会考赢自己，是因为云政恩给她抄了答案，并不是她的真实能力。

或许是过于激动，母亲不得不打断了她：“那又和你有什么关系呢？云政恩肯给她抄，不也是她的本事吗？”

对呀，和她又有什么关系呢？

“但是他对我来说，是老师，是同学，是朋友——还是偶像。”

“偶像？”

“我没有见过像他那样具有数学天赋的人——当然，现在认识了你。”姜珠渊语速加快，“他有超强的记忆力和洞察力，世界上所有的一切对他来说都能换算成一行行的数字，无论什么题目到了他的手里，他都能轻松解决。他超脱一切，不在乎旁人的讥诮和折辱，即使到现在，我也依然崇拜他。如果他是堂·吉诃德，我就是桑丘。他应该有一个光明的未来，才衬得起他的天赋。”

也正是因为这样，她没办法接受他的骤然离世。她一直想可以做些什么：“现在听起来，真是很幼稚的想法。我想到了——克隆。”

克隆羊不是用一个细胞就可以克隆吗？如果拿到了云政恩的细胞，说不定哪一天可以让他复活？为此她查阅了很多书，发现还没有人能从死人身上提取细胞来进行克隆。

这条路不通，干脆像新闻里写的那样，把他急冻起来，等科技进步了，可以让人死而复生的时候，不就可以让他复活了吗：“就算不能死而复生，也许那时候有更多的技术可以支持克隆方案呀。”

她把这个想法第一时间告诉了爸爸和哥哥，并想得到他们的支持。但很可惜，他们认定这是天方夜谭，对她的计划断然否定并大为恼火：“能想出这么荒唐的计划，看来你已经疯了！我们对你很失望！立刻打消这个念头，不要做让人恶心的事情！”

父兄的打击并没有让姜珠渊清醒，她知道有一个人会无条件帮她：“没有多废话，缪盛夏就同意跟着我一起干。”

辛律之喝了一口酒。

“他真是……无论何时何地，都愿意帮你架一座梯子。”

“从警察局入手肯定很难，于是我对缪盛夏说，我出钱，去贿赂当时还是高社工的高院长吧。可笑吗？我所有的零花钱加起来只有两千多元。”

缪盛夏添了一点，他们和高院长约定好，等他在警察局办完手续，就把云政恩的尸体交给他们。

她讲到这里时，辛律之接道：“然后，你们想用液氮把他冻起来。”

“对，我列了单子出来，缪盛夏买了需要的东西。我们计划把液氮罐放在一个地图上没有标记的、废弃的矿洞里。我马上要去外地上大学，就由缪盛夏看管；等我读完书回来云泽工作，再换我来看管；如果我有生之年科技达不到起死回生的水平，就由我和他的后代继续守护。我们还起草了一份协议，列明了权利和义务，以及可能出现的问题及应对措施。”姜珠渊道，“你一定觉得我很可笑。”

“一点也不。”

对了，她想起来还有一段小插曲，协议里有一条：“双方必须结成一辈子的同盟，必要时用婚姻这一形式来制约对方。”

辛律之喉头一紧。

“他要求的？”

不是，是姜珠渊补充的。她的想法是万一将来的结婚对象不能理解我们的做法怎么办？与其组成两对怨侣，不如她来牺牲好了：“结果他不肯为这万分之一的可能性签字，你想笑就笑吧。”

辛律之一边笑一边道歉：“对不起，直到刚才为止，我真的一直都很冷静。”

姜珠渊无所谓道：“当时确实受到电视影响，认为在同一理念推动下的婚姻最稳固。不投入感情，仅仅是革命友谊，平时相互扶持，在对方为其他人动心时，也能宽容善待彼此。”

她淡淡地说着夸张的台词，听在辛律之耳中却别有一番滋味，声音也变得低沉起来。

“你对婚姻持开放性态度？”

“并没有啊。”姜珠渊道，“都说是受电视毒害了，真的，以前的电视剧有这么前卫的婚恋观，现在反而没有了。还是说钟晴演的戏就是有这种魔力呢？”

似乎想到什么，她嘴角弯起了一个得意的弧度，愈发让辛律之觉得好笑又可爱。

“那你怎么想？”

“什么怎么想？”

辛律之凝视着她的眼睛：“你想要的生活，是什么样的？”

啊，这个，好像还没有谁问过她这个问题。

从辛律之的角度只看到她裙子下面的膝盖一动，原来是双脚互蹭，脱了鞋子，紧接着小腿蜷起，收到沙发上来。

换了个舒服的姿势之后，姜珠渊道：“我已经有全盘计划了，你要听大计划，还是小计划？”

“只能听一个吗？”

“不要那么贪心。”

“大计划。”

“大计划就是两年之内完成研修，回到云泽，一边上班一边筹备自己的工作室。对，我要开一个自己的营养工作室，不管什么样的人，处在什么样的环境，从事什么样的工作，都能够得到适合自己的膳食指引，这是我的目标。”

“听起来很不错。”

“真的吗？可是缪盛夏说，他做风投的话一定不投我，因为我只有个海市蜃楼搭在那里——那是因为我现在能力还达不到呀。经过两年的研修，我会变得更强的。”姜珠渊道，“现在才过了半年，我的很多想法就和刚毕业时不太一样了。就说在医院吧，我遇到了很多不听话的病人，也遇到了很多笃信偏方灵药的家属，和他们费尽唇舌也不听，在这种情况下就得照顾到病人的实际情况，用他们最能接受的方式去细致地配餐。进入‘万食如意’项目之后，我就会想，为什么有些人他明明知道这样吃对身体不好,还控制不住自己呢？怎么样去找食物背后的故事，把科学的膳食理念融入进去，也很重要呀。”

她说起这些时，神采飞扬；辛律之也从未如此认真地听过自己专业以外的内容。

“虽然我的本意不是问这个，但你回答得很好。”

“是吗？谢谢。”

也许是因为太激动了，姜珠渊捧着自己微微发热的脸庞，稍微平静了一些之后，她才想起原先的话题并不是这个。

“刚才讲到哪里了？”

“你和缪盛夏的协议。”

“哦，对。”

她把这一段给删了，他才肯签名：“那个时候我才知道，原来他早就有个心上人……这个嘛就不说了，不然又扯远了。”

然后他们和高院长约好，那天晚上去交接；结果临时接到高院长的电话说改时间：“扑了个空，缪盛夏开车送我回家，我紧张得一晚上都没有睡好。第二天早上，高院长一个人进到警察局里办手续，我们在外面等他。”

姜珠渊又喝了一大口水，由于过于激动，溅了几滴在脸上。

她用手背擦了擦脸，而后抬起头望着辛律之。

七年前，她完全没有想到会有这种事情发生，她甚至以为是缪盛夏故意安排，好打消她疯狂的念头。但缪盛夏坚决否定了：“我是希望你能想开点，但我不会用这种方法。这样不是让你永远也无法打开心结了吗？”

那是谁呢？

他们试图让张警官做拼图，但张警官根本不记得那个人的样子：“要说有什么特点的话——和死者长得有点像啊。不对，应该是完全不一样。不对，有点像……不对不对……”

那个夏天缪盛夏也很恼火，因为一种被人盖帽的沮丧感，不消姜珠渊催促，他也一直很用心地找线索。

但找不到：“那个人的反侦查能力太强了，一点蛛丝马迹也没留下。珠珠，我实在不认为这个人还在格陵范围内，否则我不会找不到。”

“可是你说没有出入境记录呀。”

“坐私人飞机来去的话，我是查不到的。”

“为什么？”

“因为这些人往往对自己的隐私非常看重，我没有权限看这种档案。珠珠，他很可能已经离境了，你要做好永远也找不到他、不知道答案的准备。”

她也以为永远找不到那个人、永远不会知道原因了。

第一次和辛律之见面时，她只是觉得他们俩长得很像，而且因为某个原因，她并不想再和他有交集。

第二次见面是在同学会上，她在做那场戏时，突然想会不会真的就这样巧？

她被自己这个大胆的念头给吓坏了。但很快，当初将云政恩冻起来的一腔孤勇又重新回到了她的身上。如果真的是他，他是谁？怎么证实他的身份？拿到他的指纹？ DNA ？怎么拿？云政恩的手机在她这里，也许电池、SIM 卡上会有那个人的指纹。那 DNA ？他的 DNA 好拿，云政恩的去哪里弄呢？她可是一点也没有啊。也许寇亭亭会有？寇亭亭会不会有一样云政恩的物品，上面带有他的 DNA ？不对，福利院就有云政恩的 DNA 资料啊！然后她再想办法得到辛律之的 DNA，请他喝一杯水……

但她毕竟不是七年前的小姑娘了。

这种想法只是在她脑子里打了个转，很快就被正常的生活给冲淡了。

没想到他们还会有第三次见面。

给他倒了一杯咖啡，他也喝了，但是怎么样才能不动声色地拿走杯子呢？

她太紧张了，以至于忘记了头发上还别着笔盖。

瞬间来的灵感，她让他签了一个名。

而就是这个签名，成为破解悬案的关键所在。

当所有的可能性都排除，看起来最不可能的就是真相。

在他面前，也没有什么好掩饰的了，姜珠渊毫无保留地把所有的一切都讲了出来。

她保守这个秘密已经太久，久到已经放弃揭开谜底。

可辛律之的出现，帮着把她心底这一块封印给一点点地撬动了。

所有她曾经的怀疑、顾虑、猜测、幻想，蜂拥而出，朝着面前这个可以倾诉的对象涌去。

“我，说完了。”

她意犹未尽地喘了一大口气，还擦了擦嘴角。

听她啰里吧嗦了一大堆的辛律之一直没有改变姿势。

他靠着沙发，双臂放在扶手上，双目微微阖起，看上去仿佛入定了一样。

姜珠渊停下时，他也睁开了眼睛。姜珠渊甚至怀疑自己天马行空的判断惹得他睡意大发：“你……”

“我都听清楚了。”

他将残酒一饮而尽。

“所以我签字的那一刻，就已经回答了你想问的问题。”

“可以这么说。”

一时间室内静悄无声。辛律之突然起身走到窗边，一伸手，呼啦啦一声，将窗帘拉紧。

瞬间变暗的书房内，只剩下他们二人，连阳光也被驱逐在外。

气氛莫名变得紧张又暧昧起来。

七年。

从他冒名带走云政恩到现在，她用了七年的时间来收藏这件事情。

“你父母把你教育得很好，我从没见过比你更沉得住气的女孩子。”

“这是在讽刺我吗？讽刺我今天对你发火了？”

“不是。”

“我实在没办法找到答案，我也不想别人比我先一步找到答案。所以我就把题目给藏了起来。”

六天。

从他签字到现在，她用了六天的时间才考虑好应当揭晓此事。

“因为凡事都要想一想再说，一个适当的时机比什么都重要。”

至于保守秘密这回事，她从来都不是那种“告诉你一个秘密，你不要告诉别人”的性格。不管谁的秘密，什么样的事情，到了她这里，就等于进了黑洞：“能开灯说话吗？房间里太暗了。”

咔噔咔噔数声，全部的灯都亮了起来，更胜白昼。

“还有什么我应该知道却不知道的事情吗？”

姜珠渊一怔，缓缓地把双臂举过头顶，互相掰了掰手肘：“等下一个七年吧！说不定会有哦。”

看她惬意地伸着懒腰，仿佛卸去了千斤重担一般，辛律之心内突然涌起一股莫名的情绪。

“姜珠渊，我们来重新正式认识一下。”

“行。”

她爽快地答应了一声，伸出脚去穿鞋子。

辛律之默默地等她穿好鞋子，起身，稍微整理了一下衣摆，轻快地走到他面前，伸出手来。

格陵洲际酒店的傍晚，与三个月前云泽大酒店的早晨重叠起来。

“你好，我叫姜珠渊。我的朋友都叫我珠珠，你也可以叫我珠珠。”

第七道 × 热菜

# 脱骨鸳鸯

辛律之低头望着那双盈满善意的杏眼，轻轻握住了她温热的右手。

“你好，珠珠。我叫 Patrick Shin，辛律之。”

“你好，Patrick。”

握了一握之后，姜珠渊欲松开手，但辛律之没有放开。

她有些怔忡，但很快他打消了她的疑惑。

“请允许我向你介绍一下我的家庭成员情况。我的父亲，名字是 Albert Shin，辛家明；我的母亲，名字是 Elaine Ki，纪永姿。”

他的中文和英文都说得很好。

每个汉字，每个单词，清晰之余，又带着落寞。

“我有个小四岁的弟弟，他还未出生时，被起名为 Austin Shin，中文名辛牧之，而你更熟知的是他的常用名，云政恩。”

他明显感觉到她浑身一颤，那战栗从她温热的右手一直传到他的手心。

“如果你有所怀疑，我这里有三份由不同的权威医学中心所提供的亲缘鉴定，均能证实我们一家四口之间的血缘关系。”他定定地看着她的眼睛，苍秀的面庞上一片澄明，“父子、母子、兄弟。”

虽然姜珠渊已经猜到了这个真相，但由他亲自来点破，她仍然有一种不真实的眩晕感。

就像一道选择题，你猜中了 A 是正确答案，解题过程却还不得而知：“不得不说，这一刻我期盼了很久，但又难以置信……你肯定了我的猜测，却带来了更多的疑问。”

对于辛律之，说出口的那一刻，也得到了解脱。

七年了，他从来没有这样毫无保留地畅快淋漓过。

可是很快，另一种惆怅又遗憾的情绪涌上心头。

他多么希望，唯一值得他亲口告知这一秘密的故人，只有珠珠这一个身份，而不是某某的恋人。

他不是某某。

只能松开手。

“我想你还是坐下来比较好。”

姜珠渊在沙发上重新坐下，她定定地看着辛律之，杏眼腾起一层雾气。

“我不知道这样说会不会冒犯你——但我现在看你的感觉完全不一样了……”

她眼眶泛红，连辛律之的心底都涌起了一阵酸意。

他故作轻松道：“为什么要难过？见到了偶像的亲哥哥，难道不高兴吗？”

姜珠渊很快地眨了眨眼睛：“我不是伤心，只是有些感慨。没想到有一天我真的会遇见他口中的哥哥。”

她得赶快说些什么分散这悲伤的情绪：“云政恩的耳朵会动的！”

辛律之的鬓角裁理得很漂亮。

他把遮住耳朵的头发撩了起来，耳廓连续动了三下。

明明是真诚的动作，可看上去挺滑稽，一下子令姜珠渊破涕为笑："他经常和我们说起，他的父亲、他的哥哥——他还说，有间带壁炉的大别墅，养着一条大狗……"

辛律之从口袋里拿出皮夹，正要打开时，他似乎想到了什么，对姜珠渊说了一段话。

"珠珠，我不希望这件事情让你变得轻信。不是每个孤儿都会有复杂的身世，不是每段身世都有曲折的故事，不是每个故事都会有足够的巧合，不是每个巧合都会有最好的安排。我希望你之所以相信，不是因为我和他长得像，不是因为我和他耳朵都会动，而是因为我确实呈现出了足够的证据。"

"我知道。"姜珠渊道，"事先声明，即使是偶像的亲哥哥向我借钱，要我担保，又或者想借我干涉云泽的稀土市场，那都是绝对不可能的。"

辛律之也被她给逗笑了，他一边打开皮夹抽取照片，一边道："有人这样要求过你吗？"

"作为姜挺的女儿，我一直希望能帅气地说出这种台词。"

很好，她比他想象的还要坚定、清醒。

辛律之把自己一直珍藏的照片递给她："这是我三岁时拍的全家福。"

姜珠渊接过照片，脑中轰的一声。

照片上的青年夫妻，在挂着槲寄生的壁炉前合影。

年轻美丽的妈妈抱着穿背带裤的儿子，坐在墨绿色天鹅绒的大靠背椅上；高大帅气的爸爸站在一边，牵着一条蹲坐在地的金毛大犬。

他们身上都戴着一两样圣诞节时的装饰，围巾或绒帽。因为年代久远，更多的细节也看不出来："这张照片我肯定没有见过，但莫名就有一种熟悉感。"

"这张照片选来做了那年的圣诞贺卡。"辛律之道，"寄给了很多亲戚。"

她应该没有见过他的亲戚："原来他说的……都是真的。"

“在我找到他之前，我确信他没有任何关于身世的线索，这一点我也不明白。”

姜珠渊摩挲着照片：“看来你长得像爸爸，他长得像妈妈。”

辛律之垂下眼帘，没有说话。

“对不起，我有很多问题想问你，可又不知道怎么问才合适。”

“慢慢问，随便问，脱了鞋子再问也可以。”

他这个玩笑恰好打消了她的拘谨；姜珠渊撇了撇嘴，又感慨道：“真的是太奇妙了……”

“你又想问关于特产的问题？”

“不不不，我想问，你来找他，和他聊天的时候，都聊了些什么？”

“我问了问他的学习情况、爱好、朋友和理想。”

“那——他怎么说？”

辛律之举起右手，若有所思地在唇边画了半圈，回答道：“他说他学习很好，每年都是第一名，数学竞赛也常常拿奖，把其他人远远地甩在后面；喜欢打乒乓球；交朋友太花时间所以没什么朋友；理想是成为数学家。”

对，这就是他。

“其实我们接触的时间很短，大部分时间他都在做题，说得很少。”

只是在他说自己没有朋友的时候，辛律之问了一句：“那有没有相处得比较好的同学呢？”

他希望从他交好的同学当中，得到另一个角度的信息。

姜珠渊眼睛一亮，小心翼翼地问：“那他，有没有提到过一些具体的人名呢？”

虽说是粉丝对偶像的心情，但还是想知道自己在偶像的心中有没有一席之位——这么可怜又谦卑的心情，实在和开朗活泼的她太不相称了。

“他没有提过你。”辛律之道，“我想他眼光不太行。”

是的，云政恩完完全全没有提到过姜珠渊。辛律之是在领尸的时候才知道她的存在。

姜珠渊有点泄气，但很快想开，毕竟她自己也知道云政恩是孤僻又偏执的性格。她所珍视的，在他看来无足轻重；他所迷恋的，在她看来也是不值得。

她心内一突——正是因为了解云政恩的性格，她不相信他真的一个人也没有对辛律之提及过。

至少有一个人，他一定会和辛律之提到。

“难过了？你在想什么？”

“没什么。”

没什么。

他的唇角弯起一个冷清的弧度。

她想得没错。

云政恩在辛律之面前，确实反复提及了寇亭亭。

我学习很好，每年都是第一名，在我的帮助下，亭亭是第二名；我喜欢打乒乓球，也喜欢教亭亭打乒乓球；我没有朋友，亭亭就是我的同学、我的朋友、我的恋人、我的一切；我的理想是成为数学家，用我的天赋赚很多很多钱，让亭亭过上她想要的生活。

他说：“你手机很酷，亭亭特别想要一部这样的手机。但我暂时买不起。”

这个突然浮现在两人脑海中的名字，和它所代表的那个娇媚动人、冷酷无情的女孩子，才是云政恩短暂生命中最强烈、最灿烂的存在。

辛律之对云政恩疯狂迷恋的对象并没有接近的兴趣。

“好，我给你买。与此交换的是，希望你能保守我们今天见面的秘密。”

虽然双方达成了默契，但他仍可能把这场见面告诉他的亭亭，不是吗？

辛律之知道寇亭亭的存在，那想必毕赢、曹慎行……姜珠渊道：“其实……”

她欲言又止；辛律之替她问了出来：“你想问我当时为什么不带他走，对不对？”

“你给他出了三道题，是用了欧拉兄弟会的那一套来试炼他吗？只有通过了试炼才算数吗？不公平吧，他和你的教育背景完全不一样啊。”

“我并不想为难他。”

当年他重启调查时，锁定了九个可能是 Austin Shin 的男孩子，分布在北京、上海、成都、武汉、西安等五个城市，云泽的云政恩可能性最小，因为他犯了一个错误。

“我预想他的年龄比实际应当小八周。”

姜珠渊无话可说。

云政恩确实是早产儿，据高院长所说，他当时肺部发育不良，还有椎裂缺陷，需要花费大量的钱财和精力来医治，因此一直没有找到合适的人收养。

一直到了云政恩七岁左右，有人匿名捐了一笔钱来，他才做了一系列手术。

毫无疑问，这人是代喜娟，她送来了钱让他治疗，也送来了成少为淘汰的衫鞋用品。

难道是因为一直受到匿名富豪的指定资助，所以才幻想自己是富豪的私生子吗？

如果真的能够和强大的父亲、温柔的母亲、优秀的哥哥一起长大，会有不一样的人生吧。

为什么明明幸福的家庭会破碎到这种地步？恐怕不是区区一句“家家有本难念的经”就可以解释。

辛律之简短冷酷地解释：“我母亲怀 Austin 的时候情绪很不稳定。”

叫他这样一说，姜珠渊才觉得照片上那年轻的妈妈看上去确实妩媚迷人，可眉眼之间笼罩着一股脆弱的精致。

辛律之那时候调皮好动，正是爱缠着母亲的年纪。但纪永姿身体不适，不能折腾，辛家明就哄他：“妈妈需要静养，爸爸来教你做个小玩意儿。”

即使全家人千方百计顺着她、宠着她，陪她看了各种医生，但纪永姿还是常常会因为一点小事就默默哭泣。

“终于有一天她爆发了，悄悄离开家，从此杳无音信。”

因为四岁之后就再没有和纪永姿见过，辛家明也不再提到她，辛律之对母亲的感情变得越来越寡淡：“听说她在认识我父亲的时候，身边有青梅竹马的未婚夫，是我父亲用了卑劣的手段伤害了所有人，才把她抢了过来。所以，这一开始就不被祝福的婚姻，走不下去也很正常。”

这些都是他心底最深处的想法，甚至在琳达面前也没有提起过。

他绝对不要重蹈覆辙。

姜珠渊期期艾艾道：“你就这样评价自己的父母？”

“她离家出走前留了一封信，说会为所有的决定负责任。”

辛律之冷笑一声。

纪永姿出走后不到二十四小时，辛家明就被 CIA“请”去问话。

出生于美国的华裔丈夫正在负责一个政府的绝密项目，出生于中国台湾的妻子却“潜逃”回中国大陆，杳无踪迹——这令 CIA 如临大敌。

他被监视居住了整整五年，不准离境。

“不过还是要感谢他们，五年来不放弃寻找我母亲，直到确定没有任何威胁。”

“那……你们呢？找了吗？”

辛律之淡淡道：“你说呢？”

姜珠渊自言自语道：“怎么会找不到呢？她的朋友、亲人，总有人知道她的行踪吧？”

纪永姿婚后与她父母那边的亲戚，除了过年过节的单向问候之外，平时并不走动。就连她的闺中密友，也随着她移居到了马里兰而渐渐疏远。

“假设你不知道我手机的锁屏密码，你会不会试试，我的生日、你的生日、1234、5678？”辛律之道，“这些最基本的方法你觉得我们不会用吗？”

姜珠渊惭愧道：“也对。”

“我接手的时候，和我父亲一样，只能查到她坐飞机从华盛顿到了北京，之后再也没有离境。”辛律之道，“要在九百六十万平方公里的土地上找两个人，谈何容易。”

姜珠渊干巴巴道：“但你最后还是找到啦。”

“找不到我母亲的下落，他们就没办法离婚。他们的婚姻一直有效的话，我父亲和琳达就没办法登记成为夫妇。”

“是因为这个原因才重新又开始找你母亲的吗？”

“对于我来说是这样。”辛律之淡淡道，“当然也是好奇，在我母亲的教育体系之下，培养出来的 Austin 和我相比，谁会更优秀？”

“那你父亲总不会也是这样想的吧……他难道不想知道自己的妻子过得好不好吗？”

一直以来，做什么都讨不到妻子欢心的辛家明轻率地认为以纪永姿的才干，离开他也许会过得更好更轻松。No news is good news（没有消息就是好消息），根本没想过她居然在离家没有多久就突遭横祸去世了。

而辛律之也错误估计了父亲对母亲的感情。他很轻率地在电话里告知父亲，已将纪永姿身故的资料传真回来，可尽快安排向当地法庭申报配偶死亡。琳达也很高兴，终于可以在牧师面前披上婚纱了。

“那你父亲……”

“他什么也来不及做，就因突发心脏病去世了。”

姜珠渊啊了一声。

“对不起。”

闻得父亲死讯，辛律之大为震惊，连夜赶回去的时候，琳达还穿着婚纱呆坐在病房外。

“Albert 身体一直都很好，才做过体检，他的心脏一向没事，怎么会突然 heart break（心碎）呢？ Patrick，你告诉我，为什么会这样？为什么？他还没有看过我穿婚纱的样子！”

所以从法律上来说，琳达并不是辛律之的继母。

所以她每次看到琳达，穿的都是纯白色的衣服和鞋子。今天也是，夹克和裙子都是白色——她并不是不懂搭配。

房间里一片寂静。

她从来不会这样追问别人的私事。她一直想不问了吧，不问了吧，却还是控制不住自己想知道多一点，结果越问越悲伤，越问越惆怅。

她还想说点什么安慰安慰他时，辛律之已经先开口了。

“还记得你是怎么对我评价成少为的吗？”

“……记得。”

所以自己果然是问了很多不该问的问题啊。

她愈发坐立不安时，贝海泽的电话仿佛救星一般来了，问她在哪里：“我这边结束了。”

“好的。……没有啊，我没有不开心，也没有不舒服。”讲完这句话之后，她又觉得自己说多了，“……不用，我在 Patrick 和琳达住的酒店这里，大家在聊天，等下再打给你。”

辛律之倒不觉得和她说到自己的家事有什么尴尬。

如果被她同情自己有个破碎的家庭，会难堪，但也不至于恼羞成怒。

他在意的是，这短短一通报平安的电话。

而他，等她电话结束后，嘶哑的声音简直就像情人在问别人家的太太：“要走了吗？”

“嗯，我走啦。”

“不和琳达告个别吗？”

“我……你帮我和她说一声吧。”

姜珠渊讨厌这样追着不停发问的自己，还提出那么多愚蠢的可能，又惹得他脸色难看，下逐客令。

走之前，她仔细检查了自己的随身物品有没有遗漏。

步出书房时，她踌躇道：“我还有最后一个问题。”

辛律之没有作声。

姜珠渊硬着头皮问道："我想知道……"

"他就在格陵。事情结束前，我不会带他离开。"

"那我可以去看看他吗？"

"当然。明天下午怎么样？我去接你。"

"不用，你告诉我地址，我们到时见。"

走到门口时，姜珠渊突然道："看到你现在的表情，我总算知道你为什么早上吃饭时脸那么臭了。"

"哦？"

"我们每次见面时说的那些话，我说你像他，说如果他有你这样的身份和地位，结局会不一样——对你来说，是字字诛心吧，所以才会生气。对不起。"

就让她这样想，也好。

"还有我不明白，为什么是老饕门？"姜珠渊做了一个坚决的手势，"不问了不问了。"

辛律之的手放在门把手上。

"珠珠，这是我第二次问你了。我的故事很长，你要听吗？如果你还是不想听的话，我再也不会问。"

姜珠渊迟疑了。

她不想因为轻率而做出令自己后悔的决定，所以有些事情总是放一放，再做决定。

也可能，这就是决定。

好。

这次，微醺的他就不送她走了："明天见。"

让她离开之后，辛律之将额头抵在冰凉的门上。

道德在约束，宿命在嘲笑，感情在汹涌。

辛家明和纪永姿被撕扯了一生的痛楚，今天也同样噬咬着他的心。

他觉得自己要疯了。

他大力拉开门，走廊上空无一人。

她当然已经走了。

他大步走到落地窗旁，大力打开。清爽的风吹进起居室，却也吹不熄那团心火。

他索性三步并作两步，跳入池中。

听到扑通一声，泳池边正在喝茶的三个女人吃了一惊，全部站了起来。

马琳达大声道：“Patrick！你在干什么？”

辛律之浮出水面，捋了一把脸上的水珠，这才发现泳池边，暮色下，红白双色的月季树下有三个女人正朝这边看过来。

即使已为人妻为人母，寇亭亭的姿色和仪态在三姝当中也依然是最靓丽耀眼的那个。

云政恩不是眼光不行，而是眼光太好，好过了他的承受范围。

辛律之面无殊色地点点头。

“天有点热，不是吗？”

“快点上来擦干身体，感冒了可不是闹着玩儿的！”

他湿淋淋地自水中上岸，从躺椅上拿起柔软温暖的浴巾，走到一棵月季树后。

他脱下衬衫，擦干上身，穿上浴袍，将湿透了的外裤脱下来。

他自始至终背对着这三名女性，又隔着一条泳池的宽度，羞怯的 Cici 避开了视线，心头小鹿乱撞；寇亭亭则完全没有将目光从辛律之若隐若现的身影上移开过，嘴角还噙着一丝说不清道不明的微笑。

她暧昧的神情被马琳达尽收眼底。

“你的客人走了，不过来和我的客人打个招呼吗？”

闻言，辛律之走了过来。

浴袍的领口有点松，露出了线条紧绷的胸膛。Cici 羞涩到不知如何自处，餐叉下的半块点心都快被她戳碎了。

寇亭亭则一派自在，迎着他走过来的方向，仪态万千地送上自己无往而不利的笑容。

“孟太太说，上次不小心撞坏了你的车，为了表示歉意，送来了自己做的点心。”

Cici 道：“孟太太做的素点心很好吃。Patrick，你试下？应该合你的口味。”

寇亭亭道：“很好做，我教你。”

马琳达又道：“七点开饭可以吗？孟太太非说她要回家陪女儿，不留下来吃饭了，你帮我劝劝吧。”

寇亭亭道：“没办法呀。有小孩的人，就是有了牵挂。”

真是一派祥和。

和马琳达心不在焉地聊了几句之后，辛律之回到卧室。

他正要换衣服时，听到身后有人叫他。

“Patrick。”

“听琳达说，你刚才有客人。看来你的客人和我认识的一个人一样，很喜欢佛手柑的香气。”

一只柔若无骨的小手轻轻地搭上了他的左肩，只一瞬，便从他的手臂滑下去，钻入腰际。

“你喝酒了？”

她的脸贴在他的背脊上，声音也是越来越轻软，小手并没有停止动作，顺着紧窄的腰际，在浴袍的束带上画着圈儿，然后从两片衣襟之间伸了进去。

他的皮肤果然和她想象中一样结实紧绷，但完全感觉不到男人动情时那种从深处翻上来的战栗。

从青春期以来，寇亭亭对自己的一切都非常有信心。

没有男人会对她这样的尤物无动于衷。

不被她吸引，难道还喜欢那个长毛怪不成？

兴致勃勃，她还欲在他的身体上继续游走，辛律之一把将她的手拿开。

“对不起，我对你没兴趣。”

什么，还要和她玩欲擒故纵那一套？

“你怕什么，怕吃亏吗？”

对她讽刺的声音置若罔闻，辛律之走进衣帽间。寇亭亭在卧室里转了一个圈儿，仰面倒在那张 King Size 的大床上。

她躺在床边，头是倒着的，所有的家具也都颠倒了过来，以至于辛律之穿戴整齐从衣帽间出来时，她最先看到的也是他两条结实的长腿。

她翻了个身，懒洋洋地托着腮，从上到下地打量着这个俊俏又挺拔的男人。

这张床比她家里那张舒服得多，这张床上躺着的男人也比她家里那个迷人得多。

她的熟不拘礼，落在他眼内，还是波澜不惊。

“看来这才是真实的孟太太。”

寇亭亭不以为然地笑了一声：“你难道不知道，孟太太这个身份，对我来说和守寡也差不多了？”

辛律之在床前的一张沙发上坐下来，语气仍然冷淡而客气。

“这是你自己的选择。”

“你看看你，这样冷淡！”寇亭亭慢条斯理道，“Patrick，你难道不应该对我，要比对姜珠渊好一点吗？毕竟我才是你弟弟，云政恩的未亡人呀。”

她很满意自己的话起到了效果，辛律之的脸色有那么一瞬间变了颜色，很快又平静下来。

她扬起漂亮而光芒四射的脸庞：“说真的，如果不是有孟太太这个身份，你家的事情我也很难查得到。”

原来琳达是他的准继母，怪不得他一直把她带在身边，却浑然不知姜珠渊早在第一次见面时就已经误会：“我想琳达活得越开心，你父亲的在天之灵就会越安息。”

她的声音中带着一股魅惑；辛律之跷起腿，双手交叉，遮住了他的下半张脸。

“所以呢？”

“同理，你对云政恩的所有遗憾，都来弥补我吧。”

“听起来很有道理。”他放下手，唇边露出一个神秘莫测的微笑，“那我满足你三个愿望。”

寇亭亭大笑了一声：“你就不怕我提出一些超出你能力范围的要求吗？”

“你觉得我会怕吗？”辛律之道，“我只怕你没有那种想象力。”

如果说之前寇亭亭还是抱着游戏的态度和他交流，但随着他展现出来的仪态和气势，而且她无论说了什么、做了什么都能泰然处之，她的心态也开始在不知不觉中有所改变。

她喜欢这种不用遮掩贪婪和恶念的相处。

“放心，我也不会为难你——首先，我有很讨厌的人，毕赢和曹慎行。他们本来应该就是地上爬的蝼蚁，怎么能有上升空间？”

辛律之露出了一个轻蔑的笑容，仿佛在嘲笑她的愿望就这么渺小。

“他们是很讨厌，但似乎并没有妨碍过你。”

“他们的存在就是碍眼。况且，他们也是云政恩的敌人。”寇亭亭道，“他们现在都遇到了点困难，就趁这个机会，让他们永不翻身吧。”

“好，给我一个月的时间，你不会再见到他们，不会再听到他们的消息。满意吗？”辛律之道，“这是第一个愿望，还有呢？”

寇亭亭从床上滑下来，走到他身边，大发牢骚。

“自从嫁给孟金毅之后，我以前想要的那些东西现在都有了。房子、商铺、公寓、车子、信用卡，我想要什么，基本上也都可以得到。但他们家的人真是太会精打细算，每一样都只肯付个首付。”

“需要我把你所有的贷款都结掉？”

寇亭亭冷笑一声："那倒不用，反正并不是我在还。"

"那你想要什么？"

"我也不知道，我现在什么都有，又好像什么都没有。"

"如果你多念几年书，大概会知道。"

"我读不成书，是谁害的呢？"

"你说得对。"

云政恩果然是他的软肋。寇亭亭满意地看着辛律之起身走到书桌旁，那里墙上嵌着一个保险箱。

他按动密码，打开箱门，拿出来一个四四方方的盒子，递给寇亭亭。

"就用这个来满足你的第二个愿望吧。"

一看那盒子的模样，寇亭亭心里就有数了，浑然不觉嘴角已经含着一抹微笑，迫不及待地打开来。

打开后又分三层，装着一整套流光溢彩的钻石首饰。

饶是已经在富贵场中混了好几年的她，也情不自禁地赞叹了一声。

这套钻石首饰包括了一顶后冠、一条项链、一对耳环、一副手镯、一只戒指。寇亭亭只是粗略地扫了一眼，就已经在后冠上看到了五颗三克拉以上的大钻。

她当然不是无知的言情小说女主，她很直接地拿起盒底的珠宝鉴定书来检查。

仔细看过后，她才露出了满意的笑容，可嘴上却还是嫌弃着。

"你应该知道你那块车牌的来历吧。"

"我知道。"

"那你就不怕我不收吗？还是你觉得女人一定会爱钻石？"寇亭亭的眼睛眯了起来，"或者说，是哪个女人不要的，剩下来给我？"

辛律之笑笑，另起了一个话头："听说孟金毅是一名昆虫学家。"

"就算是吧。"

"我还听说，因为你喜欢钻石，所以他曾经在你生日时，送了一整套的钻石礼物。”

“不用说得那么委婉。我收到的是一个胸罩、一条丁字裤以及一对蝴蝶翅膀，镶满了不值钱的碎钻和水晶。”寇亭亭仿佛在说与自己不相干的事情，听不出任何情绪波动，“这是为了满足他自己的性癖好而已。”

“其实他还在米兰定做了一整套钻石首饰送给你，只是最终价格超出了预算，没有人肯替他付尾款，对方也不肯拆开来卖。”

寇亭亭无所谓地耸了耸肩：“没听他提起过？可能他自己也觉得窝囊吧。”

“因缘巧合，这套首饰到了我的手里。”

寇亭亭来了兴趣，仿佛过家家一般，将盒中的每一样首饰都拿出来，摊在床上：“这一套？”

辛律之看着她眼中射出赤裸裸的占有欲，将项链、手镯、戒指一样样拿起来比画。

每一颗钻石闪耀得仿佛有生命一般，爱抚着美人乌黑的头发、优雅的脖颈、小巧的耳垂、白皙的手腕、纤细的手指。

“没错。这套首饰的每一颗钻石都是为你而生，如果你不收下，那它们就只好进坟墓了。”

寇亭亭被彻底征服了：“我看过一个珠宝展，每一个历史上有名的女人，都会有这样或那样的珠宝流传下来。”

现在她也有了。

“第三个愿望，你是现在说，还是留着？”

“当然是现在了，谁知道你过后会不会翻脸不认账呢？”

“洗耳恭听。”

“我的第三个愿望，就是和我的女儿、我的老公、我的婆婆永远幸福快乐地生活在一起。”

“没问题，你会和你的家人永远幸福快乐地生活在一起。”

“好，我今天很开心。”寇亭亭道，“你这可是许下了关乎我一生的承诺哟，希望你能说到做到。”

“当然。”

她大摇大摆地离开了。

她走后，辛律之快步走到床边，一把将她躺过的床单扯了下来。

他打了个电话。

“请立刻叫人过来全屋清洁。”

姜珠渊怎么也没想到，继上次不欢而散后，寇亭亭还会再次约她见面：“在哪里？见个面吧。”

“我现在有事。”

“我也赶着回家，只是短暂地见个面。”寇亭亭并不放弃，“我有一张请柬要交给你。”

“没兴趣。”

“珠珠，别这样。”寇亭亭笑道，“和云小恩有关。”

电话那头陷入了静默。

“你在哪里？”

“没关系，我开车过来找你。”

姜珠渊挂了电话，略一踌躇，问旁边正在录病历的实习生：“请问贝海泽大概什么时候回来？”

实习生忙得很，噼里啪啦地打着字，都顾不上看她：“不知道，不过师兄手机放桌上呢，肯定一会儿就回来了。”

“师兄是不是去看那个会厌炎的病人了？”

“也可能去找林沛白了吧。”

“我看他走得挺匆忙。”

“要不然是实验室那边找他。”

姜珠渊听他们你一言我一语的，不得要领，只得道：“那我先出去一下。”

“行，等师兄回来，我告诉他你来过。”

“慢走，慢走。”

等姜珠渊出了门，刚才埋头打字的那个实习生才抬起头来，大叹一声：“吓得我！你们说，她是不是还不知道许度那事儿啊？”

“说不定人家知道，不介意呢？”

“我怎么没师兄那个好运气，左拥右抱……”

话音未落，姜珠渊出现在了门口。

办公室内正在叽叽喳喳的实习生们立刻闭上嘴，呆若木鸡地看着她。

“抱歉，我忘了拿手机。”

她拿了手机就走，这次等她走了足足三分钟之后，有一个实习生跑到门口去看：“走了走了，真走了。”

“也不知道她听到了多少。”

“看她神情，应该是没听到。”

“也可能她早知道了，无所谓呀。”

“唉，我怎么没有师兄那个好运气，左拥右抱呀……”

话音未落，贝海泽出现在了门口。

他的衣服被病人的秽物弄脏了，所以现在白袍下面穿的是一套放在值班室长期备用的旧运动服，头发也乱糟糟的。

场面一度又陷入可怕的寂静。

在可怕的静默中，所有实习生过来，对着那个连续两次发出哀叹的同伴，一人就是一脚。

“今天动物房是不是停电了？”贝海泽走过来教训一帮实习生道，“不是说过了吗？超过半小时净风系统不运行，要把鼠笼打开透气。我们移植了人工肝脏的大鼠闷死了两只，知道吗？关乎考核分数，要上心啊。”

“这不是想着有备用电源嘛。”

“不够用了。”贝海泽在办公桌前坐下，“要打报告再买一组。”

“不一定会批吧。”

“我不知道会不会批，但不写申请一定不会批。”贝海泽打开电脑，“我现在写，周一你们拿去签字。”

“对了，师兄，去德国进修的申请表你填了吗？老板千叮万嘱，叫我们提醒你。”

“没。”

“要截止了啊，那个比较重要吧。”

坐在姜珠渊刚刚离开的位置上，贝海泽似乎感应到了什么，本来一般的心情突然变得高兴起来。

“我出去一下。”

贝海泽拿起手机、钱夹、车钥匙等物，从桌前弹起；实习生被他这突然的转变给吓到了。

“师兄不写报告了吗？”

“晚上回去写。”

“还有进修申请表啊！”

“明天写！”

他冲出办公室，迎面碰上了林沛白：“小贝，我正好找你……”

林沛白也是刚刚下班，身着藏青色休闲西服和米色裤子，斜挎着个黑色大包，看上去人模狗样；贝海泽内心挣扎了一会儿：“魔鬼，衣服不错，脱下来和我换换。”

“别闹，找你有事。”

贝海泽这才看到他身后还跟着营养科的庄羚，脸色不善。

“什么事？”

“找个地方说吧。”

姜珠渊从肝胆外科出来，细心地回忆了一遍刚才听到的话。

她不想做一个喜欢捕风捉影的女朋友，但刚才那名实习医生说的内容又实在是无法忽略。

不过也可能单单指的是贝海泽和许度一起健身这件事情吧，如果因为这种夸大的说辞去和贝海泽的师弟较真儿的话，也太没风度了。

她心里有事，浑然不觉自己又习惯性地走到了需要刷工作证的职工电梯前；而电梯从六楼慢慢升上来，恰好在这一层打开了。

电梯里只有一名二十岁出头的小姑娘，穿着修身的毛衣和牛仔裤，挂着工作证，抱着一台笔记本电脑，呆呆地靠墙站着。

姜珠渊按住开门的按钮，等她先下。

“你不下吗？”

那小姑娘恍如梦醒一般，站直了身体。

“算了算了，不下了。”

她气色很好，皮肤红润而富有弹性，不瘦不胖的精练身材应该得益于营养师一直倡导的“膳食均衡，运动得当”，姜珠渊看了很是欣赏，不由得对她一笑。

等她走进电梯，才想起自己没有工作证。

看出了她的窘迫，女孩子道：“没事，去哪层？”

“一楼，谢谢。”

女孩子给她刷了楼层，一晃而过的工作证和姜珠渊之前的颜色一样。

“你在营养科工作？”

“不是，这是我朋友的工作证。你是肝胆外科的吗？”

“不是。”姜珠渊道，“我也是来找朋友的。”

许度看着刚进来的女孩子，不由得暗暗赞叹她眉眼实在精致，眉弓带着英气，睫毛根根黑直，一对杏眼更是秋波涟涟，一面盘算着写进新小说里，一面套近乎：“你眉毛自己修的吗？好漂亮。”

姜珠渊被她冷不丁这样一赞，有些不好意思：“嗯。”

“我自己总是修不好。”许度指了指自己的眉毛，“想做半永久，又怕潮流过去了。”

姜珠渊便介绍了一下常用的眉刀和眉刷的牌子、眉粉的色号，因为这一话题，两人无形中又亲近了一些。许度性格活泼，先拿出手机来："我们交换个电话号码好吗？有空了教教我行吗？"

如此爽朗的性格，姜珠渊略想了一下就答应了："行。"

许度先摁亮了手机屏幕，一看到她的锁屏图像，姜珠渊拿手机的手停在了包里。

许度还浑然不觉姜珠渊态度的变化："我叫许度，你手机号多少？"

今天周末，许度被庄羚拉来参加营养科的一个趣味讲座。她知道庄羚是为了帮她解闷，但她自从表白之后就一直魂不守舍，等着贝海泽的答复，却又害怕听到贝海泽的答复，所以对庄羚安排的节目兴致缺缺。

庄羚知道她内心煎熬，但她能做的都做了，只好说自己出去买个饭就回；许度左思右想，想起自己小说中的情节是女主向男主表白后，无意中来到男主的科室，被男主的挂名女朋友羞辱，从而得知了男主的心意和她是一样的——所以她现在应该去肝胆外科看看贝海泽在不在呀！

她已经完全陷入自己写的小说当中，但真到了科室门口她又缩步不前，然后就遇到了姜珠渊。

没有听错，她叫许度。

姜珠渊看着许度，自她手中将电话抽走："我来输吧。"

没有看错，她的屏幕背景是她与贝海泽在健身房的合照。她站在贝海泽身前，比着可爱的手势。

许度还在欣赏她的眉毛，见她飞快地输入了数字之后，突然嘴角一抿。

"怎么了？"

"没什么，输错了。"

她快速输入了贝海泽的电话，果然已经存在里面，只不过名字不是"朝廷鹰犬"，而是两颗心形图案簇拥着"海泽"两个字。

姜珠渊真不知道自己该作何反应了；她想过自己也许有一天会碰见许度，但没想到是在这样的情况下，这巧遇来得猝不及防又不合时宜。

她输入自己的电话号码，还给许度。后者看了之后还傻呵呵道："你的名字好特别，我有个朋友也姓左。”

姜珠渊没再说话，也不知道说什么好。她没有处理这种事情的经验，索性闭嘴。

况且这种事情，应该是贝海泽在场的时候，大家来讲清楚吧？

嘴巴闭上了，脑袋却不能不想。

她晕晕乎乎，混混沌沌，在一楼大厅里转了一圈，才往咖啡室的方向走去。

许度在前，姜珠渊在后，许度回过头来望了一眼，恰好和姜珠渊的视线对上，莫名其妙的，许度觉得那目光似乎有些冷。

是因为她太唐突，要电话的原因吗？

就这么无缘无故地被讨厌了，感觉很不好呢。

这样想着，许度走到已经落座的姜珠渊身边道：“左拥，我请你喝咖啡，可以吗？”

姜珠渊呆呆地看着她，叹了一口气，尽量冷静地回答：“不用了，我在等人。要不，许度你等我一会儿？我有话和你说。”

说完她又觉得自己太强势：“如果你有事，不等也可以。”

许度确实没啥事，又有点好奇这个刚认识的美女要和她说什么——作为一名作家来说，她很乐意平静的生活翻些波浪，好给写作提供更多素材。

于是她找了个稍远一点的位置坐下来。

姜珠渊颇等了一会儿，寇亭亭才出现。

“我说，你每天都用佛手柑的香味，不觉得无趣吗？”寇亭亭落座，摸出烟盒，“怎么，我还没说什么，你脸色就这么难看了。”

“这里禁烟。”姜珠渊道，“况且还有别的客人。”

寇亭亭扭头望过去：“你认识她？”

她提高声音对许度道：“哎，美女，我抽根烟，你介意吗？”

许度见她俩一起的，摆摆手道：“没关系，我不介意。”

寇亭亭点燃烟，吸了一口之后，又凑近姜珠渊的脸庞。

“珠珠，你胡子生出来了。”

姜珠渊下意识地去摸，但手举到一半就停住了。

“开门见山吧。”

寇亭亭又吸了一口烟。她抽烟的模样也是倾国倾城的，叫人看了简直想变成那袅袅的青烟，从她鲜红如花瓣的嘴唇中吐出来：“别着急，让我休息一下。”

姜珠渊能够感觉到，寇亭亭的心情和上次见面时完全不一样。压抑的、做作的姿态已经一扫而光，似乎回到了恣意挥洒的年纪，有云政恩撑腰的十八岁。

“你不是已经结束医院的实习了吗？怎么还总往这边跑？哦，对了，你男朋友是医生。”寇亭亭道，“珠珠，做人女朋友可不能太殷勤，否则就不矜贵了。女人不矜贵，男人就不珍惜了。”

她话里有话；姜珠渊根本不想听这个：“你说有关于云小恩的事情告诉我。”

“哦，对。我们家阿堇下个月八号要举行一个彩虹派对，她在班上和云小恩的关系最好，但小恩的助养父母一直不肯带她来我们家做客。”

“为什么？”

“大概是书香门第，看不上我们这种穷得只剩下钱的人家吧。”寇亭亭似笑非笑，“何必让大人之间的鄙视链伤了孩子们纯洁的友谊呢？我知道你和云小恩感情不错，和她的助养家庭关系也很好，帮忙说一说吧。”

她从包里拿出一张手绘的邀请卡递给姜珠渊。邀请卡做得很精致，一打开有一道立体的彩虹跃出纸面，Q 版的云小恩和孟堇手牵手躺在彩虹上，笑得很甜。

姜珠渊记得寇亭亭以前就有涂涂画画的习惯，邀请卡上的手绘图案正是她的画风：“你画的？”

“嗯，我童年没有的东西，都想补偿给我的女儿。漂亮的女孩子，应该有一个完美无瑕的童年。”寇亭亭道，“幸好她长得像我不像我老公，你应该在网上看过孟金毅的照片吧。”

姜珠渊并没有看过：“阿堇是个很可爱的女孩子，待人有礼，大方善良，能从父亲的身上继承到这些优良品质也很好。”

寇亭亭笑了起来。

“不用说得那么隐晦，我知道我算不上什么好人。如果阿堇是我这种性格，将来未必吃香。说来也奇怪，她爸爸每年只和她相处一个月，但对她影响还挺大。”

这一个月里，父女俩简直形影不离，其实这样也好，她可以不用带孩子：“他在家里的一个月，我是最快活的，除了每天要花两个小时来应付他的性需求。那两个小时很讨厌，但也很快就过去了，和二十二个小时的自由轻松比起来，简直不算什么。”

见姜珠渊脸色尴尬，寇亭亭掸了掸烟灰，似笑非笑地扬起了嘴角：“怎么？听到这种话题一副被冒犯的表情。你不是有男朋友吗？还是处女？天哪，你不会以为，做出一副贞洁烈女的样子就会让男人欲罢不能吧。死鱼是不好用的。”

“其实你找我到底有什么事？”姜珠渊扬扬手里的邀请卡，“如果只是这一件事情，那我们可以拜拜了。”

“叙叙旧不行吗？你就这么忙，一点点时间都抽不出来给老朋友？”

“我们的回忆有出入，叙旧不见得是什么快乐的事情。”

“我知道你不喜欢和我聊天，但我喜欢和你聊天。”寇亭亭道，“还有 Patrick，和你们聊天很开心，什么都可以讲。”

姜珠渊疑心她在胡诓，但观她神情自若，又仿佛不是。

寇亭亭指了指她的鼻子：“你这个人就是小心眼，不告诉我那个人是辛律之，就以为我碰不到吗？有缘分总是能遇到。”

她举手挽了挽耳边的发丝，滑下去的袖口露出一只若隐若现的钻石手镯。

“这么久了，你都有男友了，还在介意云政恩眼里只有我吗？你想想，你那个时候就是个不修眉毛、不刮胡子的男人，谁会喜欢啊？你自己说，你喜欢那时候的自己吗？”

姜珠渊弯了弯嘴角，清澈而又平静的目光投在寇亭亭的身上。

她很美，七年如一日地美不胜收，但姜珠渊已经没必要感到自卑了。

“寇亭亭，如果你对今天的自己有足够的信心，就不用来踩昨天的我，过去的种种，就交给时间评判吧。”

寇亭亭不屑道：“时间？时间也很疼爱我。别再说那些看起来很有大道理的假话了，那都是用来骗你这种认为内在胜于外貌的傻瓜的。事实上，这个社会就算再发展一百年，美女也还是吃香，不管你信不信。”

“还有，别总觉得我欠了云政恩，对我没有好脸色。”寇亭亭道，“你到底是为云政恩出头，还是为千千万万个不被重视的丑女出头啊？你转来读高中而已，有什么资格评判我和云政恩从小就开始的感情呢。”

“你们……”

“没错，其实我从小学开始和云政恩就是同学了。我的童年是怎么度过的，你知道吗？一个酗酒的妈妈养着我。对你这种活在温室里的花朵来说很难想象吧？她赚到的钱大部分都用来买劣质的白酒，为了得到钱，可以和所有脏的、烂的、臭的男人眉来眼去。”

姜珠渊并不知道寇亭亭的家庭组成是这样，读书时大家都很简单，除了特别提起的几个，没有探究过大部分同学的家庭背景。

况且寇亭亭看起来文文静静，清洁白皙，一点也不像是她口中那种肮脏龌龊家庭出来的姑娘。

“如果给人知道我有个这样的妈妈，受欺凌的就该是我了。”寇亭亭嗤道，“毕赢和曹慎行倒是知道，不过大家互相有把柄，就能相安无事。”

“我很小的时候就知道自己长得美，不像是我妈妈那种女人能生出来的孩子。所以我常常幻想自己有一个有钱的父亲，也许他是个电影明星，总有一天他会回来接我走。又或者父母早逝，我是被收养的。”

闻言姜珠渊心内一动；寇亭亭仿佛看穿了她的心思，淡淡道：“十一二岁的时候，我很爱看台湾言情书，有一本特别火，《雪儿姑娘》——看过吗？”

姜珠渊不爱看言情小说，没什么印象。

“那本书我看了多少遍，都数不清了。”寇亭亭道，“女主角不就是我吗？也许我的亲生父母都死了，我只要忍过这一段，幸福生活就会来临了。”

“我看不出来这和云政恩有什么关系。”

“别着急。我和云政恩那时候关系还不错，我妈她有时候会在福利院做点零工，她常常要我下课了过去，吃免费的晚饭。你知道，福利院里那些小孩大都残缺不全，能和我做朋友的也只有云政恩。所以我们常常一边聊天一边洗碗，洗完了还继续聊，一聊就是三四个小时。”

“所以你把你关于父母的幻想讲给他听了？”

“当然，不然不就白想了吗？其实说真的，他那么有数学天赋，又长得漂亮，不也可能是某个富豪的私生子吗？电视里不都是这么演的吗？”

“你做了什么？”

“我也是为了他好，找了一本言情小说给他，说这书里的男主角很像你，一样都是有数学天赋，又超级有权有势……”

姜珠渊立刻道：“那本书叫什么名字？”

“《数学王子的禁忌新娘》，他看了之后，也陷进去了。我们两个总是一起描绘那些和父母重逢后美好的场景。我甚至写了四本日记，描写父亲接我走之后，过着公主般的生活，而我那个烂泥一样的母亲，只能活在臭水沟里。”

“你也是这样暗示云政恩的吗？”

“别动不动就给我扣大帽子，我可没有暗示他什么，我只是把书借给他看而已。云政恩怎么装饰他的幻想，那都是他自己的行为。”寇亭亭道，“难道你小时候没幻想过自己是渡劫的仙女？没幻想过自己是美少女战士？区别只是大多数的人一到了青春期就不再做梦。要知道高中了还做这种梦的话，大家都会嘲笑你、欺负你。所以我醒了，要想得到什么，得靠自己，而不能再靠想象中的父亲。但云政恩是个例外。”

“他自己不懂得收敛。因为有过这种幻想，我从来不敢放松自己，每一样都要做到最好，就是希望万一哪一天父亲真的来了，能第一眼就给他留下最好的印象。但是云政恩呢？他自己到处去宣扬，去炫耀，这总不能也怪到我头上吧？他的性格这么恶劣，如果和他亲近的话，我也会被欺凌的。”

姜珠渊真没有想到她能够如此坦然地将整件事情都说出来，且将责任推得一干二净。

“说起来，我结婚之后，生父真的找来了。他就是一个最普通不过的失业男人，不知道是从哪个阴沟爬出来的老鼠，还想和我认亲？”寇亭亭闲闲道，“而云政恩这个傻瓜，居然还真有如同偶像剧一般的有钱亲戚。真是出乎意料。”

“……你说云政恩的亲人，是什么意思？”

“不是告诉过你了吗？辛律之的名字七年前我就知道了。”寇亭亭用看白痴的眼神看着她，“你以为瞒着，我就不会知情？瞒着，这个男人就会是你的了？不会的，他七年前和云政恩接触的时候就已经知道，我才是云政恩的心上人。而你对于云政恩来说，只是 nobody。”

“现在一切都回到正轨上来了。”寇亭亭志得意满，“我们已经达成共识，他会代替云政恩来弥补我。”

“我不知道你有什么需要弥补。”

“怎么？这口气听起来很嫉妒啊。我知道，你这种正直的人肯定觉得他是来报复我的。你就只能想到复仇，复仇吗？因为我没有回应云政恩的单恋，所以要让我也尝尝被抛弃的滋味？太幼稚了。想对我下黑手，也要看看我会不会上当啊。”

孟薇曾经对寇亭亭下过黑手。在她嫁入孟家的前一晚，买通她最好的朋友，到了格陵之后交心的唯一朋友，说要给她一个惊喜，搞什么单身派对。结果只是想把她灌醉了好拍下裸照威胁："很狗血是不是？幸好我很警惕，跑掉了。事后孟金毅为我出头，去找孟薇，结果你知道她说什么？"

孟薇很嫌恶地看着寇亭亭："我是不喜欢你，也在一些场合埋怨过，仅此而已。如果真是我干的，你能知道？你能跑得掉？"

至于是谁来拍孟薇的马屁结果拍到了马腿上，她也不清楚，甚至没有说给寇亭亭一个交代。

但是这并不妨碍寇亭亭在婚后对大侄女各种笑脸相迎，并最终软化了孟薇的态度。

"不管你信不信，现在我和孟薇关系还挺不错。孟薇这个天底下最小气的女人我都能搞得定，Patrick 是个男人，我又怎么可能摆不平呢？"

男人和女人之间的爱情有七种模式，门当户对、两小无猜、日久生情、一见钟情、欢喜冤家、天人永隔、因恨生爱。什么样性格的男女相遇了之后会产生什么样的感情，寇亭亭都一清二楚："成少为这种莫名其妙冒出来的花花公子，怎么可能对我一见钟情？什么甜言蜜语都说了，眼睛却一点爱意都没有——美男计我是不可能上当的。所以我直接告诉 Patrick，云政恩死了，想要弥补这一遗憾，最好的方法不是来报复我，而是善待我。"

"他真的很聪明，一想通了就立刻送了一整套钻石首饰给我。其实我倒不在乎这份礼物的贵重，我在乎的是它的象征性。想想看，将来会有这么一套专门为我而制作的珠宝，一代代地流传下去，就好像是我的美貌、我的灵魂永远不灭一样，多美妙啊。"

寇亭亭一个劲儿地炫耀，描绘钻饰的美妙，姜珠渊一言不发。

她印象中的寇亭亭从未如此赤裸裸地显露出自己的肤浅、恶劣和虚荣，总还要披一层温情脉脉的伪装，这套昂贵的珠宝想必把她心底最深处的欲望全部释放出来了。

但是妈妈说得对，和她有什么关系呢？

不管是云政恩的爱慕还是辛律之的忠诚，和她有什么关系呢？

“而且他还答应我，很快就会让我们都讨厌的毕赢和曹慎行消失。”寇亭亭笑，“你知道他们两个是怎么发家的吗？毕赢从胥岷山的公司里套钱出来给曹慎行放贷，利息两人六四分，听起来是一本万利，但只要现金链一断，有多大的窟窿要补知道吗？Patrick 只要再补一脚，他们就全完了，不能碍眼了。仇报了，我也开心了，云政恩才能真正地瞑目呀。”

“还有你可以放心，我并没有告诉他，你才是毕赢一直以来欺凌云政恩的核心原因。”寇亭亭施舍一般地说道，“毕竟我们是朋友，不是吗？”

姜珠渊听她长篇大论地发表着和自己长久以来的认知完全不一样的理论。已经不是高中时代了，明明知道她说的都是歪理，但仍能影响她的心情，想要尽快结束这场谈话。

“下次你们见面的时候，告诉他吧，我不介意。”

“别忙着走啊，我还没说完呢。”

姜珠渊笑了一声，饶有兴致地看着寇亭亭：“我们两个人面对面坐着，都有看哈哈镜的感觉吧？你不觉得讨厌吗？”

“讨厌？什么意思？你正直，我扭曲？别装了，还是说云政恩吧。你喜欢云政恩吗？你不也是没有男女之情？为什么批判我？就因为他心甘情愿为我做了很多事？”寇亭亭冷笑道，“少装清高了，你第一眼看到 Patrick，那么帅，那么有钱，怎么就一见钟情了呢？别否认，我刚才就说了，什么样性格的男女相遇了之后会产生什么样的感情，我一清二楚。我认识的姜珠渊那么喜欢装正经，可不会随便接受陌生男人提供的免费早餐，也不会随便让陌生男人搭你的车。”

她怎么会知道这件事情？

“你一定以为是 Patrick 告诉我的了，其实不是。我怀疑他根本不记得这种小插曲。是不是有点伤心呢？兄弟两个都把你当作了 nobody。”

“那是谁告诉你？缪盛夏吗？”只有他，嘴上从不把门。

“缪盛夏？啊，说到他，你知道他要结婚了吗？”

姜珠渊一怔。

“不会吧，你们不是关系很好吗？要结婚了也不告诉你？”寇亭亭冷笑道，“看来你爸真的要退休了，连缪盛夏都不耐烦伺候你这位小公主了。你想想看，是不是我对你的友谊最真实？我可不是因为你爸才接近你，也只有我才会对你说真话。”

见她一直否认，却又神情自若，姜珠渊有些沉不住气：“到底是谁这么无聊，把我的生活琐事都告诉你？”

“很重要吗？”

“当然，如果我身边有奸细，那就不会只告诉你这一件事情。”

“挺聪明。”寇亭亭摁熄了烟蒂，“其实还能有谁，当然是你的亲哥哥姜金山了。”

从她口中说出姜金山的名字，实在令姜珠渊始料未及：“你说什么？”

“不相信吗？”寇亭亭抿嘴一笑，手机拿出来，丢在桌上，给姜珠渊欣赏，“你自己看吧。”

姜珠渊拿起手机。

先是通话记录，基本上每天姜金山都会有两三个来电，多数寇亭亭都没有接，接起来的也只是短短一两分钟的通话时间。

然后是短信，多以问候为主，殷切地关心着她的身体、天气的冷暖，当然多数寇亭亭也没有回复，即使回复也只是寥寥数语。

最后一条是姜金山问她，是否有钱放在曹慎行的借贷公司里：“亭亭，这件事情很重要，务必回我短信。你要记得，我一直都很关心你。”

姜珠渊本来不想相信，但这是姜金山的手机号无误。

看着姜金山发给寇亭亭的信息，她也无法说服自己这只是普通的寒暄。

她想到官瑜对大哥的殷勤，姜金山对大嫂的厌烦，空空如也的胃里泛起一阵阵的不适。

“你们……”

“对，就是你看到的那样。因为谈到你，我才愿意和他多聊几句，所以你的事情我全都知道。虽然这七年我们毫无联系，可我对你还是很熟悉。

你想偷尸体冻尸体，你想收养云小恩，哭得一把鼻涕一把眼泪，你在医院实习时差点受到处分……”寇亭亭笑笑，“所以别总以为自己出生在什么书香世家，高尚、正直、优雅、端庄，靠出卖自己妹妹的隐私来讨好我，这种哥哥怎么样？对了，你哥结婚那天晚上，还哭着喊着给我打了一晚上的电话，说自己多么的身不由己，说要做我一辈子的靠山，如果我在孟家过得不开心，他随时离婚来找我。”

姜珠渊浑身发冷，一股股的寒意涌入四肢百骸。在寇亭亭的叙述中，那个虽然脾气不好但有责任、有担当的哥哥越来越陌生：“这不可能。”

“可不可能的，不如回去亲自问问你哥？顺便告诉他，现在有 Patrick 守护我，就不劳他费心了。”寇亭亭摆弄着小巧的打火机，“当然这七年来，也还是要多谢谢他，给我留了一条后路。一想到我如果过得不开心，就可以去当你的大嫂，让你不开心，我心情就会变得很好。真的，你哥和云政恩一样，都是痴情种。”

姜珠渊猛地站了起来，动静之大令许度不禁侧目。

见她这般失态，寇亭亭似笑非笑：“怎么？想泼我一杯水，指责我勾引你哥哥，破坏你完美的家？”

姜珠渊咬着牙：“你们都结婚了，忠诚于自己的伴侣很难吗？”

“别装了，你不也是先赶着见了 Patrick，然后又来找正牌男友？人啊，给自己留条后路总没错。”

“我在说你和我哥的事情，和辛律之、贝海泽都没有关系，不要扯上他们。”

“生气了？你还真是一如既往地容易激动啊。我只是想说明我的观点而已。”寇亭亭道，“其实你的想法太落伍了——你的男朋友也是别人的男主角，知道吗？”

姜珠渊不知道寇亭亭还有多少惊人的消息等着她：“什么？”

“同学会后，有人告诉我说，你那个医生男友，是一本风靡一时的言情小说的男主原型。你确定他只有你一个女朋友？”寇亭亭似笑非笑，“我可好奇得紧，我们的珠珠这么纯情、这么高贵，被骗了怎么办？所以我专门抽时间好好读了读那本书，《依医不舍》——唉，估计你又没看过了。没关系，网上可以查到全文。”

姜珠渊脸色都变了，这正是官瑜推荐她看的那本小说。她不仅自己觉得好看，还借给贝海泽看过。

现在想想，真是太荒唐了！

“去看看吧，那书里的情节卿卿我我、你侬我侬，可不像是凭空捏造出来的。哎呀，你都不知道我有多心疼你，所以专门找人查过了，《依医不舍》的作者就是贝海泽师父的独生女儿，两个人从小就认识。哎呀，这么亲密的关系，不发生点什么还真是说不过去。你看，他们每周三次在健身房约会，而你，一个星期能见他几次啊？”

“寇亭亭，你是不是有病？你打听我的隐私也就算了，连贝海泽也不放过？”

“珠珠，我是好心提醒你，别做了第三者还不自知。哦，也许你知道，但是无所谓？也对，你哥是我给一点点甜头就能活下去的人，你是他亲妹妹，贝海泽给你一点点甜头就很开心吧？不过很奇怪啊，他对你没兴趣吗？这么久了还没上床？男人忍得住吗？我看你不太了解男人。云政恩有好几次在晚自习后把我堵在教室里想占有我。你哥哥和我说过，要想着我，才能和你大嫂过夫妻生活。Patrick 看到我，也会有反应。或者说……”寇亭亭将姜珠渊从上到下打量了一番，“你是不是奉承的话听得太多，真以为自己很优秀？你呀，真的是让男人毫无兴趣呢。”

寇亭亭很高兴自己的话起到了效果，姜珠渊平静的面具从抿着的嘴角开始一点点裂开，露出铁青的原色。她放在桌子上的手紧紧地攥成了拳头，指甲也深深地嵌进了肉里。

寇亭亭从烟盒里抽出一支烟，悠悠地点燃。

那一点火光摇曳着，沁出凉凉的薄荷味。

姜珠渊开口了，她的声音有些嘶哑。

“我总算知道你来找我到底是为什么了。”

“是吗？”

“我在格陵也碍你的事了吧。为什么不要求辛律之踢走毕赢、曹慎行的时候，也把我顺便解决掉呢？他不是很听你的话吗？”

“女孩子之间的事情，我们自己解决不就好了吗？”寇亭亭道，“七年了，我一直小心翼翼地做人，过得有多憋屈，你知道吗？现在有Patrick，在他身边，我终于可以很舒服、很自在地做我自己了。这七年我受了多少诬蔑？同学会上你是怎么对我的？对付小心眼的方法只有比你更小心眼！我要十倍、百倍亲自报复回来！姜珠渊，你知道吗？每次看到你装得那么优雅、端庄，好像集中了世间所有的美德，再想到你哥告诉我，你那些吃喝拉撒的破事，还有你完美的男朋友原来是劈腿精，我就觉得有趣极了！”

寇亭亭畅快地笑了起来，掸掸烟灰。

她当然知道姜珠渊的弱点在哪里。在她的眼中，姜珠渊怎么能变美？姜珠渊应该永远都是那个一字眉、嘴上有汗毛、腿毛可以搓出泡沫的高中女生，易怒、脆弱、敏感：“缪盛夏、姜金山、贝海泽、Patrick，这应该是对你来说最重要的四个男人吧。啧啧啧，可惜啊，他们背叛你、忽略你、轻视你、欺骗你——没有一个真心真意对你。我看你，还真没有什么必要留在这里丢人现眼了。”

“你说完了吗？”

寇亭亭耸耸肩：“说完了。”

姜珠渊拿起桌上的邀请卡：“邀请卡我收到了，请转告阿堇，不管最后去不去，我都替小恩谢谢她。”

“好，很好。”寇亭亭轻轻鼓了鼓掌，“知道哥哥出轨、男友劈腿，还能保持风度，我真佩服你。”

“别总是把不一样的事情混为一谈，我们现在说的是孟堇的派对。正如你所说，孩子之间的友情很纯粹，我没什么必要去阻止小恩和阿堇做朋友。”姜珠渊道，“不过以后我们就不用再单独见面了，你仅存的那丝人性，请为你的女儿保留好吧。”

许度停止了敲键盘。

她偷偷地从屏幕上方望过去——刚才和她一起坐电梯的左拥拂袖而去；另外一名美女，坐了一会儿，朝相反的方向离开。

虽然听不见她们说什么，但很明显两个人是不欢而散。

为什么不欢而散呢？

对于作家来说，挖掘每个人背后的故事正是灵感的来源。

男人？家产？孩子？

不不不，敌对的关系太老土了。善良女主恶毒女配的设定现在不流行了，要从理念不同的角度来设计矛盾……

她脑袋里闪过一道又一道的灵光，噼里啪啦地写了一通不知道什么时候才能用上的桥段，心满意足地合上电脑。

许度刚走出咖啡室，就见早已走掉的左拥又迎面走来：“咦……”

“抱歉，刚才忘记了你还在等我。”她语速很快，“让你等了半天，我却自顾自地走了，真不好意思。”

“没关系，如果你有事的话就先走吧，我以后再找你请教。”许度在眉毛上比画了一下。

“来都来了，还是先把我们的事情解决了吧。”

见她脸色肃杀，许度不知为何有股隐隐的不安：“我们……有什么事情要解决？”

“很抱歉，刚才和你开了个玩笑，我并不叫左拥。”姜珠渊冷静地拿出手机，将屏幕摁亮给许度看，“我叫姜珠渊。我想，我们可能有同一个男朋友。”

“所以，你是怎么想的？”

在一处僻静无人的安全通道内，林沛白、庄羚和贝海泽三人分站三点，形成一个气氛很紧张的等边三角形。

不等贝海泽出声，庄羚继续咄咄逼人：“你应该好好处理和嘟嘟的问题，而不是发条短信就算了。”

“她告诉你了？”

“我从昨天到今天都一直和她在一起，我没让她看到那条短信。”庄羚道，“嘟嘟不该被这样对待。”

贝海泽不想解释什么：“你说得没错。如果她同意，我想和她谈一谈。”

“谈什么？怎么谈？”

“小贝能处理好，小庄你就不要操心了。”

庄羚见他们两个毫不在意许度的情绪，不由得更加生气着急：“你还是要拒绝嘟嘟？你知道她多喜欢你吗？她单恋你那么多年，把所有的情绪都写成了一本书，感动了千千万万个读者，就你一个铁石心肠？”

贝海泽不作声。庄羚以为他听进去了，放缓语气：“小贝医生不是一个温柔的人吗？为什么不愿意给嘟嘟一点慰藉呢？就算要拒绝，也可以慢慢来。”

贝海泽尽量平心静气：“我有女朋友，没办法对第二个女孩子温柔以待。况且这绝不是解决问题的方法。”

“贝海泽，许度根本不知道你有女朋友，你也没有告诉过她，这难道不是一种误导？又或者你也有给大家一个机会的潜意识？”

贝海泽无奈地叹了口气。

林沛白解释道：“小贝刚和小姜谈恋爱，院版就沸沸扬扬地讨论了三四天。小姜以前的照片曝光，身份被曝光，高中时发生的事情也被拿出来八卦。贝海泽好不容易联系版主才删除了所有的信息。我想他不会随便在别人面前说到自己女朋友多少也是出于保护的原因。”

庄羚冷笑：“这个理由还真是冠冕堂皇。”

“小庄，这是小贝和许度之间的事情，我们应该给他们一点空间自己去解决。你不觉得你现在的情绪太夸张了吗？你并没有立场去干涉别人的感情生活。”

“许度对我而言并不是别人。她是我最好的朋友！”

“你别激动。小庄，我们两个也搭档过一段时间，你性格开朗，朋友也多，现在突然说许度对你最特别？”

庄羚一怔，原本锐利的眼神突然黯了一黯。

“好，我不怕告诉你们。我上学的时候，有过一段对性别认知不清的日子，我……我受到过的嘲笑你们根本无法想象。那时候只有左粲粲、许度和我说话，我们三个人的关系非常好，即使所有的同学联合起来孤立我们三个，她们也没有抛下我。后来我才知道许度家里那种情况，还总是逗我笑，逗我开心，她出国了，也时不时问我们要不要这个，要不要那个，每个圣诞节都寄礼物回来。这么好的女孩子，如果不是出国了，轮得到她姜珠渊乘虚而入吗？贝海泽，你想想，你们的感情基础深厚得多啊！”

贝海泽突然道：“庄羚，你也被人孤立过，为什么珠珠在医院进修的时候，你要针对她？”

“……我没有。”

“殷唯投诉珠珠之前找你咨询过专业意见，你给了很多不好的暗示，BBS 上一直针对她的 ID 是你的小号。更不用说秦教授让你为你们共同的研究成果投稿的时候，你故意漏掉了她的名字，事后却借口没有收到她的回复。”贝海泽道，“还需要我列举更多吗？”

庄羚咬了咬牙。

“她只是一个研修生，如果不是有身份背景，秦教授会天天把她夸得像朵花儿吗？”

“你就这样看待秦教授？看待姜珠渊？那你和那些欺负你的同学有什么区别？”

“好，我可以为我的偏见向她道歉……”

“那倒不用，我就问问你，你到现在仍然觉得她只是凭身份和背景才得到大家认可的吗？”

庄羚深深地吸了一口气。

“不。她确实在专业方面很有实力、很有想法，她的业务水平不是我的偏见所能贬低的。”

“这样就够了。她并不在意你的针对，也不需要你的道歉。”

“那许度……”

“我会为我的轻佻向许度道歉。”

贝海泽态度坚决，转身就走。

“贝海泽，你难道不能给嘟嘟一个机会？大家一人退一步，先做个朋友不行吗？现在都什么社会了，一切都有可能。”

“不行。”

不想等电梯，贝海泽推开安全通道的门，从楼梯走了下去。

“嘟嘟有什么不好呢？贝海泽，你好好想想，谁更适合你……”

贝海泽不再作声，只是疾步下楼；庄羚跟在后面：“贝海泽，我们谈一谈！谈一谈！请你别拿对其他女孩子的那一套来对待她！嘟嘟还不可怜吗？她从小就在一个破碎的家庭长大，你以前不是对她很温柔吗？为什么现在要这么残忍？”

“贝海泽，贝海泽！姜珠渊性格那么坚韧，就算被你甩了也不会怎么样；许度就不同了，她很脆弱，她受不了这种打击！”

她的声音在空荡荡的楼梯上回响，虚弱又尖锐；一层层的声控灯开了又熄，贝海泽停住了脚步。

“一个女孩子性格坚韧，就活该不被呵护、不被重视？”他难得严厉一回，“庄羚，你真的要好好想一想了。”

他揣着一肚子火回到办公室，实习生们见他脸色不好，也不便出声，只是默默地看着他及身后的林沛白，还有庄羚。

一张张求知若渴的小脸蛋上明明白白地写着——

“这是干啥呢？”

“又来两个啊。”

“林沛白也参与呀！”

“这不好吧，大庭广众的。”

“小贝医生这是不开荤则已，一开荤油盐不忌啊。”

“没有小贝医生，我们的生活该多清淡啊！”

贝海泽看着这一帮小的们，愈发头疼起来。

“值你们的班，别多管闲事。”

才说完别多管闲事，他又问了一句：“我女朋友来过了吗？”

仿佛这不是闲事一般，实习生们纷纷摇头。

贝海泽拿出手机。

先打给谁呢？

他到底是应该先找许度说清楚，还是先找到珠珠……

正在这时，他接到了许度的来电。

他一见是许度的号码显示在屏幕上，顿时松了一口气，但心情随即复杂起来：“你在哪儿？”

许度干巴巴地回答：“我……我在咖啡室。我、我……”

“你不要走开，我来找你……不好意思，有电话进来，稍等。”

相差不过半分钟，姜珠渊也打来了，声音柔和：“海泽，你在哪儿？我等你半天了，现在好饿。我们去吃饭好吗？”

“……珠珠，你再等一下。我还有点事，忙完了就去找你。”

“你忙了一天了，还没忙完吗？啊，不会是去见别的女孩子吧。”

“……不是。还有点工作上的事情要交接，很快。要不你先来我办公室坐一会儿，别到处跑了。”

姜珠渊的心立刻沉了下去。一句脏话几乎就要破口而出，可悲的是，她仍然顺从了淑女的美德：“好，我知道了。你忙。”

不等贝海泽再说什么，她挂了电话。

刚才两人都开着免提，想必该听到的都听到了，该有的结论也都有了。

姜珠渊很清楚，贝海泽“工作忙”，所以她心甘情愿地主动去找他，也等过很多次。

现在想想，真是太可笑了。

更讽刺的是，她明明知道贝海泽和许度每周见三次，却故意忽略了许度留在他身边的痕迹，且对他说的每一句撇清的话都深信不疑。

“就这样吧。”姜珠渊收起手机，在桌上敲了两下，“我……没什么要说了。”

“等……等一下。”

从姜珠渊宣布自己是贝海泽的女友开始，到她果断地安排两人分别约贝海泽出来，用硬币的正反面决定打电话的顺序，到这荒唐的电话结束，许度一直怀疑自己其实在做梦。

这是做梦吧？为什么“女二号”出现后，事情的发展并不像小说那样？为什么不是“女二号”凶神恶煞地骂她抢男人，甚至扇她耳光？为什么“女二号”坦荡又果决，而她无知又胆怯？！

她自以为一直按照小说剧情来发展的粉红人生，被“女二号”的不按人设出牌给完全打乱了。

“等一下，我……我……我不知道他有女朋友。”许度语无伦次地背着书里的台词，“我和他也不是……不是那种关系……我只是……我只是……”

她心里百味杂陈，昨天的一幕幕又在眼前闪过——海泽哥哥种种荡漾羞涩的表情，难道不是喜欢她的表现？不喜欢她，为什么关心她、爱护她、陪她健身？

可是面前的“女二号”，也并不是庄羚和左粲粲所描述的那种根本不配得到男主喜欢的恶毒金枝啊！

那么海泽哥哥，是真的被她吸引了吗？海泽哥哥，是真的无法在她们两个人当中做出决定吗？

许度突然发现，自己的成名作原来是那么的肤浅！用恶毒的女配来凸显女主的珍贵，增强男主忠贞的可信度——她还将这一肤浅，延伸到了自己的生活当中。

真的是太可悲了……

见她欲言又止，神色复杂，姜珠渊道：“你不需要解释，隐瞒自己有女友的事实，和其他女孩子暧昧，错不在你。”

“……我真的没有想过当第三者……我……我自己的父母就是被第三者拆散的……我真的真的没有想过当第三者……”

“许度，我吓着你了吗？你深呼吸一下，慢慢听我说。我看过你写的书，但刚刚我才知道这本书和贝海泽之间的联系。在接受他的追求之前，我没有确定他的感情状况，是我的错。第三者什么的，我们都不要认。”姜珠渊从头上取下发卡，放在桌上，“感情里如果有三个人的话，就太拥挤了。”

许度脑中嗡嗡作响，她没有听见姜珠渊告别的声音，她只听见了不会再见贝海泽那句话。

所以她要退出了吗？如果她退出的话，岂不是只剩下她和海泽哥哥？

那现在问题的答案就在于她了——她要一个三心二意的贝海泽吗？

许度不断重复地问着自己，每一次的答案都是再想想……再想想……

“许度。”不知何时，贝海泽出现在了她面前，坐下，“我们谈一谈。”

贝海泽出现的那一瞬间，她的答案全部推翻，变成了——即使他会劈腿，她仍然卑微地想要他的爱啊！

“海泽哥哥。”

“许度！”庄羚也赶来了，“你不要听他的……”

“庄羚，让我和许度单独谈谈。”

林沛白将庄羚拉到另外一桌坐下。

贝海泽看着许度的眼睛，开口了。

“许度，你现在已经养成了良好的运动习惯，以后可以自己安排健身计划，我就不再参与了。如果之前我在‘传帮带’的过程中有过任何让你误会的举动，绝非有意为之，请你谅解。”

许度全身的血液本来已经奔涌到脸颊，但听了贝海泽清晰而有力的一番话之后，所有的血液又瞬间退去，她脸一下子就白了。

“你……这是什么意思？”

“你昨天的表白我听到了，我的答案是不接受。”

他就这样直接明了地否定了，完全地出乎许度的意料。全身的血液退到了脚底还不够，还在争先恐后地脱离这具自作多情的躯壳，让她全身的温度都降到了冰点：“不接受……你真的对我一点感觉都没有吗？”

“没有。”

“那你为什么要对我好？”

“我这个人，总是希望能够面面俱到，皆大欢喜，这种伪善和虚荣给了你错觉。我很抱歉，但也无法补救。”

“你并不是这样的人，为什么要这样说自己？”

“因为我确实错了。以前我不觉得这是很大的问题，现在我受到了教训。”

许度的眼泪在眼眶里打着转，终于掉了下来。贝海泽下意识地去摸口袋里的纸巾，但立刻停住了动作。

他实在是一点点多余的关心也不敢再给了。

许度还抱着一丝丝的希望：“……是因为你有女朋友？”

“许度，我有没有女朋友，和我对你有没有感觉是两码事。”

“可是你有女朋友，对吗？”

“对。”

“自始至终，你的心里只有她，只想和她在一起。”

“对。”

“即使她和你分手，也不选择我，是这个意思吗？”

“对。”

每问一句，每回答一个字，就仿佛在许度的心上戳下一刀，她看着自己血淋淋的心脏，再看看贝海泽，啊，他在谈到自己女朋友时的那种表情，和昨天晚上一模一样。

“所以，昨天晚上你看起来很荡漾的模样，也是因为一直在想她吗？”

“对。”

平时的贝海泽一直给人和善温柔的形象，但提到女朋友的时候，他的眼神、他的语气变得比和善更细腻，比温柔更亲密，那是从未在其他女孩子面前展现过的爱意。

许度的眼泪又汹涌而出。

贝海泽见她一直哭，无奈道：“不说这个了，我看到网上有些人在讨论这件事情，大概是参加读书会的那些人发的照片，我会去拜托删掉相关内容，免得引起不必要的麻烦。”

许度抽噎道：“你怕她知道了会生气？”

“嗯，我怕我哄不好她。”

许度拼命地用手背擦着眼泪。

“你能回答我最后一个问题吗？”

“你说。”

“如果，我是说如果，如果我没有出国，如果我们先在一起了，然后你又遇到她，你会怎么做？”

“不会的。”

“假设，假设也不行吗？”

“许度，你想从我这里听到什么答案呢？我马上就三十岁了，我之前不是没有过谈恋爱的机会。但我一直没有遇到能让我第一眼就能看到未来的女孩子，直到她出现。我看到她第一眼的时候，就已经在想象她穿婚纱的样子；当我终于和她说上话的时候，我连结婚誓词都已经想好了；她是一个有理想、有抱负的女孩子，独立、自由、充满活力，一想到这样优秀的女孩子是我的伴侣，我也想要变得更优秀；即便是你对我表白的时候，我想的也全是她，我很害怕，我害怕她知道了之后不原谅我，那我怎么办？

那我就只能一个人孤零零地葬在仰止园了。”

“许度，有一天你也会遇到一个人，他看你第一眼的时候就会看到未来，那才是你的伴侣。”

许度的眼泪慢慢地止住了。

“海泽哥哥，虽然你不喜欢我，但是我……我也不知道自己现在是高兴还是伤心……好像每种情绪都有一点……”她吸了吸鼻子，鼻音浓厚，“我刚才心情好差，因为我一直在想，如果海泽哥哥是我爸爸那样见一个爱一个的男人，我还要继续喜欢他吗？现在你给了我答案，比起你不喜欢我这个事实来，你对恋人的忠贞和对感情的珍惜这个事实更重要。因为这说明我并没有看错人，海泽哥哥，你并不伪善，也不虚荣，你很好，你的女主角也很好。”

她紧紧地抿着嘴，扬起满是泪痕的脸庞。

“还有，我也很好。”

如果是刚回国的许度，也许真的会受不了这个打击。

现在的她有强健的心脏、结实的体魄，相对应的，灵魂也没有那么脆弱了。

虽然他从不爱她，虽然她更爱他了。

她能克服，总能克服的。

她紧紧地攥着拳头，直到什么刺痛了她。

她以为得到这朵玫瑰花，就会等到她的小王子。

活在小说里的并不是贝海泽。

每一步都暗合情节的也不是贝海泽。

贝海泽是她面前这个活生生的、有独立意识的男人。

她用了一个自以为是的故事来框定现实生活，现在是时候一步步走出困局了。

许度将苍白的右手伸到贝海泽面前，慢慢摊开。

第八道 × 热菜

# 珍珠四喜丸子

马琳达用来招待 Cici 的是日本料理，请了大师傅来现场制作。

“Cici，我记得你爱吃刺身，这位寿司师傅在格陵很有名呢。”

“确实久仰大名。可惜工作太忙，从未尝过。”

“合口味的话就多吃一点，你瘦了很多。”

“谢谢琳达。”

“你还在练现代舞吗？”

“偶尔跳一跳，没有系统练习了。琳达你还在上舞蹈课？”

“嗯，说起来也有好几个礼拜没去了。”

“Sebrina 的舞蹈教室？啊，我好想她。”

“等你回去后，我们一起。”

“好。”

Cici 一边和马琳达聊天，一边却又不由自主地频频将目光投向一直不言不语的辛律之。

和他的精明不相称的是他完全不会用筷子，故而师傅将做好的寿司送到他面前后，他直接用手拿起来便送入口中。

他胃口似乎不太好，吃了两三个之后，擦擦手，拿起一支细长木勺，眼帘低垂，慢慢吃着琳达递过来的茶碗蒸。

Cici 从未见过这样家常的辛律之。

从随意搭在额前的乌黑头发，到被睫毛遮住的细长眼睛，从他漂亮如同女性的嘴唇，到线条清朗的下巴，充满男人气息的喉结，宽阔结实的肩膀，简单的粗线毛衣，还有袖口露出的一截手腕，细长的手指，一切都和他以前印在她心里那种雷厉风行的印象完全不同。

家常的辛律之，是那么的内敛无害，甚至带着些让人心疼的乖巧。

饭后马琳达去准备自己的摄影作品给 Cici 欣赏："你在花园里随便逛逛，我弄好了叫你，我有很多有意思的相片想和你分享。"

Cici 正巴不得她这样说，便从客厅退了出来。

辛律之半倚在泳池边的躺椅上养神，Cici 轻轻走过去时，他也没有睁开眼睛。

Cici 在旁边一张躺椅上坐下，支着腮，交叉着双腿，静静地看他躺在满天星光下，一池粼粼间。

"还没看够？"

Cici 脸一红，坐直了身子，不知说什么好。

"得出了什么结论？"

Cici 愈发不知道该说什么："我还以为你睡着了。"

"没有。"辛律之翻身坐起，"Cici，我有些事要问你。今年六月从老饕门内部发出两封邮件，声称有代喜娟经济犯罪的证据——是不是你？"

确实是 Cici 所为，老饕门当时急于上市，做事难免百密一疏。她也是等了很久，才拿到代喜娟贿赂证监局官员、篡改财务数据的证据："我发了第一封信，你没有回复，我回头一看，确实写得有些像欺诈邮件。于是我又发了第二封，并且附上了完整的资料，但你仍然没用上。我是不是给你添麻烦了？”

辛律之起身，走到泳池边，凝视着平静的水面，水面倒映着四周的灯光与景色，抽象而冷清。

“添麻烦倒不至于。但你们怎么都喜欢做一些我没有要求过的事情？这让我很费解。你为什么不能像马琳达那样，做做自己喜欢的事情就好了？”

Cici 原本以为自己没有功劳也有苦劳，没想到辛律之如此轻视这件事情。

“Patrick，你是这样看待女性的吗？觉得我们没有用？只能跳跳舞、拍拍照？”

“不要把你的自作主张偷换成一个平权问题。你是伯克利的高才生，应该明白我在就事论事。”

“好，就事论事。代喜娟害得你和你弟弟失散多年，难道你只打算让她倾家荡产？我找到的证据足够让她在监狱里待上几年，不是更大快人心？ Patrick，现在这柄刀仍然快得很。”

“Cici，这是我的家事，我自有分寸。”

“对，这正是你做事的一贯风格。不说代喜娟，就说 Ellis，Ellis 是一条活生生的人命啊，他们难道不应该也赔上一条命吗？”

“谁赔？你想让谁为 Ellis 陪葬？是举办派对的 Brilliton 夫妇，是卖酒的商家，是买酒的Chris，是开车的Kyle，是你父母和 Ellis 的交流障碍，还是 Ellis 自己的鲁莽、无知和冲动？”

Cici 无言以对。

“也许我的话太委婉——法律才有杀人的权力，我没有。”

“可我听说 Uncle Albert 会杀人，而且处理得很漂亮。”

辛律之耐心地回答。

“时代不同了，Cici，很多我父亲年轻的时候能不惜代价去做的事情，现在看起来都是疯子行径。”

Cici 想了想，走到他身边。

“为什么当年要到 Brilliton 夫妇的女儿 Doris 上了大学之后，才把他们丢进监狱反省？你在等什么？”

“等这件事情对 Doris 的伤害降到最低。复仇不是滚雪球，越滚越大，复仇是一架跷跷板，需要保持平衡。我和你父亲达成了协议，只毁掉加害者核定赔偿的那部分生活，多的一分我也不会动。”辛律之道，“所以你将代喜娟的罪证交给我，是为了试探我，当受害者是我的亲人时，我是否还能冷静地权衡？”

“对。”

“有结论了吗？”

“其实这个结论你早就告诉我了，复仇不是为了 show the power（彰显能力），而是为了 smooth the life（抚慰人生）。”

“原来你记得我说过的话。”

“当然。所以，让代喜娟坐牢并不会让你比现在更平和。”

辛律之颔首表示认可。

突然，他又仰起头来，说了一句：“起风了。”

格陵深秋的风带来一丝冻意，像情人决绝的眼梢。

他抬头望了望灯色温暖的客厅：“进屋吧。”

Cici 跟在他身后，看着他的背影。

“Patrick.”

“嗯？”

“I have a crush on you（我喜欢你）.”

“I knew（我知道）.”

“……That's all（就这样）?”

“That's all.”

Cici 也不知道自己怎么会一时头脑发昏，对辛律之说出了心里话。

也许是因为格陵深秋夜的风冷得太意外，她想要烫一烫脸颊，暖一暖心口。

而辛律之的回答虽然令人沮丧，却也在意料之内。

只是后续面对着马琳达的盛情款待和辛律之的若无其事，她越来越尴尬，以至于离开的时候简直有些像落荒而逃。

马琳达送她出去时问到了些因果，回来便责备继子："好极了，别的没学好，先学会让女孩子心碎了。只怕我有一段时间不能约 Cici 出来练舞了。"

闯了祸的继子摊在沙发上看电视里一个意大利厨子揉面，未有回答；马琳达又道："请你下次再遇到这种事情，就说要考虑考虑，然后来问我怎么拒绝比较不伤人。我有经验，可以帮助你。"

"你说有至关重要的信息才从餐厅离开。Cici 对你来说，是很重要、非见不可的朋友吗？"

"重不重要，我说了算。"

辛律之继续看意大利人做面条。

"我的事也要我自己说了算。"

马琳达走过来，坐在他身边，明知故问："因为珠珠？"

"你之所以对珠珠青眼有加，是因为在你看不到的地方她对云政恩很好。这够吗？况且她有男朋友了，两人感情很不错。"

"谢谢你提醒我，我还真差点忘了这件事情。"

假装没听出他话中的讽刺，马琳达继续道："Cici 就不一样了，而且从很多方面来说，她和你的成长背景更加接近，将来相处也许会更融洽。最重要的是，she is available（她单身）。"

电视上的厨子开始使用压面机制作出面条，柔软的面团通过刀片，吐出一条条波纹状的宽面条。

"我喜欢珠珠，也喜欢 Cici。但是从我的角度来说，当然希望你的伴侣能同等地爱你。只爱你，更爱你，这是我的私心。你看看我，就知道施与爱比接受爱艰难得多。”

辛律之并不言语。

“确实我今天一时冲动想给你和珠珠制造机会，但现在想想有些可笑了。珠珠是能独立思考的人，不是陷阱里在等待的猎物，也不是所罗门王手里等待判决的婴儿。”

她该说的都已经说了，却迟迟等不到辛律之的回复。

点到即止，多说无益。马琳达站起来，朝自己房间走去。她一边走，一边将头发解开，打算好好泡个热水澡。

“琳达，我不会选择 Cici，我不会再骚扰姜珠渊。”

马琳达的手举在半空中，语气有些半信半疑：“真的？”

辛律之关上电视，将遥控器扔在沙发上：“打电话让 Hori 立刻申请明天傍晚的航线，我们扫完墓就走。”

听他语气坚决，马琳达知道那个雷厉风行的辛律之又回来了：“好，回到我们的生活轨道上去，你慢慢就会忘记她。”

进房间前，她似乎想起了什么，对已站在落地窗前的辛律之道：“不准再跳泳池了！”

一晚风紧，第二天的阳光却意外的好。

成少为接到姜珠渊电话时，正在指挥工人将他的架子鼓搬到原先的卧室去。

“小姜，什么事？”

“组长，我要请假，请假表用邮件发给你了。”

成少为听她鼻音厚重，说话带着哨音，不禁关心道：“听起来有点严重啊。去医院了吗？咦，等下……哦，是你那边有电话进。”

“没事，我设置一下。”过了一会儿，姜珠渊又带着咳嗽声道，“感冒而已，自限性疾病吃不吃药都一样。”

正在盯着工人换鞋套的蔡媚媚问成少为："怎么了？谁？什么事？"

"小姜感冒了。"

"问她住哪里，我正煲鸡汤呢，等下煲好了，我给她送过去。"

成少为便对姜珠渊道："要不我叫人去接你，你到我这边来。反正媚姐一个人也是照顾，两个人也是照顾。"

"可以呀，我去接。"

姜珠渊那边也听到了成少为和蔡媚媚的对话，先是没作声，然后又有些感慨。

"组长，你和媚姐对我真好。"

成少为不禁挑了挑眉毛："听你这口气，被人欺负了？真当我成少为落毛的凤凰不如鸡？我的人也欺负。"

"没有，谢谢组长和媚姐的关心。"

"媚姐问你地址，她过来接你。"

"谢谢媚姐，不用了，我已经回云泽了。"

"你回家了？那也好，家里人可以照顾你。"

"嗯，组长我挂了。对了，我打算换个手机号，回来上班时再更新我的资料，可以吗？"

"行，好好休息，有什么事给我打电话。"

成少为挂上电话，便去折腾他那架子鼓了；其间蔡媚媚一直忙出忙进，忙这忙那，时不时瞥他一眼，看是否需要帮忙。

鸡汤的香味飘遍全屋的时候，他的乐器也搭好了。见他又开始解鼓棒上的带子，蔡媚媚终于忍不住道："啊哟，行行好，不要敲这个。敲得头疼。"

"刚装好，不试试怎么能行呢？"

成少为并不听她的，一对鼓棒执在手里好似有了生命一般，在鼓面上击弹了一遍，还未敲镲终结，就听见代喜娟的房间传来了长长的代表拒绝的呼啸声。

“安静点吧，你妈还病着呢。”

成少为将鼓棒重新缠好：“听起来精神恢复得可以啊。”

“好什么呢？这房子说不定下个星期就有人来收了。还有车，还有……”

“不会那么快。”成少为道，“银行那边我太了解了，不开上六七次会，定不下一件事。你就安心在这里陪我妈，到了那个时候，我自然有办法。”

蔡媚媚眼前一亮：“你有什么办法？”

成少为理直气壮道：“到我那里去住啊。虽然只有八十多个平方米，但是我自己赚钱付的首付，贷款也缴得及时，查封不到那里去。”

“住你那里？”

“不会委屈她的。我那里风景不错，阳台看得到海。”

蔡媚媚深以为然：“至少还有个窝——那你今天把行李都搬过来干什么？”

“我不过来陪她住几天，她会肯去我那里住吗？”成少为道，“本来想她挺喜欢小姜，想叫小姜也过来陪她，可惜她生病回去了。”

一说到姜珠渊，蔡媚媚又想起来另外一个人：“真是人心隔肚皮。你妈很倚重的那个小司说不干就不干了。”

成少为手上一顿：“司瑟霖辞职了？”

“留了封辞职信就走了，电话也打不通，人事部还得通知她来拿离职证明啊。”

“媚姐，我记得她当初入职的时候没有办社保，因为是美籍。”

“对，怎么了？”

“她只怕从来也不是我们的人，走了就走了吧。”成少为道，“媚姐，鸡汤好香，快盛一碗来！”

见了辛律之预备去扫墓的衣着，马琳达挑眉道：“好久没看你戴耳钉了，酷。”

她拿出一条深灰色围巾给他围在脖间："已经安排好了，晚上七点五十的飞机，睡一觉我们就到家了。"

"很好。"

真要走了，马琳达又心生犹疑："Patrick。"

"嗯？"

"我知道多米诺骨牌已经到了最后两三块，你没有再来格陵的必要。但是……科赫的雪花不找了吗？"

辛律之坐下换鞋："你想要？"

"科赫的雪花是你父母的定情之物，对我来说没有什么特别的意义，对你恐怕就不一样了吧。"马琳达道，"按道理来说，应该传给你的妻子，再一代代传下去。况且我总觉得冥冥中自有天意，如果不是你母亲的在天之灵，你也不可能通过这枚戒指找到代喜娟。"

二十五年前火车票没有实名制，要找到当年和纪永姿一起坐火车的神秘人士实在是大海捞针。若不是代喜娟在一次私人聚会上佩戴了由科赫的雪花做吊坠的钻石项链，而聚会的照片曾经由网络传输，辛律之也不会得到信息，然后顺藤摸瓜，拼凑起整个事实真相。

但代喜娟只是那一次佩戴了纪永姿的遗物，不知是否她也觉察出了自己的得意忘形，从此再也没有展示过。如果她打算脱手，也必然要先找鉴定行出具品质证书。之前辛律之曾暗地里请业内人士替他留心，也收到过几次六边形切割钻石出现的消息，但都不是科赫的雪花。

代喜娟有心藏私，辛律之再神通广大，也没办法知道她把科赫的雪花收藏在哪里。

"如果冥冥中自有天意，那就等它再次出现吧，有灵性的珠宝会去找它的主人。"

马琳达了然："就像那套首饰必然属于寇亭亭一样。"

辛律之垂着眼帘，戴上手套，淡淡道："各得其所，不是很好吗？"

两人坐酒店派的车出发前往陵园。辛律之想到这只怕是最后一次与姜珠渊见面了，心里难免有些落寞，便想一些工作上的事情来分散注意力；马琳达虽然一直闹着要回马里兰，这次真要走了，却又觉得格陵虽然这也不好，那也不方便，却有它独特的红尘魅力，这一路上的风景也还没赏玩遍呢，也有些恹恹。两人一路无话，已将上坟的心情给尝了个透。

待到了目的地，不见姜珠渊。再等了十来分钟，过了约定的时间，姜珠渊也还没出现。

天空淅淅沥沥地下起小雨来，马琳达道："我们去旁边的亭子里躲一躲。"

雨越下越大，远处的山峦腾起了一阵白雾；两人坐在亭子里，辛律之打电话给姜珠渊，响了数十下，那边才接起来："喂？"

"我，Patrick。"

"我知道。"

她声音短促谨慎，平静疏离，与昨天完全不同。

辛律之听见背景里有车笛声："你在开车？"

"是。"

辛律之以为她正在来的路上："慢慢来，不着急。"

"慢慢来什么？"

辛律之这下给问住了："嗯？我们今天约定了……"

"我记得。"

"那……"

"抱歉，突然有事，来不了了。"

"……我今晚的飞机回马里兰，不会再来格陵。"

那边轻蔑地一笑："你舍得吗？"

"你说什么？"

"没什么，祝你和琳达一路平安。"

姜珠渊挂了电话，扔到副驾驶座上。

前方是高速收费站口，她排队取了卡，上高速，风驰电掣地行驶了一个多小时，到了第一个服务区。她平时在云泽和格陵之间来回也是自己开车，高速上跑两三个小时并不在话下，但这次实在是喉咙疼痛得厉害，便驶进了休息站，下车去买了一大袋子的矿泉水。

回到车上，她拧开矿泉水，咕嘟咕嘟地就喝了半瓶下去。

冰凉的水稍微缓解了一下喉管里的灼烧感。

她昨天连夜赶回云泽，和上次回家灯火通明完全不同，这次家里空无一人，只有一猫从黑暗角落转出来，迎接姜家的小公主。

她蹲下去摸了摸猫儿的脑袋，比上次看到大了几圈，也不怕人，呼噜呼噜地叫着。她知道父亲出差去了，便坐在沙发上等其他人回来。

这一天发生的事情太多，她都不知道自己什么时候竟然就蜷着睡着了。一早醒来，头痛欲裂，再一看，不仅家人没回，连一向七点准时到岗的保姆毛红英也没有出现。

虽然昨天晚上就开始没吃东西，但现在她仍然没有胃口，打电话给姜金山，得知他在单位加班：“云泽有几家小型借贷公司的账目出了问题，昨晚通宵查账，现在正分头约谈相关负责人。妈不在家？官瑜呢？都不在？是不是又一起出去旅游了？官瑜这个心血来潮的毛病我得好好说说了，一天到晚不着家。”

“大嫂只是人不在家而已。而你，是整颗心都不在家了吧。”

听姜珠渊这样说，姜金山不由得一惊：“珠珠，你这是什么意思？”

“姜金山，倒退八十年你就是优秀的地下工作者啊！寇亭亭什么都告诉我了，你是结了婚的人，为了追求有夫之妇，出卖自己妹妹的隐私——这个世界上没有比你更恶心的人！”

“出卖隐私？珠珠，你在说什么？我不明白。”

“不要狡辩了！你就是我身边最大的细作！”

姜金山舔了舔发干的嘴唇，起身将办公室反锁后，对姜珠渊细声细语：“珠珠，我不知道你听说了什么，但你别乱想，我马上回来，我们好好谈谈……”

“别废话！你以后不要再和我说话！”

“珠珠，我是你哥……”

“你不配！”

她挂了姜金山的电话，想了想，又在网上订了十个花篮送到缪盛夏家里恭祝他新婚快乐，又向成少为请了个假，上楼收拾了简单的行李，给猫添好食，换好猫砂，开上车就走了。

凉水落肚之后，仍然像被人扼住了咽喉一般火烧火燎。

副驾驶座上的手机在振动，姜珠渊一手拿着矿泉水，一手接起电话。

“喂。”

“我已经坐电梯上来了，在你家门口。”

“是吗？等我化个妆就出来。”

那边停了一停，语气有些绷不住：“你五个小时前就在化妆了。”

姜珠渊冷静道：“是吗？那你也应该记得，我昨天晚上已经和你说分手了。”

那边不再言语，传来敲门声。

“开门。”

“珠珠，我和许度没有私情。如果你生气了，打我，骂我，不是更能解气吗？”

“说得有道理，等我换件衣服给你开门。”

姜珠渊关机，发动引擎，重新回到高速上。这一次足足又开了十个多小时，才到了目的地湖北武汉。因为已是凌晨，下了高速之后难得是一路畅通，她走二环到了母校，本想在学校开个房间休息，到了交流中心才知因为校庆的原因，所有房间都满了。

她只得开出校园，在八一路的丰颐大酒店订到一间标房。刷了卡进房，她将行李一丢，整个人往床上一躺，才觉出两条腿又酸又麻。她将两张床上的所有枕头摞起来，把腿搁上去，顿时舒服了许多。

万食　如意

To：

From：

当美好遇见美好

明信片 | 非卖品

ALL ABOUT ROMANCE

从百里挑一、到千里挑一、到万里挑一，都可能是你。

万食如意

# 万食如意

ALL ABOUT
ROMANCE

按摩了一会儿腿，她方觉得饿了，拿过房间内的餐单来看，又没什么食欲。电视打开来，很多台已经没有信号。她调到一个地方台，看了半集国产家庭剧，就关了电视，闭上眼睛，又沉沉睡去。

这一觉睡到了日上三竿。姜珠渊起身洗漱化妆，套上件棒球外套出门觅食。她坐电梯下去时，竟意外遇到了一名同级不同专业的同学杜泉冷，两人在学校论坛上认识，颇聊得来，这次再见，实在是意外之喜。言谈中姜珠渊得知杜泉冷直博了，刚替导师安顿好来参加校庆的杰出校友。两人在电梯里聊了几句，他和姜珠渊约了吃晚饭："相请不如偶遇，我们社团还有好些人在武汉呢，我叫上他们。你电话多少？"

姜珠渊步出电梯，见有侍者推着行李车过来，朝旁边让了让，口中道："抱歉啊，电话出了点故障，正准备回去后换号呢。要不你留个口信给前台，我准时集合。"

两人说定后，在酒店门口再见。姜珠渊转到路边小店吃了碗牛肉面，然后从丰颐对面的南一门走进武大校园，她也没有什么目的地，拿着一瓶矿泉水，慢悠悠地逛了起来。

因是校庆，校园里到处悬挂着宣传海报，也有志愿者在分发校史资料及校庆手册。姜珠渊领了一份，一边看一边走，到了主教前的草坪上，不少人在摆姿势拍照。其中有一对中年夫妇带着一双儿女，那妈妈感慨道："变化太大了，我们上学的时候还没有这栋楼呢，图书馆也不是这个样子。现在的孩子太幸福了。"

爸爸："现在没有空调，没有独立卫生间，哪个孩子住得惯？如果一直没变化，母校得是有多穷啊。"

儿子："爸爸又在尝试抖机灵，妈妈你怎么笑得出来？"

女儿："爸爸你的母校为什么 WiFi 连不上？账号和密码是什么？"

儿子："妹妹你是不是傻？随便开放给公众的话，这草坪不是天天坐满人。"

爸爸："如果三年后你们能考上爸爸妈妈的母校，而不是需要爸爸妈妈捐个楼，那就太好了。”

“我的志向是清华，不然北大也行。爸爸你眼界太狭窄了。”

“你？不可能，你小时候被我和你妈摔过好几次，也不知道是不是你重心有问题，次次都是头着地。”

“那你就不能为你低劣的育儿水平给清华捐个楼吗？”

“不能。哎，小姑娘，能帮我们照张相吗？谢谢！”

姜珠渊笑着点点头，接过相机帮他们拍了几张全家福，又挥手再见。

不知是听了这一家人群口相声的原因抑或在校园散步吸收了天地灵气，她回到酒店的心情比来时好了许多，向总服务台问询时也带着笑意：“我是 1206 号房的客人，请问有没有人给我留言？”

正在忙碌的前台直起身来看了她一眼，上身朝后一仰：“您是凌晨入住的客人吧？换了个发型我有点陌生。”

姜珠渊摸了摸蓬松的发梢：“在学校剪了个头。”

她以前读书的时候常经过那家理发店。这次走到了旧址，一时心血来潮就进去剪了个短发，师傅手艺粗中有细，咔嚓咔嚓几下剪短之后，又将发梢稍微烫了一下，整个发型便灵动起来，整个人看上去比长发时要更俏皮一些。

前台拿起便笺纸递给她：“一位杜老师让我转告您，晚上的饭局定在六点半，江汉情。”

一听到聚餐地点姜珠渊就更高兴了，以至于当她听到身后有人喊她“珠珠”时，也是笑着转过头去。

“嗯？……”

身后站着的，赫然是辛律之。

他戴一副黑框眼镜，穿着和在云泽大酒店初遇时一模一样的白衬衫和牛仔裤。只是因为天气冷了，衬衫外面加了一件轻便的薄羽绒服，看上去和其他来参加校庆的年轻校友没有什么不同。

姜珠渊脑中嗡的一声炸开了一朵黑云，因为江汉情好吃的粉条包子而产生的好心情瞬间被破坏殆尽。

她脸一沉，仍旧礼貌道："你好。"

那双熟悉的、细长的眼睛久久地看着她。

与姜珠渊的乌云密布相反，他脸上带着雨过天晴的神色，拿出手机来发了条语音。

"回来了。不用找了，都过来，丰颐。"

他的语气是如释重负的，发消息时视线也没有离开姜珠渊，后者很快地走开，他快步跟上去，上了同一部电梯。

姜珠渊只当萍水相逢，没有再和他说话，也没注意辛律之并未按楼层，专心想着粉条包子。电梯里有五六个乘客，一位年轻妈妈抱着孩子站在姜珠渊旁边，那小孩子还不会说话，手里拿着玩具飞机呜呜地飞来飞去，不小心朝着姜珠渊冲了过来，但没有打到她。

"打到叔叔了，向叔叔道歉，说对不起。"

姜珠渊看着显示屏，到了 12 楼便自行下去。

走廊里铺的地毯很厚很软，但她仍能听到身后有脚步声。回头一看，也不意外了，只当是无巧不成书。走到自己的房间前，姜珠渊拿出房卡来正要刷，就听身后的透明人出声了："等一下。"

姜珠渊客气问道："有事吗？"

他低头拨弄着手机，走上前来，放在她耳边，开始播放他刚才那条消息的回复。

"好的，马上过来。"

"不是说好了，珠珠的代号是小公主，丰颐的代号是龙穴，为什么不用代号？"

"我可能迷路了。等我找个人问问，尽快赶回龙穴。务必稳住小公主。"

播放完了之后，辛律之虚心请教："我要怎么样才能稳住你？"

姜珠渊一听便知，回答的人依次是贝海泽、缪盛夏和姜金山。

如果说辛律之的出现，在她脑海中炸开了一朵黑云，现在则是接二连三地放起了鞭炮，比除夕还热闹。

她皱眉："这是什么？不知所谓。"

"来的路上你哥建了个群。缪盛夏说这样方便交流。"辛律之道，"我和贝海泽住 1205，你哥和缪盛夏住 1207。"

从辛律之的言语中她一时捉摸不透事情的走向，两条漂亮的眉毛都快拧到一起了。

"1207 有人住的。"

"一开始确实有。我们中午到的，他们正好办退房。缪盛夏说一定要讲清楚，怕你以为他仗势欺人，强取豪夺。"

"动作挺快，也很守规矩。为什么不用这种速度，这种道德修养，去建设云泽，发展云泽呢？"

听她礼貌又带着嘲讽的口气，辛律之也仿佛已经用尽了话题，抿了抿嘴道："新发型很好看，很适合你。"

他趋近一步，姜珠渊退后一步，一边开门一边道："谢谢。我还有事，你忙。"

"看来我也是极度不受待见人士了。"辛律之在她身后道，"我只问你两个问题，问完了不再打扰。"

"不回答你就要继续打扰吗？"

"恐怕是的。"

姜珠渊关上门，手插在口袋里，仰脸看他："请讲。"

"上次我们通话，你说'你舍得吗'是什么意思？你觉得我会舍不得谁？"

姜珠渊猜到他会问这个问题，耸耸肩道："请当我没说过。"

"好，就当你没有说过。你会生云政恩的气吗？即使在我和你谈过之后。"

"我为什么要对他生气？"

"看来答案是不会。"辛律之道，"那为什么轻信了寇亭亭，就把我的好处都一笔抹杀？我……我们对你怎么样，你应该很清楚。关电话一走了之，知道你哥、贝海泽、缪盛夏，还有我，多担心吗？”

姜珠渊面不改色心不跳道：“你们误会了。”

“我们误会了什么？”

“我只是一时心血来潮，回母校看看，没有对你们生气，也没有让你们担心的意思。”姜珠渊道，“问完了吗？武大正在做校庆活动，有兴趣的话可以到处参观参观。”

她刷卡，转动把手，辛律之突然伸手将门关上。

“你觉得我对于‘成年人离家出走’这种事情大惊小怪？”

他的手覆在她的手上，姜珠渊看见他手背上有条长长的红印子，又想起他的家事，也难怪他有这么大反应。

姜珠渊缩回手：“对不起，我没想过刺痛你。”

“没关系。”

“不过不是我无话可说就算你赢。”

“我们之间只能谈胜负输赢吗？”辛律之道，“也不见你在其他人面前有这么强烈的好胜心。”

姜珠渊叹了一口气，揉了揉眼睛。

“你真是——几乎每句话都能问得我哑口无言。”

“我并不想问住你。”辛律之道，“事实上我很希望你能像在海滩时那样，大发公主脾气，那样我还知道应该怎么搭梯子让你下来。”

她脸颊上沾了根眼睫毛，辛律之伸手想去摘，又缩回来。

“就算我们都十恶不赦，贝海泽又做错了什么？你要单方面宣布分手？”

这他也知道了？

电梯叮的一声，在12层打开，走出来一名中年女子、一名大学生，最后是一名年轻人。

那年轻人正是贝海泽。

他逆着光，急急地朝这边走过来，等他走近，姜珠渊发现他眼眶红红的，下巴上贴着一块创可贴。

看到姜珠渊时，他脸上露出了如释重负的神情，但很快又被一种不确定的、示弱的表情所取代。

辛律之退后两步，走过贝海泽身边时，他道："你的隐形眼镜和剃须刀我叫他们送过来了，放在你的毛巾上。"

"谢谢。"

听见 1205 关门的声音，姜珠渊不自然地挪了挪脚，紧接着就被贝海泽揽入怀中。

他闭着眼睛，深深地嗅着她头发上失而复得的味道。

姜珠渊强硬地伸手推开："不要这样。"

贝海泽踉跄后退两步，想喊喊她，但那两个字卡在喉咙里，怎么也发不出声音。

他看着她那张浓烈而又爱恨分明的脸庞。她剪了头发，换了衣服，明明才不到四十八个小时，却好像过了半辈子那么漫长。

"至少……"

不待她反应，他伸手把她黏在脸庞上的睫毛给摘了下来。

手指动作很轻很快，姜珠渊几乎没有一点感觉。

不知为何想到了第一次到办公室找他时，听说他用剥葡萄皮来练手。

有点心软，又有些难过。

浓情蜜意怎么就变成了虚情假意？

"你不上班吗？"

"我请了两天事假，调了两个夜班。"

姜珠渊沉默了。她知道他从来不请假，也很难请到假。

她的视线落下来，看见他的右手大拇指和食指仍拈着什么东西，不舍得弹走。

"珠珠，我们能不能好好谈一谈？"

一个多小时后，姜金山和缪盛夏也相伴回来了。

他们步出电梯时，就见贝海泽靠墙坐在1206的对面，仰着头不知道在想什么。

姜金山走过去，伸出手拉他起来：“打起精神。”

贝海泽垂着眼帘道：“她说要洗头，进去一个多小时了。”

缪盛夏道：“一看就是没经验，女孩子洗头加护理是差不多要这个时间。阿律呢？”

“在房间里。”

姜金山道：“你回房休息，我是她哥，我来和她谈谈。”

昨天姜珠渊和他通完话，他立刻给自己的女神打了过去。寇亭亭没想到姜金山居然会打电话来质问自己，不禁讥道：“真是兄妹情深。”

精神出轨他认，不打算辩解：“但是珠珠骂我做奸细，这又是为什么？”

“我怎么知道？我只是复述你说过的话而已。”

“我说过的话？”

姜金山与寇亭亭分享姜珠渊生活中的点点滴滴是大错特错；但客观来说，他的分享，并不像寇亭亭所暗示的那样恶意满满。

我的妹妹善良又天真，想要保存云政恩的尸体。

我的妹妹勤奋又聪明，拿到了奖学金，考上了研究生。

我那个又蠢又丑、又矮又胖的妹妹，好像有了喜欢的对象——我不高兴，我很担心。

只是这些人生经历在寇亭亭听来，格外不是滋味。

事实上，从她昏倒在姜金山的车前，被他送到医院，又被温柔对待开始，她就希望能有一个平庸却很温暖的哥哥。

因此当姜金山表示爱意，寇亭亭并未像对待其他追求者那样折磨之，还存了一丝拨乱反正的心思。

“金山大哥，我年纪还小，不想谈恋爱。你难道不能把我当作妹妹一样看待吗？”

“可是我已经有一个妹妹了，有她一个我已经够头疼了。”

怎么这个世界凡是她想要的都不给她，而是硬塞一堆她不想要的东西？

这个世界上最变幻多端的不是水，而是人言。寇亭亭亦真亦假地说了一堆，用意就是挑拨姜家兄妹的关系。至于新婚之夜哭着打电话，夫妻生活要想着别人的老婆，这些更加是无中生有：“对，你说的话。关于姜珠渊的事，我可半点也没有夸张呢。”

姜金山终于转过弯来：“你为什么要挑拨我们兄妹之间的关系？”

“你如果行得正、坐得稳，我挑拨得动吗？”寇亭亭冷冷道，“就好像我和我丈夫的感情，你能破坏吗？姜金山，找找自己的原因吧。”

“她说我不配做她的哥哥。我是人渣，千错万错，我也就这一个妹妹，你为什么要这么做？”

电话那边先是没有声音，突然又换上了一种欢快但又阴森可怖的语气。

“是吗？那我是不是可以做你的妹妹了？”

姜金山握着电话，目瞪口呆之余仿佛被人一桶冰水兜头淋下来，冰凉彻骨。

七年了，从寇亭亭昏倒在车前那一刻开始，他就对楚楚可怜的她一见钟情。

和他的一往情深相比，她对他的态度却总是模棱两可，时而亲密，时而疏离。他想她是年轻不定性，任劳任怨地做了许多——帮她在格陵落脚，给她父亲介绍工作，出钱照顾她有肝病的母亲——她将感谢挂在嘴边，口口声声说没有金山大哥我可怎么办，却始终没能对他产生爱情。

七年里他不是没有想过放弃，但往往在他快要绝望的时候，她会给他一点甜头；待他重燃希望之火，她又会和他划清界限。

他就靠着那一点点甜、一点点冷，鬼迷心窍地走到了今天。

他一直觉得自己隐秘的付出伟大又悲壮，但原来只是一个笑话。

不，连笑话都不如。

他左右开弓，狠狠打了自己两个耳光。

耳鸣声还没散去，缪盛夏的电话来了。

“你这个人怎么回事？我结婚的事儿为啥要告诉珠珠？花篮都送到家里来了，这是打我的脸吗？”

“我没有。”姜金山回过神来，“……是寇亭亭。”

“寇亭亭？她是不是有病？传话传得这么开心是吧，好，你在哪儿？我过来找你。”

缪盛夏过来姜家会合。姜金山见猫砂、猫粮都换过了，不由得叹了一口气：“回来过，又走了。不知道去哪儿了。”

“你家那个保姆呢？问她不就知道了。”

姜金山低声道：“这两天没来上班，她的养老金放在曹慎行的公司里。”

所以是一摊子烂事儿，全赶一起了。

姜金山万万不敢对父母说兄妹吵架的事情，总想着默默把事情解决了才好，于是又打电话去她实习单位，得知她请假没有上班。姜金山愈发觉得事情严重。

“哎我说，就我要结婚的事情，不至于让她生这么大的气呀！难不成……珠珠一直暗恋我？啊呀，这就难办了。”

姜金山看他作难地摸着剃得发青的脑袋，不由得一阵恶心：“想得美！”

“那你怎么解释？”

事到如今，姜金山只得将自己的破事儿也说了出来，看情史丰富的缪盛夏有没有什么解决之道。

缪盛夏一面听，一面不停地抖腿，末了，他总结道：“首先，没看出来你憨憨厚厚的外表下居然这么花。其次，你这事儿做得非常臭。最后，就你这件事，珠珠也不至于发那么大脾气，最多两年不和你这个人渣说话罢了。”

“你这样分析对事情能有什么帮助？你是在将整件事复杂化！”

“我在提醒你多方面地去考虑！”

姜金山突然想起寇亭亭曾说起过姜珠渊谈了个男朋友。

“是那个搭顺风车的小子吗？”

姜金山记得不是，寇亭亭的原话是——听说是杏林世家，还真是门当户对啊，不过医生啊，都很花心呢。

他记得那人名字，苦于没电话，就上网去找。

谁知医院对医生隐私保护很严格，官网上除了贝海泽的照片和科室电话之外，竟然找不到私人号码。他便打到科室去问，对方也是警惕得很：“小贝医生请假了，留下您的联系方式，我们会告知他。”

缪盛夏欣赏着医院官网上贝海泽的半身照：“浓眉大眼、一身正气，一看就是好人家的孩子。还没找到哪？看你那困难的劲儿！”

“我只是怕惊动了我爸。”

“那我来。”

缪盛夏打了两个电话。不到半分钟，一条短信发过来，他看了看，递给姜金山：“喏，开免提，我也听听。”

姜金山按短信里的电话打过去，贝海泽见是云泽的号码，急忙接起，两人同时出声，谁也没听清楚对方说的话。姜金山这第一印象就差了，没好气道：“我先说，你是贝海泽吗？”

“我是。您是？”

“我叫姜金山。你知道我是谁吗？”

贝海泽一听是姜珠渊的大哥，以为是来替妹妹出头的，第一句话便是：“哥哥，珠珠误会了我，除了她，我真的没有别的女朋友。请让珠珠听电话。”

也就是说姜珠渊并不和他在一起，再追问才知道贝海泽已经在她公寓门口等了一夜兼一早上，不见有人出入：“你为什么要等她？你做错了什么？什么别的女友，你说清楚。”

姜金山为人最双标，听贝海泽解释了一通，立刻下了判断：“什么，你劈腿？作为一个男人，你劈腿？”

“我没有。”

“你不要向我解释。现在联系不上珠珠，你要负责任！”

缪盛夏插嘴：“小贝是吧？劈腿算什么，她亲哥婚内出轨你知道吗？珠珠气得要和他脱离兄妹关系，所以你也不要太自责。谁都有责任，只是大小的分别而已。”

姜金山：“小贝，我相信你有苦衷，别的事情我们迟点再商量。她的备用钥匙在隔壁门口的地毯下面，你开门进去看看。”

缪盛夏道：“姜金山，你专业卖妹妹？”

姜金山想想也对，于是补了一句：“你不要告诉她是我告诉你的，明白吗？”

事急从权。

“明白。”

贝海泽拿到钥匙，开门进去。

他从没想过是因为这个原因进入姜珠渊这间温馨而整洁的闺房。

他站在门口，进退维谷。

姜金山指挥:“玄关的鞋柜上有个小鱼缸,你看下车钥匙是否在里面？”

她放钥匙的习惯和他一模一样。贝海泽拨动着鱼缸里的发卡和小石子，看到一个笔盖。

“不在。”

“看看她的冰箱。”

贝海泽走进厨房，打开冰箱，里面有两杯酸奶、四颗蛋，还有一把青菜。

酸奶是她常常带给他喝的那个牌子。

“看看她衣柜里是否有一件藏青色的棒球外套，她出门总会带那件衣服。”

贝海泽走进卧室，首先看到的是摆在枕边的肝脏玩偶——他们一起做器官捐献登记宣传活动时的奖品。

他打开衣柜。

衣柜里的衬衣、连衣裙、针织衫、外套，大部分都是深深浅浅的黄色。也有其他颜色的衣服，都叠起来放在下面。

他靠在柜门上，痛苦到紧闭双眼。

“没有看到棒球外套。”

姜金山正着急呢，听见咔嚓咔嚓的咀嚼声，转头看到缪盛夏从桌上开了一包薯片来吃。

他难以置信：“你饿了？你现在饿了？”

缪盛夏晃了晃袋子：“我为什么吃不下？我的犯罪情节最轻微。”

“这是官瑜的零食，她不喜欢别人动，放下。”

“所以你老婆可以和人分享老公，却不能分享零食？”

姜金山已经够磨心了，听缪盛夏这样说，顿时对他怒目而视。

这时手机里传来贝海泽的声音。

“哥哥，有人按门铃。”

姜金山紧张起来，缪盛夏道：“傻吗？如果是珠珠，会敲自己家的门？快去看看是谁？哦，等一下，等我拿罐啤酒。”

贝海泽过去开门：“……是你？”

“小贝？珠珠呢？能不能请她出来和我谈一谈。”

一个男人，还是对自己女朋友有兴趣的男人孤身来找她。贝海泽原本就心情不好，此时更是糟糕到极点。

“你找她什么事？”

“小贝，很抱歉打扰了。你看方便请珠珠出来见一面吗？至于是什么事，我并不介意告诉你，但还是由她来和你说比较好。”

“辛律之，你知不知道你自己在说什么？”

“我很清楚，我这样说完全是出于尊重她的隐私。你没必要胡思乱想。”

“你知道我在想什么？”

缪盛夏从厨房跑出来，啤酒洒了一地，他挤到姜金山身边，指着手机：“这个声音很熟悉……那个姓辛的！我就知道还会有这小子的戏。”

姜金山扯了两张纸巾将袖子上的啤酒擦干净。

辛律之看看贝海泽手中的手机。

“你在和谁通话？珠珠不在？”

辛律之和贝海泽，分别在门的两边。

辛律之和贝海泽、姜金山和缪盛夏，分别在电话的两端。

各自带着一块真相的拼图。

回到1206的门口，辛律之换了一身轻便的衣服从房间出来：“怎么都在门口站着？给他们一点空间吧。”

“什么空间？现在只有这道门，胜过万里长城。”缪盛夏道，“要我说，我的情节最轻微，我也最拉得下脸皮，让我进去探探口风。”

说完他便敲了敲门。

“珠珠啊，我是你最亲爱的盛夏哥哥，你开开门，开开门。”

门内悄无声息。

姜金山讥道：“要不你唱个小羊乖乖，把门开开？”

缪盛夏又敲了敲门：“珠珠啊，你给我一个辩护的机会行不行？”

姜金山举起手来制止他下一步的动作：“往门口走过来了，其他人散开。”

门咔哒一声，开了一条缝。

缪盛夏做了个OK的手势，闪身进去。

姜珠渊用一块大浴巾包着湿头发，盘腿坐在床上。

“珠珠，你快把头发吹干，不然头疼。”

姜珠渊慢慢地擦着头发：“这个发型不能用热风吹，不然就毁了。”

“那我叫人送个新的吹风机过来。”

“别麻烦了。”姜珠渊一边擦头一边道，“你这么厉害的角色，查我住在哪里，还懂得左右包抄。叫你找吹风机，岂不是大材小用？”

“珠珠，我知道你会生气，又怎么会查你呢？”缪盛夏立刻表忠心，“你哥哥收到了信用卡的消费短信，我们推测你可能是回武汉了。”

姜珠渊听了方回过神来，懊恼地一拍被子——在高速上加油用的是姜金山的附属卡。

她跳下床，从包里翻出钱包，抽出信用卡。

“珠珠，仔细手，我帮你。”

缪盛夏接过来把信用卡一掰两段，然后把门打开，扔给姜金山：“珠珠叫你好好反省一下！”

免得她回过神继续追问他怎么知道酒店及房号，又是找人查她——缪盛夏先声夺人道：“珠珠，我真要和你说道说道了——我们是什么交情？你相信寇亭亭不相信我？”

姜珠渊皱眉道：“如果我真的相信你是因为‘姜挺的女儿’这个身份才和我做朋友，那也太小看我自己了。但是正因为我们有交情，居然还让寇亭亭乘虚而入，所以更需要反思，信任都去哪儿了？”

“我不告诉你我结婚的事，是因为我还有别的打算。”缪盛夏道，“我的心你还不了解吗？我喜欢谁你不知道吗？你能相信吗？这个社会居然有包办婚姻，还包到我头上了。你误会我别的都行，为这个，我很委屈。”

姜珠渊没想到是这一层，竟然有点好奇：“对方是谁？”

“别问了，反正我和她就见了一面，一点感情也没有。”

姜珠渊拿起梳子：“那女孩子也是可怜，不知道上辈子造了什么孽，这辈子要嫁给你。”

“我一直在想办法拖延，现如今黔驴技穷了。”

“我的天哪，缪盛夏居然会说黔驴技穷。”

“我也接受过九年义务教育好不好？”

姜珠渊从镜子里白了他一眼：“我说，你要是对人家没意思，就不要害人了，坚定一点。你不去民政局难道缪伯伯会押着你去登记？我认识的缪盛夏可不是这么没胆的人。”

能开玩笑能发脾气说明心情已经平顺，他这一关算是过了。

“先不说这个，我问你啊，外面那两个，到底谁才是你的心上人？”

“哪个都不是，你脑袋里想点别的行不行？这个世界又不是只有谈恋爱。”

“你听我说，小贝真的很好。你相信我这双眼睛，我说不错就肯定错不了。至于你和他的事，来的路上我们听他原原本本地讲了一遍，真的是你误会他了。”缪盛夏认真道，“像他这样家庭出身的男孩子，估计从来都生活在很单纯的环境里，所以稍微复杂了一点就不知道怎么处理，总想着让所有人都高兴，做不出取舍。这也算是个教训。”

“我和他说了，支持你们分手，然后重新追求你。我想他以后知道应该怎么和别的女孩子保持距离。”

姜珠渊支颌问道：“知心大姐姐，你们怎么来的？我自己开车来的，厉不厉害？”

“我们坐阿律的飞机来的。”

“阿律？”

“你知道我英文不行啦，他名字我读不顺。他就说叫阿律也行。他的飞机挺舒服，到时候我们一起飞回去。哎，你说我也买一架怎么样？不买那么大的，他说也有中型机。”

姜珠渊低声道：“他是云政恩的哥哥。”

缪盛夏恍然大悟。别看他一副吊儿郎当的模样，遇到奇事反而没有大惊小怪：“那他和他弟弟真是完全不一样的两个人。他和贝海泽开车到云泽来和我们会合，知道我们打算直飞武汉，但是机票只能订到第二天下午，立刻打电话国际航线改国内，上面一批立刻起飞。他这个人做事雷厉风行，我很欣赏。”

“况且，你一开始喜欢的不也是他吗？”

姜珠渊放下梳子："那都是以前的事了，我并不是很了解他。"

"几个月而已吧，你也变心变得太快了。"

"对于你这种十几年如一日痴心妄想得到钟有初垂青的人来说，几个月的时间当然很短了。"

姜珠渊只是漫不经心地这么一说，缪盛夏倒是呆住了。他从桌上拿起一根发圈，套在手腕上，轻轻地弹着。

姜珠渊见他蔫了，心里也不好过，软声道："生气啦？"

"没。哥哥我就是你的前车之鉴，千万不要像我这样。等一个月、两个月，是因为爱；等一年、两年，是因为不服气；三年、四年，就放弃很可惜；五年、六年，反正排着队也不耽误我做别的事儿；七年、八年，成习惯了；九年、十年，没的这点不如意还真真无趣得很呢。"

姜珠渊听他口气怅然，本来想安慰安慰，谁知缪盛夏突然眼睛一亮，道："我怎么没想到呢？既然你现在是单身，帮我一个忙。"

"干吗？"

缪盛夏如此这般地说了一回，道："外面那三个知道我有这打算，一定不会答应。就我们俩知道，行吗？"

姜珠渊白了他一眼："我当年叫你帮我忙的时候，你怎么说的？现在叫我这样帮你。"

"你只用帮我去民政局闹一闹，在我爸面前哭一鼻子，帮我争取一点时间就行。回头我找个编剧把台词写一写，发给你，咱们按照剧本来。"

"哎，我说，不如叫姜金山帮你，更有震撼力。"

"你想我死吗？如果说我和你有地下情，我爸还会犹豫犹豫；换了姜金山，可能就直接打死我了。"

"我考虑一下。"姜珠渊看了一眼腕表，"我晚上约了老同学，跪安吧。"

缪盛夏出门时又道："珠珠，你项链里的GPS我拿去更新一下，这次完全搜不到信号。我给你换一个能定位到一厘米以内的最新产品。"

"不要，我给你个金项圈炸一炸好不好？"

“不开玩笑，我听说曹慎行和你有过节。他和毕赢最近麻烦缠身，资金链断了，还有很大的窟窿要填，只怕要倾家荡产身败名裂——是不是阿律干的？”

姜珠渊点了点头。

“他报仇归报仇，如果波及到你，我绝对不会袖手旁观。”

“很好,你保持住这个态度,你爸会比较相信我们两个真的日久生情。”

“我是说真的，狗急跳墙，万一他们要对你不利呢？”

“我躲着他们还不行吗？不会有事的，放心吧。”

寇亭亭接女儿放学，车载CD大声地放着动画片的主题曲，母女俩也跟着唱了一路。

“妈妈，你今天特别高兴。”

“是吗？妈妈平时不温柔吗？”

“妈妈是天底下最温柔的妈妈，但是今天特别不一样。是因为爸爸要回来了吗？”

“阿堇想爸爸了？”

“嗯！”

“等爸爸回来了带你去迪士尼，好吗？”

刚一到家，寇亭亭便察觉气氛有异。

孟金毅的母亲，寇亭亭的婆婆端坐于客厅的沙发上，正与两名客人谈笑风生。

那两名客人是一对中年夫妇。男方虽然有了白发与皱纹，但眉宇间仍有年轻时风流倜傥的影子,女方肤色蜡黄,身形枯瘦,一副精神不济的模样。

那男人本就一双眼珠骨碌碌地到处看，见寇亭亭携女儿进门，急忙推推妻子：“女儿回来了！亭亭！爸妈来了。”

孟金毅的母亲转头看去，带笑埋怨道：“亭亭，亲家要来，怎么不先和我说一声呢？”

寇亭亭将女儿书包等物交给一名用人拿上楼，脸上温柔笑容不改："妈，是我疏忽了。"

母女俩在玄关处将鞋子脱掉，换上拖鞋。另一名用人蹲在一旁，将母女俩脱下的鞋子用绒布轻轻一擦，收进鞋柜。

孟堇用穿着拖鞋的脚指了一指："这里还有两双。"

孟家的规矩是鞋子不许放在外面。偏偏这天玄关角落里摆着一双女式运动鞋和一双男士皮鞋，牌子虽然没见过，但都是簇簇新的。

那用人面无表情道："我们也不知道怎么处理。"

"不用管。"

寇亭亭牵着阿堇过来坐在婆婆身边，又对坐在对面的中年夫妇道："怎么来之前没有先给我打个电话呢？我也好准备一下。阿堇，叫外公外婆。"

孟堇长到这么大还未见过自己的外公外婆，礼貌地打了招呼："外公、外婆。"

寇父喜道："都长这么大了，快过来让外公看看。"

孟堇乖乖地绕过茶几，走了过去。寇父一把将她抱起，坐于膝上，摸着她的头发道："好孩子，长得和你妈妈小时候一模一样，长大了也肯定是个大美人。来，在外公脸上亲一口，外公给你一个红包。"

孟堇摇头："妈妈说用 kiss 换红包是不对的。"

"那你不喜欢外公吗？"

"你是妈妈的爸爸，我喜欢你，但我不想亲你。"

孟母笑了起来；寇父有些讪讪："不愧是大家闺秀，端庄得体。来，红包拿去吧。"

孟堇接了红包，从外公膝上溜下，回到寇亭亭身边偎住妈妈的腿，又把红包交给妈妈，小声道："妈妈，为什么外婆的眼睛是黄色的？"

"外婆身体不好，需要静养。"寇亭亭又对婆婆道，"我妈年轻的时候太操劳……"

孟母拍拍她的手以示安慰："我知道。亲家刚才说了，是喝酒喝出来的，不是病毒，不传染。她一个女人含辛茹苦地把你养大，很不容易。你要好好地孝顺她呀。”

寇母恹恹道：“亲家，你说得对。我就这么一个女儿，不靠她我靠谁呀？我这个病不能总是在云泽养着，一天坏似一天，姜金山已经帮我转到格陵这边的医院了，他也说还是积极治疗的好。”

孟母道：“姜金山？是谁？亭亭你的朋友吗？”

寇亭亭道：“阿堇，你上楼去写作业吧，不然晚上又该写不完了。”

待孟堇上楼后，寇亭亭道：“姜金山是我一个远房表哥。”

“远房亲戚能做到这样算不错了，刚听你爸妈说，你婚后这几年，一直是姜金山照顾他们。”

寇亭亭心里一动——也就是说婆婆其实刚才就已经知道有姜金山这个人，那她是试探自己？不知他们两个搅屎棍又是怎么说的？

寇父道：“是呀，这孩子还说在医院附近给我租个房子，方便照顾。但是缪总说了，你女儿嫁到格陵，你又何必去外面住花这个冤枉钱呢？”

孟母奇道：“缪总又是谁？”

“缪总是我这远房侄子的一个好朋友。他在云泽的产业做得可大了，我在他公司里做个经理，现在为了亭亭妈妈的病，他给我办了停薪留职，我好好陪她一段时间，再回去工作。”

寇亭亭脱口而出：“你们要长住？”

寇父理所当然道：“当然，你婆婆都把房间收拾出来了。正如你妈说的，我们就你一个女儿，不靠你靠谁呢？马上女婿回来，一家人齐齐整整的，多热闹啊。”

孟母笑着表示同意：“来得好。虽然家里有用人，但是生了二胎，也需要老人在家里帮忙看着。”

孟金毅的母亲是书香门第出身，没受过什么苦，嫁给孟国泰之后更是鞋底一粒尘都没有沾过。寇亭亭与孟金毅摆酒时未请娘家那边的亲戚，所以她根本不知道亲家是什么样的人。今天第一次接触到，她是又好奇又惊讶。好奇的是，这世界上还真有人活得这么窝囊、这么可笑，惊讶的是，这么浅薄无知的父母居然能养出寇亭亭这么深藏不露的女儿。

兼之孟家司空见惯的排场在这两人看来都是泼天的富贵，言语间各种谄媚恭维，更是令她觉得十分有趣。

“先吃饭吧，边吃边聊。”

趁婆婆不备，寇亭亭拉住父亲，低声道：“你们几点到的？”

“我们三点就到了，和你婆婆聊了两个多小时呢。她人不错，你还真有福气，遇到这么好的婆婆。”

饭厅里已经准备好，用人去叫孟堇下楼，一家人便入席吃饭。因为今天有外客，多加了两道素菜一道主食；寇父见了，赞道：“初一、十五吃斋这个习惯，古时候也是大户人家才有，亲家果然讲究。”

孟母一怔，望向寇亭亭；寇亭亭平静道：“除了阿堇吃蛋奶之外，我们这里是全年吃素的。”

寇父哦了一声，拿起筷子笑道：“入乡随俗，入乡随俗！”

说着，便夹了一口豆腐放进嘴里：“格陵的水质就是比云泽好，做出来的豆腐也好吃。咦，你们怎么不吃？”

“吃啊，亲家不要客气，就当在自己家一样。”

孟母微笑着夹了两粒米吃了，寇亭亭见婆婆起筷了，自己才拿起筷子。

寇母身体不好，云泽的医生叮嘱过要吃得精细，孟家的晚饭虽然既有果蔬又有菌菇豆类，却是和医嘱相违背的。她又饿又怕死，只吃了半碗就噘着嘴离席了。寇父倒是胃口极好，一边同孟母讲讲笑笑，一边风卷残云般吃空了一碗，一伸手，把碗递给一边帮孟堇盛汤的用人。

那用人顿了一顿，擦擦手，接过碗进厨房去了。寇父正说到兴起：“我晓得有道秘方，一定能生儿子。”

孟堇一直安安静静地吃饭，他又去招惹她：“妈妈给你生个弟弟，好不好？”

“我想要妹妹。”

“弟弟好。”

“妹妹可以和我一起玩。”

寇亭亭道：“阿堇，食不言，寝不语，忘了吗？”

“是外公一直在说话。”

孟母晚上一向吃得不多，今天却心情很好地多喝了一碗汤。吃完饭，寇父寇母去房间里看着用人收拾房间，言谈间又说起所有生活用品都是缪总和金山表哥给准备的新货：“这俩孩子做事利索，头天说定，第二天就派车把我们送过来了。”

孟母但笑不语。回头婆媳二人坐在客厅时，她对寇亭亭体贴道：“你不用太在意，你父母什么情况我都知道了。别说我们家养得起，就是普通人家也不过是多两双筷子的事情。明天先带你妈去医院看看，有些什么常用的药开回来吃一吃。我们家就是开药厂的，还怕花这个钱吗？”

“谢谢妈妈。”

“傻孩子，有什么好谢的呢？”孟母道，“我上楼去了，你爸妈有什么需要，你就自己看着办吧。”

客厅里剩下寇亭亭一个人，她听见哪个角落传来咯咯咯的声音，良久她才明白那是自己牙关咬紧发出的声音。

太久了，他们一直没有来打扰她，她已经忘记了还有这两个人不像人、鬼不像鬼的存在。

这就是来自姜金山的报复。他并没有凶神恶煞、来势汹汹，他只是默默地退出了对寇亭亭的全部支持。

她确定他爱她，爱得如同生命一般——这七年内她也不是没有惹他生气恼火过，但他从来不会这样翻脸无情！

他怎么会，怎么忍心这样对她？！

她捏紧了拳头，用人过来道：“房间已经收拾好了。”

“好，辛苦你了。”

孟母给亲家安排的是位于一楼带独立会客室和卫生间的套房，往常用来招待孟金毅的两位助理。寇父很是满意，跷着腿坐在沙发上道："你还馋酒？这么好的日子不想多过几天？"

站在博古架前的寇母讪讪地回过头来："我只是看看这几瓶酒是不是真的，挺贵的。你真的打算长住？"

"怎么？我凭什么不能住这里？我苦了大半辈子，也该享享女儿女婿的福了。"

"吃饭连块肉都没有。"

"多大事儿啊，饭菜不合胃口，我们出去吃。对了，你去找亭亭要几千块钱我们零花。"

"你自己怎么不去说？"

"哼，你女儿那眼神没看出来吗？她心里肯定想着我一天没养过她，还好意思来白吃白住。我来这里是为了谁？为了你们！你看看，三代三个女人住这么大的别墅，连点阳气都没有，还想生儿子？这个家里没个男人怎么行？你看着吧，我才能给这个家带来生机。将来亭亭生了儿子，还要多谢我。"

站在门口的寇亭亭听到这里，便转身上楼了。

阿堇洗过澡后，乖乖地坐在梳妆台前让妈妈擦着头发，她一边哼着歌，一边将发夹在桌上排开，一枚枚地挑选："妈妈，我可以养小猫吗？"

"为什么突然想养猫？"

"妈咪，我们家附近有一只流浪猫，黑黑黄黄的毛，很可爱的，我看到它好多次了，有时候还会摸摸它。现在天气冷了，不知道它晚上睡在哪里，我想把它接回来住在我们家，好吗？"

"阿堇，我们家不可以养流浪猫。"

"为什么？"

"阿堇，你觉得猫咪很可爱很有趣对不对，和猫咪待一两天你会好喜欢，但是时间久了，你就知道猫咪的性格是随心所欲的，高兴了缠着你，不高兴了用爪子挠你，永远养不熟。而且它们不洗澡身上会长虱子，洗澡会发神经，要给准备饭，拉臭臭要清洁，家里到处都是猫毛，家具全部被抓坏——总而言之，流浪猫进来之后，很快就会觉得自己才是这个家的主人。很快你就会讨厌它了。”

“我不介意呀！这些事情妈妈会帮我的吧！妈妈，你答应我好不好，不然冬天猫咪好可怜的。”

“阿堇，这个家并不是妈妈说了算的呀。”

“那我问奶奶。”

“不用问了。”

“为什么？”

寇亭亭从镜子里看着女儿漂亮的脸蛋，乌黑的长发。

“你奶奶刚刚收留了两只流浪猫，不会再养了。”

杜泉泠号召的饭局来了十多个人。除姜珠渊工作了以外，其他人都在读博。其中有个男孩子叫黄文翀，当年读的是英语系，一张肉肉的脸上常常带着笑意，是社团的活跃人物，考研的时候跨专业考了生化系的研究生。他女朋友比他大三岁，样貌和身材均是中等水平，正在读病毒学博士最后一年。饭桌上一介绍，大家都开玩笑说他是被女友蛊惑了才去读生物。他女友到底年纪大些，也不拘谨，称将来要和黄文翀开夫妻黑店，发明一系列果蔬生鲜检测试剂盒，做家庭主妇的生意:“唯女子与小人的钱好赚也。”

原本说好每人点一道菜，她却推辞了：“我不太了解你们的喜好，要不小姜点吧，她是专业人士，一定能兼顾营养和口味。”

姜珠渊道：“我最喜欢帮人点菜了，我们一起看看。”

黄文翀对姜珠渊道：“你一个人过来？男朋友放心吗？”

“我开车过来的，一路上还挺顺利。”

黄文翀笑道：“看看，看看，还和以前一样，不想回答的问题就顾左右而言他。”

说着大家又讲些当年的趣事，杜泉泠道：“你小子还记不记得我们那次去万松园吃虾，你拍着胸脯说能开，就租了两台车。结果只有珠珠开得溜，你开得险象环生不说，后来还是珠珠帮你停的车。”

“我哪里知道路上会堵得稀烂？主席你总是记别人的糗事最清楚。”

“因为那天的小龙虾特别正，可不就记住了吗？”

他们这个社团的名字叫做美食地图，日常活动是在武汉三镇以及周边地区寻找各种美食，拍照配评后放到他们共同管理的博客上面；即使毕业离校，各奔东西后，也时不时将当地的美食介绍给其他人。杜泉泠起了头，大家纷纷聊起当年趣事，热闹非凡，几乎掀了屋顶；黄女友不是社团成员，未免插不上话，但也跟着说说笑笑。黄文翀对姜珠渊总多了一份关注，她也落落大方，不以为意。

主食上了粉条包子和火烧馍，包子本来一人一个，黄文翀道：“我记得珠珠最喜欢吃这里的包子，我不吃了，留给你。”

“谢谢，我已经吃饱了。”姜珠渊又问道，“还是老规矩社长刷卡，然后我们分摊吗？”

“好，大家都有支付宝吧？”

说起饭后的安排，黄文翀问是否去唱歌。社团唱歌也有老据点，散着步就过去了；他一边说一边拿电话出来订包厢；这时经理进来道：“账已经结了。”

“结了？谁结的？”杜泉泠一愣。

桌上并未有人偷偷溜出去埋单，黄文翀追问，那经理道：“是外面大堂的一桌客人一起结的账。签单是姜姓。”

姜珠渊心下了然；服务员开始打包，黄文翀对姜珠渊道：“埋单的是你哥？”

“嗯。”

“你哥这是感谢我们照顾你吗？哎，早知道就点些龙虾、鲍鱼了。”

“他做事没有分寸，你别见怪。”

“哪会？能吃你一顿饭我挺高兴的。”

杜泉泠将他俩的对话尽收耳中。他知道黄文翀曾经追求姜珠渊而后者不为所动，但不知道黄文翀还意难平：“珠珠，你有事就先走吧。”

姜珠渊也觉得叙旧叙得够了，况且她心里还装着事，没精力再去唱K，便和大家告辞。

谁知还没走到一楼，黄文翀追上来了。

“姜珠渊，你还是这么讨厌我吗？”

缪盛夏知道姜珠渊在汉江情应酬，便和姜金山还有辛律之约了一起过来吃饭。

辛律之刚捱过第一次庭审，不知道接下来的走向；姜金山还无辩驳余地，暂时羁押在案；缪盛夏虽判了缓刑，却又怀着新的鬼胎——故而都有些拘束。

不知谁提议喝一点小酒，几杯下肚，气氛又微醺起来。除辛律之来过武汉之外，姜金山也算是重游故地——姜珠渊读书的时候，他来看过她两次，一次是本科毕业，一次是研究生毕业。一次在湖锦请她的室友，一次在这里：“珠珠喜欢这里的包子。”

缪盛夏道：“她没有不喜欢吃的东西。”

辛律之想到她问他马里兰有什么特色食物，不觉莞尔；姜金山见他笑得温柔，心里说不出来的百般滋味：“她不吃鱼头、不吃粽子、不吃鸡爪。”

缪盛夏道：“你少来，我们两家人又不是没吃过饭。你结婚我还去了呢，她怎么不吃鱼了？”

姜金山道：“是是是，你没见我夹了个扇贝把鱼头遮住吗？你没见我酒席上的鱼都用一朵兰花把头遮起来吗？”

缪盛夏一想，果然如此；辛律之道：“为什么？”

姜金山道：“她从小就怕鱼眼睛。”

缪盛夏道：“你这份细腻的心思，用在正途上不是挺好？”

姜金山没理他，自顾自地喝酒。

“可以多告诉我一些她的事情吗？”

姜金山看了辛律之一眼，道：“你也是怪人。”

他们虽然早就知道对方的存在，但从未想过会坐下来一起吃饭。

辛律之扬了扬手里的勺子：“因为我不会用筷子？”

姜金山道：“并不是这个，算了，不提了。”

说着他讲了几件姜珠渊的童年趣事，多和食物有关：“每次带她出去玩，她骑我脖子上，口水能流我一头。”

上幼儿园，吃了自己碗里的虾，还帮旁边的小男孩剥，剥好了自己先咬一半；读小学了，一到周三就特别开心，因为周三学校吃排骨；升上中学，听说高年级的帅学长请吃甜品，高兴地买新裙子，等到了餐厅才知道不止她一个……

缪盛夏道：“说你专业卖妹真是没错。”

姜金山擦了把脸，无奈地笑了笑：“我们也曾经是很亲热的兄妹，大概是从搬到云泽开始，就渐渐疏远了。她读的是寄宿中学，周末才能见一面，明明很关心她，却一见面就吵架。现在想起来，大概是因为我那时候刚参加工作，自认为是大人了，就觉得她的所有想法都很幼稚，总是持反对意见，就连交什么朋友也要管。现在想起来，真正肤浅的人是我啊。”

因为这种肤浅的心情，因为喜欢了错误的对象，这些年来姜金山一直原地踏步，而姜珠渊却越来越好，渐行渐远。他很想回到从前兄妹亲密无间的时光，却不知道该怎么走进妹妹已经不需要他的人生：“只有和别人聊起她的时候，才觉得自己和她又亲近了一些。”

久而久之，就形成了不知分寸的习惯。

听他这样说，缪盛夏反而不好调侃了；辛律之道：“你是她的哥哥，在她身边，总还有弥补的机会。”

姜金山道：“我不担心这个。不怕厚脸皮地说一句，有这层血缘关系在，她总会原谅我。我怕的是……”

他放在桌上的电话突然响了起来，他看了眼来电号码，脸皮一紧，慢吞吞地接了起来："……不客气。两位老人安顿好了吗？……那就好。"

他挂了电话。缪盛夏八卦道："谁？"

"寇亭亭。"

缪盛夏摸了摸头："喝得差不多了，我要吃点饭。"

话音未落，辛律之的电话也响了起来。他拿出来一看，道："我出去接个电话。"

电话那头当然是寇亭亭，她很生气地对辛律之道："我现在很不高兴，你去修理姜金山和缪盛夏，我要让他们生不如死。你能做到吧？"

"能，可是你三个愿望都用完了。"

寇亭亭冷笑一声："真是，果然翻脸不认人了。你可别忘了，第三个愿望是给我永远幸福快乐的生活！你这种人总不会违背自己已经许下的诺言吧。"

"对，我不是已经帮你完成了吗？从今天开始，你可以和你所有的家人幸福生活到死亡把你们分开。"

寇亭亭仿佛被扼住喉咙一般，发出嘶嘶的声音："这不是我的愿望！没有人会想和那两摊烂泥生活在一起！"

辛律之置若罔闻，淡淡道："对了，你还记得吗？你曾经说过云政恩那么体贴、那么温柔，对你而言就像家人一样。"

"什么意思？"

"他也会永远陪着你。"

在寇亭亭的尖叫声中，辛律之挂了电话。他重新回到桌上，缪盛夏已经开始吃饭了，他边吃边对辛律之道："其实我也不太明白你，你和你弟不一样，有啥想法都藏在心里。"

"怎么说？"

"咱们明人不说暗话——毕赢和曹慎行现在一屁股屎，是不是你干的？"

“是。”

“你还挺厉害，他们现在连个擦屁股的人都没有。”

辛律之摸了摸嘴唇：“吃饭的时候聊这个没问题？”

“那寇亭亭虽然长得漂亮，我看也不可能迷住你。”

“当然。”

“你看啊，我们是爱芙佛（F4）……”

“什么？”

“爱芙佛（F4）、放得佛（Found 4），昂的斯丹的（understand）？”

“哦，明白。”

缪盛夏摸着吃饱了的肚子：“我们这个团体里面，我是珠珠的朋友，金山是她的哥哥，小贝是她的前男友，你呢？你的定位是什么？”

辛律之并未打算隐瞒或者撒谎。

“我喜欢她，想带她回马里兰。我有一个很精巧的喂鸟器，想给她看看。”

他这样坦诚，倒是出乎缪盛夏的意料。

“回美国这事儿咱们另说。你喜欢她是因为她对你弟弟好，所以打算以身相许？”

辛律之笑了起来，摇了摇头。

缪盛夏又道：“什么时候喜欢的？”

辛律之想了想：“我也不知道。”

能让这么酷的男人乖乖地回答，大概也有酒精的功劳，缪盛夏突然觉得这个话题很有趣。

“喜欢她什么？”

辛律之拨弄着桌上的白瓷筷架。

“漂亮、专注、聪明、善良。”

“我们珠珠发脾气的时候尤其惹人疼爱，对不对？”

辛律之微微地笑了：“没错。”

缪盛夏也笑，又摸摸下巴："是一见钟情吗？"

"不是。"

"那你现在就是活该。"

"什么意思？"

"中国有句古话，'一女养成百家求'。小贝这次感情的事没处理好，你复仇也过了火殃及珠珠，我看最公平的做法就是过去的事全部一笔勾销。你们如果有心，就都从头追求她，竞争上岗。"

他虽然学历不高，又爱刻薄人，正经起来还挺有魄力；辛律之听了没有回答，只是摩挲着筷架。一会儿姜金山回来了："账我结了，珠珠他们那桌我也结了。走吧。"

缪盛夏道："为啥一副做了亏心事的模样？不等等珠珠，听说东湖夜景很美，不如一起去逛逛？"

姜金山道："出门直走对面就是，还有天鹅脚踏船，要坐吗？"

缪盛夏道："你请我就坐，怕你不成？！"

他们两个都喝得有点微醺了，正互相取笑时，辛律之突然站起来朝门口走去；姜金山和缪盛夏转身一看，原来是姜珠渊和一个小伙子在楼梯处说话。

姜珠渊没想到黄文翀会问出这么一句话来，连忙道："我不讨厌你呀。"

"真的？"

"真的。"

黄文翀像松了一大口气似的，推了推鼻梁上的眼镜："我还以为你一直在生我的气。"

"没有。"姜珠渊挠了挠耳朵，"我没生气。"

原来黄文翀当年对姜珠渊颇有好感，参加社团活动的时候也挺合得来，想追又没啥别出心裁的主意，深思熟虑后决定给她买早饭以表心意。

姜珠渊出门上课时被宿管阿姨叫住，说有人给她送早饭时也吓了一跳。因为宿管阿姨捧出来一个纸箱，装了热干面、豆皮、糊米酒、生煎包、豆浆、茶叶蛋、玉米、咖啡，全是热腾腾的一人份。

“一个男孩子送来的。姑娘，你吃得完吗？”

当然吃不完。姜珠渊第一反应不是被追，而是被整：“我不要。”

她背着书包溜墙根跑了。上课时收到黄文翀的短信：“好吃吗？”还配一个吐舌头的表情。

姜珠渊才知是他干的，回了一个冒汗的表情：“别开玩笑了。”

黄文翀没回复，第二天早上又是满满当当一纸箱。

这次被室友看到了：“谁会花这钱整你啊？你知道三食堂的烧梅多紧俏吗？牛肉粉还是汤和粉分开两个纸碗呢——傻孩子，这是追你！”

姜珠渊红着脸对宿管阿姨道：“我真的不要，您下次别收他的东西了。”

第三天黄文翀蹬着自行车送早饭过来，宿管阿姨道：“小伙子别折腾了。小姑娘一点没吃，都便宜了我啊。”

对于他来说这种打击还不足以让他打退堂鼓：“她不吃，那就请您吃吧。她有时候做实验晚回了，或者寝室跳闸了，您多担待一些。”

姜珠渊很有负担，给他说了不下三遍别送，不会接受的；但他没有退缩，坚持不懈地送了两个月，风雨无阻。以至于宿管阿姨一听到他自行车的声音，就把窗户唰的一声推开，探头出来大摇特摇。

“你这得花不少钱吧？你爸妈该心疼了！”

“是我打工赚的钱！”

想到要给她买早点，在化妆品专柜给女孩子画口红会一直带着温柔的笑容，做什么都特别有动力。

“其实吃了也不一定非要做我的女朋友啊。”他想得很开，“不要有负担。”

姜珠渊见劝说无效，也就保持沉默了。他锲而不舍地送早餐似乎成了一件和她没有关系的事情。

反而是宿管阿姨不忍心："小伙子，别送了。这栋楼叫公主楼是有原因的，漂亮姑娘多的是！何必非在一棵树上吊死？"

黄文翀回答："也许哪天她想吃，我却没有送，那不是很遗憾吗？"

直到这事儿终于上了BBS十大新闻之一。标题是《×园×舍的早点男，我喜欢你》。

内容是一个女孩子勇敢的告白。

今天降温了，出门上课的时候想着不知道早点男会不会过来。走到宿管阿姨门口，看到熟悉的黄色纸箱，包着一件男士外套保温。我的心突然就揪住了。

两个月了，那个幸运的女孩子被你感动了吗？

前两天我去了你打工的柜台，你说我没有化妆的习惯，可以先试试粉红色。你一点也不像其他男 BA 一样 Gay 里 Gay 气，笑起来眼睛弯弯，普通话带一点本地口音，很爽利的感觉。

我买了那支口红，我想涂给你看。

下面是一张包着外套的纸箱照片，还有一张女孩子的大头照，用美图软件画了猫脸。

这张求爱帖在 BBS 首页飘了整整一周，每周那女孩都更新纸箱动态，一开始大家云里雾里："这到底说的啥事啊？"

"你不知道啊？"知情人如此这般说了一通之后，点名黄文翀，"翀哥，这个不比那个好？选她啦！"

"相信我，好看的话就不会给脸打猫赛克还磨皮。"

英语系的女生不平："我们系的帅哥为啥不能自产自销？"

也有人排揎姜珠渊："两个月啊，石头也该焐热了。"

"也许她追求者众多，习惯了这样折磨人。"

然后有人放了姜珠渊上体育课的照片。

"冒着生命危险偷拍了女主角，美貌这种事情见仁见智，心灵如何就不知道了。"

虽然照片很快被网管删掉了，但还是引起了一阵小小的风波。

“如果我是早点男，我就停它一周不送，保管她立马失魂落魄。”

“天哪，这个素质外语学院一抓一大把，翀哥眼瞎？”

但更多的声音加入声援姜珠渊：“奇怪了，不喜欢就是不喜欢，不喜欢我吃你的东西干什么？难道我没钱买？这个早点男有没有想过这样做他是开心了，但女孩子会很有压力。她不回应都被你们在网络上肆意评头论足，更不用想象如果回应的话会被你们抨击成什么样子？你们如果真的这么悠闲，不如扪心自问一下，四六级过了吗？”

因为这场舆论风暴，黄文翀的心态也在不知不觉中改变了，也许是为了有个体面的离场，他稀里糊涂地接受了那个女孩子的求爱。

但是两人浓情蜜意不到一周，那女孩子便开始时不时提起他送早点的过去。黄文翀稍有不耐，她便语带讽刺，甚至于哭闹不断；黄文翀一怒之下提了分手，她不依，去 BBS 上发帖哭诉哀求，收到许多支持留言，黄文翀心软复合，再吵再决裂，再哭再复合，如此反复多次。

最后疲惫不堪的黄文翀换掉手机号码，申请出去支教半年，才算是和她分割干净。

恢复单身还顶着“负心汉”头衔的黄文翀支教回来，无意中在路上碰到当初的宿管阿姨，才知姜珠渊早已调去别的宿舍楼。

“三楼有个女孩子总去找她谈心——惹不起还躲不起吗？”

但她在社团活动依然和大家有说有笑，所谓换宿舍楼在她口中也是因为学院的安排：“因为要做低年级的班助，为了方便照顾学妹们就转到她们的宿舍去了。”

黄文翀就像一只螳螂，首鼠两端，蝉没吃到，还被黄雀咬了一口。虽然有心想找姜珠渊解释，但又不知道该说什么。那一丝不甘、委屈、悔恨，缠在心头，游移不定。这样拖一拖就到了今天，两人站在楼梯上，都不复当年青涩的模样。

黄女友走来，拉了男友对姜珠渊道歉："不好意思，他是不是又缠着你了？"

"我和珠珠聊两句而已，没事的。"

黄女友性格干脆，道："我知道你心里一直都有疙瘩，趁这个机会说清楚吧。这可不比四六级考试，年年都有机会忏悔。"

黄文翀不好意思道："没有了。"

"真没有了才好。"

"真没有了。"黄文翀道，"珠珠，下次我们去格陵玩，可以找你吗？"

"当然，欢迎你们。"

姜珠渊下楼，走过缪盛夏他们身边的时候，白了一眼："偷听有意思吗？"

"珠珠你这就误会我们了，我们是围在你身边做屏障，免得被闲杂人等听了去。"

姜珠渊知道他脸皮厚，能反弹一切讽刺，哼了一声；缪盛夏颇为得意，上前和她并排而行。他素来是光头造型，脖上有刺青，腋下夹着手包，手腕戴着串珠，就差个中部崛起。

"你到后面去。"

"我想去游湖，我想坐天鹅脚踏船。"

"天黑了，天鹅睡觉了。"

缪盛夏悻悻地回到姜金山旁边；姜珠渊又回头看了他们一眼，眼神中带着探究；辛律之道："贝海泽没有和我们一起。"

"他两天两夜没合眼，现在实在撑不住睡着了。我们看他着实累得很，就没喊他一起吃饭。"

"阿律给他叫了客房服务，晚一点送上去。阿律还买了头痛药，热水啊，牛奶啊，全都放在床头，他一伸手就可以够着。阿律太贴心了。"

姜珠渊噢了一声。

"你要回去找他吗？"

姜珠渊摇头：“让他好好休息会儿吧，我想走一走。”

街灯将她的影子拉得狭长而单调，不知不觉，另一个身影慢慢靠近。

两条影子并行，看起来就没有那么落寞了。

“珠珠，你能陪我逛逛武大吗？”

“不好意思，我还有点事要处理。”

辛律之嗯了一声，又道：“我能陪你去办事吗？”

“……不能。”

隔了一会儿他又道：“等你办完事之后我们能不能一起逛逛武大？”

姜珠渊站住，对姜金山和缪盛夏表示自己有点事要去学校，让他们先回去；而她与辛律之则沿着东湖往相反方向前行。

望着他们远去的背影，缪盛夏道：“专业卖妹妹的，你看珠珠和阿律一起逛武大啊。”

“怎么了？”

“黑灯瞎火，孤男寡女。万一发生了什么……”

“Patrick 不是浑蛋，珠珠也不是傻瓜。”

“如果换成我呢，如果珠珠和我黑灯瞎火孤男寡女呢？说不定我们日久生情……”

姜金山示意他附耳过来，说了一句。

“姜金山，你怎么骂人比我还脏呢？”

# 第九道 × 热菜

## 太极鸡蛋羹

路上车灯蜿蜒，似乎望不到头一般；辛律之迈开长腿与她并肩而行，又一直拿些不咸不淡的话来搭讪，譬如今天月色不错，她的裙子很美，要不要帮忙拎她的小坤包；姜珠渊只是“嗯嗯”作答，官方地介绍着沿路风景。

经过原变形金刚所在地时，辛律之道：“我记得这里以前有座高高的教学楼。”

“有碍观瞻，炸掉了。”

再向前走百余米有个侧门直通工学部，进去后仿佛进入另一个世界，瞬间变得安静幽深许多，只听得到两人的脚步声。经过一段小路到了主干道上，豁然开朗的同时姜珠渊又觉着不对——两个人之间明明错开了一段距离，影子映出来却是挨在一起的；她朝外面挪了挪，影子分开了；辛律之靠过来，她又挪一挪；如此几次，辛律之伸手拉住了她。

“连影子也讨厌我吗？”他问，“影子也在生气？”

“为什么要生你的气？”

“所以没生气？那你为什么像遇到了同极的磁铁一样到处溜？”

“一开始有点生气，可是后来更多觉得可笑。”

“什么可笑？”

“你、贝海泽、缪盛夏、姜金山被一个人耍得团团转，难道不可笑吗？”

其实只有她被欺负了吧，但这绝不认输的口吻让人无法反驳，只能认错。

“是，我们太愚蠢了。我保证，不会再有第二次。”

其实她也要感谢寇亭亭，离间计更像是一场预演，让她意识到人与人之间的羁绊不会是一生一世，总有一天大家都会走散，每个人都应该有独自前行的能力：“有没有第二次我才不在意。”

“我在意。”

辛律之长腿一迈，绕到她的身前，姜珠渊再往前走就要撞他身上了，只得停下来。

“看着我。”见她眼睛漫不经心地望着别处，辛律之道，“既然不在意，为什么连看都不看我？我长得不丑吧？你就这么讨厌我？”

姜珠渊仰起头，一对清澈见底的杏眼眨也不眨地看着他。

“我不讨厌你。”

辛律之低下头，细长的眼睛里闪着星芒。

他们都没有发现，两人的影子这时映在墙上，看上去好似在接吻。

“真的？”

“真的。”

“可是我讨厌你。”不等姜珠渊反应过来，辛律之继续道，“你总是让我烦躁不安、易怒善妒。每次一想到你，我就会战战兢兢、患得患失，暴露出所有弱点。”

姜珠渊吃惊地望着他。

“我知道你不喜欢被人讨厌的感觉，那你说怎么办？”

姜珠渊张了张嘴，半天才道：“我不觉得我有错。你这么大的人了，自己学着克服。”

辛律之摇头。

“不想克服，我就是喜欢这种讨厌你的感觉。我就想这样用力讨厌你，永远讨厌你，死了也要在墓碑刻上‘此处长眠着一位讨厌了姜珠渊女士一生一世的傻男人’。”

姜珠渊完完全全地惊呆了，她隐隐约约地觉着哪里不妥，却又说不上来。

有砰砰砰的声音传至耳边，是烟花，还是心跳？

“……你和姜金山他们到底喝了多少酒？”她磕磕碰碰地问。

辛律之咽了一口口水：“我要喝水。”

“在这里等着。”

姜珠渊去旁边超市买了一瓶矿泉水，回来时看到他叉着腿坐在路边的石墩上，仰望着星空。

她将矿泉水拧开递给他，辛律之接过来喝了一口，道：“你是什么星座？”

“射手座。”

他伸手一指：“射手座。”

她没有顺着他的手指望过去：“我给你叫个车回酒店吧。”

“我不想一个人。”辛律之站起来，“我想走一走，醒醒酒。”

辛律之见她脸上有一闪而过的怔忡，似乎想起了什么往事：“怎么了？看你的样子好像在发梦。”

“没什么。”

超市前面是一排排的宿舍楼：“这是你学习生活过的地方。”

“嗯。”她大学头两年一直住在这里，一草一木、一花一树都了如指掌。她记得路边原有一溜小店，现在已经拆掉了一大半，尚存一家理发店、一家饼屋和一家书铺。

看到那家书铺的招牌时，姜珠渊心头突了一下。

她不太拿得准，但还是走了过去。店主是一名中年人，坐在柜台后面用平板看着电视剧，他身后还有个老人正蹲着吃面条。

“老板，我记得以前这里不仅卖杂志，也租书的。现在不租书了吗？”

“现在谁还租书，都在网上看了。”

“我想找一本湾湾口袋书，名字叫《数学天才的禁忌新娘》。”

店主的眼睛没有离开屏幕。

“那种书的名字都大同小异。”

“我就是在网上找不到，才来找您，帮帮忙吧。”

正在吃面条的老人转过身来：“我们这马上要拆了。那些书我们都收在地下室准备当废品卖掉了。”

“能让我找一下吗？谢谢了。”

店主这才抬了一下眼皮：“你给我翻乱了怎么办？”

话虽这样说，他还是把姜珠渊和辛律之引到了位于地下室的仓库，打开灯，指着角落里的几个压在废弃自行车下的纸箱：“都在那里，你们自己找吧，找完了记得恢复原样。”

“谢谢。”

店主走后，辛律之道：“这就是你要办的事？那本书对你很重要？”

姜珠渊估计了一下，开始搬自行车：“没看到那本书的封面之前，我不确定。”

突然一只手伸了过来，握住车把：“我来。”

“不一定找得到，很可能是白费力气。”

“我知道。”

辛律之轻松地挪开自行车，把四个纸箱都搬到了一张空着的桌子上。纸箱打开时腾起一股灰尘，霉味令姜珠渊皱鼻，辛律之拿出一块手帕递给她。

“谢谢。”

姜珠渊用手帕捂住口鼻——湾湾一年出多少口袋书，这里才有多少，她并不抱多少希望，但又隐隐期待着自己的小概率体质能够再次发挥作用。

“你要找的书叫什么名字……阿嚏！”

“《数学天才的禁忌新娘》——或者相近的名字，有数学、天才、新娘、禁忌这四个词当中的任何一个都行。等一下，男主角得是数学家，你看下文案，文案应该会有体现。”

辛律之一边翻一边开始猛烈地打喷嚏。

“看来你比我更需要这个。”姜珠渊将手帕还给他。

“抱歉……阿嚏！我……阿嚏！……出去一下。”

他出去一阵再回来的时候戴了个一次性口罩，手里还拎着一个塑料袋：“给你。”

他想得周到，买了口罩和乳胶手套。

“你在哪里买的？”

“药店。”

“药店？药店不是拆了吗？”

辛律之没说话，姜珠渊也没追问，继续一本本地翻看着标题。

同样在翻找的辛律之冷不丁来了一句：“总裁不少，数学家没有。台湾到底有多少总裁？”

“可能都在这里面。”姜珠渊拍拍纸箱，“我看台湾经济的问题就在于总裁都去谈恋爱了。”

口袋书顾名思义只有巴掌那么大，一个纸箱里满满当当地装着一百多本，姜珠渊先是笔直地站着，然后又换成稍息的姿势，最后索性靠在那张也不知道积了多少灰尘的桌子上。

辛律之明显找得比她慢些，想来消化那些大同小异的标题对他来说有些困难。

“娇妻算吗？”

“我看看……不是，不过你提醒了我，娇妻也得找。”

迄今为止总裁的新娘已经出现了四十三名；娇妻出现了二十九名；禁忌这个词出现了三十一次；天才出现了八次。每本书的封面和文案姜珠渊都仔细看过，没有一本沾边。

她开始怀疑寇亭亭是否说了假话，但在这件事情上造假对她来说并没有必要。就算她没有造假，这本书正好在这四个箱子里的几率也太渺茫了：“你不问我为什么要找这本书吗？”

“你肯定有你的原因。”辛律之道，“太慢了，现在第一箱才看了一半。照这个速度下去，我们得看一晚上。”

姜珠渊深以为然。

她想了想，把书扔回纸箱。

“有办法。”

酒店里，刚洗完澡的缪盛夏对姜金山道：“帮我看看，我后背上是不是长了个暗疮？”

“滚。”

突然传来急促敲门声：“开门。”

缪盛夏围着条浴巾就大剌剌地去开门了：“珠珠，你逛完……咦，这是什么？”

门口停着一辆行李车，车上摞着四个满是灰尘的纸箱。

“我帮你抬。”

他弯下腰去。

辛律之猛地退后一步；姜珠渊拼命挥着手：“不要你不要你！你去穿衣服穿衣服！姜金山！”

“来了来了。”听到妹妹喊自己，姜金山屁颠屁颠地跑过来帮辛律之将行李车运进客厅，卸下纸箱。

隔壁的贝海泽听到动静，过来询问：“怎么了？有什么我能帮得上忙吗？”

他的语气很谨慎小心。

姜珠渊一看到他，心里就有些难受，连房间里的气氛都瞬间凝固了；缪盛夏边扣扣子边从卫生间探出个头来："珠珠决定留在武汉收废品了，今晚第一单生意在武大开张。估计我们都得帮忙了。"

缪盛夏肆无忌惮地开着玩笑，反而给了两人一个下台阶的机会；姜珠渊回过神来，背对着贝海泽整理纸箱："你吃了吗？没吃的话回去吃了再过来。不吃饱饭怎么开工？"

贝海泽走过来帮她："吃过了。"

姜金山道："你不跟我算账了吗？"

姜珠渊眉毛一竖："你这是在和我讲条件？帮忙是帮忙，算账是算账，不要混为一谈。"

姜金山道："不是，我和小贝一样，只是想知道第二只鞋子什么时候落地而已。"

姜珠渊最大的优点是性不宿憾，发完火之后又千里奔波，现在已经冷静了许多；加之看到他们的表现，也想通了一些问题。

"秋后算账也是算账，等着吧。"

卫生间传来缪盛夏的声音："姜金山你帮我把这个暗疮挤掉算了。我够不着。"

"你真烦。"

"那阿律来帮个忙。"

"别理他。"

贝海泽道："我看看，你这是皮脂腺囊肿，不要随便挤压。"

"你是医生，帮我弄出来。"

"不行，这要做手术。"

"是吗？是大手术吗？要全麻吗？要住院吗？可以住多久？两个月？"

"门诊手术而已，你这个囊肿很小，局麻就可以了。"

“那我把它养着，养大一点是不是要做大手术？要不要全麻？要住院吗？可以住多久？两个月？”

“这……”

“不要讨论缪盛夏的暗疮了。太恶心了。”姜珠渊道，“听我说，我要从这四个纸箱里找到一本书。”

她如此这般地将刚才和辛律之说的话又讲了一遍：“我有预感，这本书就在这四个箱子里面。现在大家开始分工合作。”

Found 4中的大哥姜金山道:“台湾一年出多少口袋书？这里才多少？你就这么确定这本书在这四个箱子里面？”

姜珠渊用一条干净浴巾将地毯分开两个区域，一边放没查过的，一边放查过的：“都说预感了。”

“为什么不去网上找？”

“假设你不知道我手机的锁屏密码，你会不会试试我的生日、你的生日、1234、5678——这些最基本的方法你觉得我不会用吗？”

正在帮忙分发的辛律之看了姜珠渊一眼，姜珠渊也看了他一眼，迅速垂下眼帘。

缪盛夏往床上一趴，伸手从地毯上捞起一本来，支着下颌：“《霸道总裁小娇妻》——什么？”

“你那边是查过的区域，你手里那本看过了，不是。”

姜金山十本一摞地往桌上堆起来一座小山，他则坐在一边的椅子上慢慢翻看：“你这种找东西的方法是不是太没效率了，我计算了一下，我看完封面加文案需要一分半钟。”

“你看得太慢了，我只要二十秒。”姜珠渊道，“如果有四个女孩子在这里，一定比你们快。”

姜金山又道：“如果接近你的描述，我们还要交给你处理，至少二十秒吧？这里少说有五六百本，我们一共五个人，你算算要看多久？”

辛律之道：“需要看的一共七百三十六本，大概需要三到四个小时，现在是九点差一刻，争取零点完成吧。”

姜金山道：“对啊，Patrick 是学数学的，应该算得比我清楚。湾湾一年出的口袋书也不止七百三十六本，你现在要找的可是十几年以前的小说。”

辛律之道：“所以先看出版日期，这里面的书最近的出版日期是2012 年。根据出版日期，有一百一十九本我已经从总数里剔除掉了。但是有八十九本是故事集，我已经加在总数里了。”

贝海泽道：“听起来这几年纸书阅读真是式微了。”

姜珠渊一边看一边状似无意地回：“你担心？”

贝海泽道：“我担心……”

他突然明白过来，把后半句咽了回去。

不过她肯开口讽刺他也算是一个进步？

辛律之道：“我挑着年份看了几本，可以看出这些小说的写作模式有波动，但基线没变，珠珠描述的男主角很少见。”

缪盛夏悻悻地摔下一本书：“怎么又是娇妻？我也是总裁，我怎么没有娇妻？眼睛瞎了！”

“都说你那边的全都看过了。”

姜金山一边看一边拿纸和笔记录：“找到了还好说，找不到岂不是做无用功？”

“那你说个有效率的方法。”

姜金山转而叽歪其他问题：“你买这些书花了多少钱？”

“你考虑问题能不能专一点、简单点？专注你手里那本书，不要三心二意。”

姜金山手中的笔停了下来。

“珠珠，你不明白，这很复杂。”

“有多复杂啊？买书的钱，盛夏哥哥给你报销了。”缪盛夏道，“武汉的鸭脖挺有劲儿的，谁要？我叫外卖。”

辛律之递给他十本书示意他继续工作；贝海泽则对他做了个噤声的手势。

“那你有没有想过，正是因为你想多了，才变得这样复杂？”

“你还年轻，所以想问题都很简单。等你到了我的岁数，就会发现所有的事情之间都有千丝万缕的联系，不是那么容易分清楚的。”

“这和我的岁数没关系，我就是到了七十岁、八十岁也还是会用最简单的、最直接的方法去解决问题。”姜珠渊道，“手里拿着一本书，就只看这本书，不看了就放下，再拿另外一本书。或者你要是选不定的话，也可以一本书都不看。”

贝海泽和辛律之齐齐抬头看她；姜金山若有所思；缪盛夏一拍脑袋道：“哦！原来在说这个！你哥已经和那谁彻底断了，我可以作证。”

一说破就尴尬了。

“真断了才好。”姜珠渊嘟哝。

“他怕断不了，痛下决心做了一件寇亭亭绝对不可能容忍的事情。”

“好了，别说了。”过了一会儿，姜金山又道，“你就那么确定自己能活到八十岁？”

“我和秦教授去参加会议的时候，好多营养学家都八十多岁了，还精神矍铄、健步如飞，记忆力好过我。”

看来我们的小公主是要仙福永享、寿与天齐了。

鸭脖送来了。缪盛夏边啃边看，姜珠渊突然看到一本，扔给他：“《我的契约新娘》，适合你。”

缪盛夏露出恶心的表情：“你们大学生天天看这玩意儿能茁壮成长吗？”

说着他就开始翻阅，看了文案看内容，看了第一页又看第二页，兴致勃勃地一页页看下去：“有病。有病？有病！有病——哈哈哈，姜金山你看这个。你说怎么可能？泳池啊……”

姜金山凑过来看了一眼，立刻把书抽走，在缪盛夏头上打了一下：“这里有未婚青年！”

“我也是啊！”

“你不算。”

姜珠渊当作没听见，直起身来准备去隔壁拿水，谁知坐得太久腿都麻了，一不小心跌在了面前的文山上。

本来她看完的书就顺手放在面前，一本本摞起来；摞到尽高处就再起一座高峰，七摞八叠，危如累卵，她这一摔，把面前的书山给推倒了。辛律之和贝海泽坐她对面，他们辛辛苦苦看了一个多小时，码得整整齐齐的成果瞬间被哗啦啦吞没了。

贝海泽本已看得昏昏欲睡，这下又醒了，不由得脱口而出：“完了，完了。”

辛律之也看得双眼发胀，现在还被兜头兜面砸了几下，不禁哎哟一声捂住眉骨。

他们两个从未看过这种书，现在猛然要鉴赏百来本，简直就像上了酷刑般，现在上到一半又要从头再来，个中滋味可想而知。

姜金山道：“摔到哪里没有？”

姜珠渊道：“没有。”

说完她便去隔壁 1206 喝水，想了想，又开了手机。

手机里有很多发自 F4 的短信。她坐在床边一条条地看着，不时一笑，又摇摇头。看完了短信，她再过去 1207 时，感觉到气氛有异。

贝海泽和辛律之已经把书整理好了，只是面上都有些发讪。

缪盛夏一副看好戏的嘴脸：“刚才你不在，姜金山把贝海泽和辛律之好一顿训斥，说他们作为男人竟然没有先关心你是否伤着了，非常自私、非常恶劣。你真该看看他们俩刚才的表情——如果这抽屉连着时光机他们肯定已经跳进去了。”

姜珠渊看了一眼姜金山：“好大的脸。”

姜金山置若罔闻。

贝海泽突然从书中抬起头来："古代、民国的也可以排除。"

姜珠渊恍然大悟："对啊，我真是太久没看了，竟然没想到。"

辛律之道："古代？怎么鉴别？"

姜珠渊像看傻瓜一样地看着他："名字或者封面会偏古风。"

辛律之虽然从小学中文，但对于传统中国文化并不是很了解："古风？诗词那种？那我真是一窍不通。"

姜金山道："我们今天晚上喝的酒就来自于李白的一首诗——'且就洞庭赊月色，将船买酒白云边'。"

"有意思，是怎么样的十四个字？"

贝海泽道："我写给你。"

他从姜金山处拿了纸和笔一挥而就，递给辛律之。

"你的字很漂亮。"

"我外公教的。"

缪盛夏道："诗词有什么好聊的？"

姜金山瞟了他一眼道："古人看到景色或者有什么心理活动的时候，不像现代人一样只会'哇，好漂亮''哇，好酷''哇，好爽''啊，有病'。他们会吟诗作对来抒发情感，所谓我口映我心。举个例子。武汉的著名古迹之一黄鹤楼，在历史上就留下了许多脍炙人口的诗句，如家喻户晓的'故人西辞黄鹤楼，烟花三月下扬州'。"

贝海泽道："还有'昔人已乘黄鹤去，此地空余黄鹤楼'。"

"东望黄鹤山，雄雄半空出。"

"城下沧江水，江边黄鹤楼。"

"黄鹤楼中吹玉笛，江城五月落梅花。"

"黄鹤楼高人不见，却随鹦鹉过汀洲。"

缪盛夏硬邦邦地扔出两个字："有病。"

"黄鹤何年去杳冥，高楼十载倚江城。"

"黄鹤楼前月满川，抱关老卒饥不眠。"

姜金山读书的时候喜欢诗词姜珠渊是知道的，贝海泽竟然也能信手拈来倒是出乎她的意料。缪盛夏充耳不闻，一边吃薯片一边翻书；辛律之则是带着敬佩的表情在聆听欣赏。在姜金山又摇头晃脑地念出了“黄鹤高楼已槌碎，黄鹤仙人无所依。黄河上天诉玉帝，却放黄鹤江南归”之后，姜珠渊终于开口道：“烟雨莽苍苍，龟蛇锁大江，黄鹤知何去？”

贝海泽和姜金山都闭了嘴。

“你赢。”

“做正事。”

贝海泽从纸箱里随便拿出一本古风言情：“比如这本《杨柳依依》，名字取自《采薇》，封面的少女是明朝初期的装束，就可以排除。”

湾湾口袋书的封面都是在明星照片上的再加工，真实感上又多加了一分精致，而贝海泽手上这本书的封面正是一个巧笑倩兮的古装少女。一看到那古装少女，缪盛夏从床上弹了起来，一反刚才嬉笑的模样：“给我，这不是钟晴在《君子一剑》里面的造型吗？得到授权了吗随便用！我的电话呢？我要找老邓。”

老邓是他的律师。

姜珠渊一听也赶紧凑上去看：“脸都P成这样了，只有你才认得出来。”

“P得像个妖精，多告一条诽谤。”

姜金山道：“我看看。哇……”

“哇什么哇，念诗啊，怎么不念了？”

贝海泽对一头雾水的辛律之解释道：“钟晴是一名影视演员，云泽人。”

正在一起欣赏封面的姜家兄妹和缪盛夏抬起头异口同声道：“钟晴是云泽之花！”

贝海泽低下头去继续查书：“我们也有格陵之花。”

他的声音很轻，谁也没有听到。

姜珠渊道：“说到《君子一剑》我还一直有个疑问，最后男主角和魔教大小姐泛舟湖上，为什么他那个青梅竹马的小师妹突然从水里冒出来呢？男主角和大小姐还都对着她笑，一起把她拉上船。这是什么意思呢？”

“这有什么不懂？小师妹可是钟晴演的！漂亮、身材好，而且他们从小一起长大，感情非常深厚。”

“哦，那他为什么还要追求魔教大小姐，甚至千山万水去救她呢？”

辛律之道：“不好意思，失陪一下。”

辛律之的突然离场并未影响缪盛夏的兴致：“左拥右抱多爽啊！一边是柔情蜜意剑法超群，一边是烈焰红唇用兵如神。不过换了我，肯定选小师妹。”

贝海泽一听便知姜珠渊意有所指，他起初连手脚都不知道该如何摆了，满心愧疚，连耳根都红透了，但随着姜珠渊和缪盛夏的一问一答，他反而深深吸了一口气，沉淀全副心思，镇定下来。

他本就盘腿坐在姜珠渊的对面，现在更是眨也不眨地凝视着她的眼睛。姜珠渊存心指桑骂槐，见贝海泽反而坦坦荡荡地紧盯着自己，倒有些心虚气短，更多的是不满、委屈，一时间百味杂陈。

姜金山道：“你们打算闹到什么时候，到底聊天还是查书？”

姜珠渊和贝海泽这一对斗气小冤家都没说话，

姜金山道：“说吧，有什么委屈，有什么误会，讲清楚。”

缪盛夏突然插嘴：“小贝，请用一句诗词来形容你现在的心情，所谓我口映我心嘛。”

姜金山对缪盛夏怒目而视“要不我和缪盛夏也出去，你们好好聊聊？”

“不用。”姜珠渊低声道，“……我不知道，我现在也很困惑。”

她坐在地毯上，身边是三四摞口袋书，那是她还没看过的，垒得齐齐整整。她手里还有一本，正在无意识地翻着。

贝海泽坐到她的身边来，隔着“柏林墙”道：“那不如由我来说说看。”

其实从很早以前你就介意了。

副驾驶座、香水、围巾，因为你不想显得无理取闹，就隐忍了下去。

然而手机屏幕、昵称、表白、小说情节，还有我该死的谎言让你的情绪猛然爆发出来，于是断定我是脚踏两只船的浑蛋。

进一步你想起了我手机上还保留着相亲对象、病人家属的电话号码“舍不得”删除，想到太轻易就答应了我的追求，想到我如此不珍惜，于是内心更为愤怒，愤怒到顶点的结果是你用了一种平静且绝情的方式来处理我的试图解释。

你沉浸在自己营造出的悲愤气氛中没有多久，理智又占据了上风。你开始回顾整件事情，你意识到你可能又犯了我们第二次见面时的错误，先入为主地认为我是登徒浪子。我们相处快半年了，你了解我——虽然看起来很好说话，但不是别人三言两语就会心猿意马的性格，也绝对不会因为有主导权，就占相亲对象或病人家属的便宜。

你还想起了曾经对我说过的话——如果我有同等的信任，就不会误会你。

这就是你，愤怒如同海浪一般涌上来，撞上了理智的大坝，就会慢慢地退下去。

可是很快你又有了新的纠结。

许度为我做了那么多，如果我真的感动了，这种多情就会成为你心里永远的刺；如果我一点也不感动，又未免无情得可怕。

“我说的对吗？”

不知何时房间里只剩下他们两个人。而贝海泽几乎说中了姜珠渊所有的心思，仿佛一只吸尘器，想要把她心里所有角落的灰尘都清除干净：“……差不多吧。”

“差不多？还有遗漏？我这几天想了很久，觉得唯一能取得谅解的方式就是去感受你的想法。你说差不多就是还有我没注意到的地方？”

贝海泽看着姜珠渊，见她眼睫低垂，没有解释的意思，便继续着温柔低缓的语气：“如果你问我有没有触动，我不能说没有，但是这种触动不会变成爱情。珠珠，我的心只装得下你，不管谁来敲门我也不会开。”

“但我不喜欢听见敲门声。”

“那我们就在门上挂块环形的、闪闪发光的‘请勿打扰’的牌子。”

这个比喻姜珠渊听懂了。

原来真的会很复杂。

她很难说清楚自己现在到底想要什么，要贝海泽的道歉？表白？重修旧好？还是一切洗牌，重新开始？

“我的错在于没有和其他女性保持适当的距离，在于想维持在你心中的形象反而越描越黑。和其他缺点一样，能说出来，我就一定会改变。我不奢求你原谅我由于虚荣和伪善所犯的过错，但希望你能给我一个重新追求你的机会。

“珠珠，我再也不会对你撒哪怕一点点的谎。”

姜珠渊没有说话。贝海泽也沉默了一阵，道：“是在‘差不多’里面吗？你介意的。”

姜珠渊舔了舔嘴唇。

“如果我们没有在一起呢？”

“那我一定在排队了。”

“排队？”

“嗯，排队追你。”

“如果我们没有遇到呢？”

“你不是说高考之后做过一个梦，梦见超市里的鸭子和熊猫？所以我们注定会见面，不是昨天，就是今天，或者明天。”

“如果在认识我之前你就有女朋友了呢？”

她的问题越多，越说明她仍在意他。贝海泽低头莞尔，又抬头凝视她的眼睛。

“所以现在是对追求者无理取闹吗？”

姜珠渊撇了撇嘴。

贝海泽伸手越过书墙，将她新剪的短发挽到耳后。

我曾经说过因为漂亮所以喜欢你。

但现在更迷恋这个在我面前无拘无束、独立而自由的你。

不管长发也好，短发也好，黄裙子也好，蓝裙子也好，有腿毛也好，没有腿毛也好，唇红齿白也好，满脸皱纹也好。

我都喜欢。

只要是你，全部的你，我都喜欢。

他的手指抚过她的耳朵时，有种冰冰凉凉的感觉。

姜珠渊终于说出了她心底一直以来的疑惑。

“是啊，你说你喜欢我，我也感受得到你对我特别温柔，特别体贴，是别人没有的待遇。可……我总觉得……我们……”

“我每时每刻都想和你做爱。”贝海泽突然道，又重复了一遍，“每时每刻都想。”

姜珠渊震惊地抬起头，贝海泽并没看她，视线直直地集中于正前方的某一个不存在的点，呼吸有些紊乱。

“自从和你在一起之后，就有这个想法了。每次见面都想，不见面更想。每次都对自己说，下次见面一定要进一步，这个周末一定要和你一起过夜——但真的见了面，看到你清澈的眼神，还有仿佛一碰就会破的脸蛋，就怕亲吻抚摸会唐突了你，弄疼了你。于是只敢在口头上占占便宜，看你带了愠怒的反应就暗暗庆幸没有在行动上轻薄，可是回去后躺在床上孤零零的一个人又后悔得睡不着——然后就自己解决。”

作为一个医生，贝海泽见过、触碰过逾千具人类的身体，而这些病人在他眼中并无老幼、男女、美丑之分，他也怀疑过自己长期这样下去是否会像小师叔那样性冷淡：“你还记得那次我们在医院餐厅吃饭吗？林沛白的绝技是剥神经，沈最的绝技是估体重，其实我也有一个从未宣之于口的经验——即使隔着衣服，我也能准确地画出一具人类身体的轮廓。”

比如——你上午的身高是一米六七点二，傍晚是一米六五点四，体重在一百零七到一百一十斤之间，三围是80B有时75C，65，85。

其实姜珠渊那天上楼放姜花，顺便换了一套内衣，他看出来了。

他恍然大悟，其实大家都是成年人，是他犹疑多虑：“到你示意我可以吻你的时候，我一点也不想去吃饭，只想和你窝在家里做一天的爱。可是我想了想，还是得先把你的朋友应酬好，然后我们还有一整个周末，一整个没人打扰的周末。”

说到这里时，贝海泽无奈地咧了咧嘴角。

从一整个没人打扰的双人周末，到千里奔波的F4，这种剧变始料未及。

掩饰和许度见面的行为，是他最草率的决定：“每次说到她，都会惹得你不高兴，更何况……所以我撒谎了。我不想彼此已经准备好的心情全部推翻重来，结果证明我错得离谱。”

他一口气说了一大堆真心话，末了，自嘲地来了一句：“说过不再对你撒谎，就从这件事情开始。”

姜珠渊低着头，心跳得好似擂鼓一般，双颊也有如火烧。

面对贝海泽突如其来的心声剖析，她羞怯慌乱得几乎不能思考。

姜珠渊正在发窘，贝海泽突然靠过来，伸手将隔在两人中间的书墙推倒。她的眼神随着书滑落而流转，紧接着他的手指又贴上了她的脸庞，不同的是这次掌心炙热。

贝海泽凝视着她绯红的脸庞，低声道：“男人一旦对女人动了这样的心思，就没法忘记了。”

“……我……还要找一本书……”

他的声音愈发柔软，像一根羽毛拂过心尖：“有多重要？嗯？”

他的脸近在咫尺，可以看到彼此瞳孔里的倒影；他的鼻尖轻轻蹭过她的鼻尖，皮肤上留下呼吸的痕迹；等他想进一步吻住那张嫣红的嘴唇时……

你是不是喜欢过我？

意乱情迷的当口，这句话却清清楚楚地浮现在了姜珠渊的脑海当中。

她浑身的肌肉都僵住了，血液也在倒流，瞳孔里的倒影是单薄的，呼吸的痕迹是冰凉的，这原本温柔而旖旎的一切突然变得寡淡又遥远。

她和辛律之把书运回来的路上经过了她读书时常常夜跑的一个操场。

从大三开始她有了夜跑的习惯："这个操场晚上的时候很有云泽二中的感觉，就连刷的标语也差不多。"

锁上教室一小时，劳逸结合一辈子。

原以为他的心不在焉是因为她鲁莽地提到了云政恩学习生活过的地方，可是当她充满歉意地沉默时，他却又开口了。

"你是不是喜欢过我？"

这是一个很容易招来羞辱的问题，但辛律之还是坦荡地问出了口。

两人在云泽见面的那次，请她吃早餐，她想都没想就答应了，然后还开车送他去遥湖："我问你为什么要对一个陌生人这么好，你找了很多理由……"

两人站在借来的手推车两侧，姜珠渊拍了拍纸箱上的灰："不是找理由，我说的都是真话，而且我公认有一颗善良的心。"

"我不否认你很善良，但更主要的是因为——你对我有好感。对不对？"

姜珠渊撇了撇嘴："我看你们一个两个跟着缪盛夏都学坏了，你可是普林斯顿的高才生。"

"脸皮厚有很多好处，在这一点上缪盛夏是我们所有人的老师。"

"这个答案已经过期了。"

"那我也想知道。"

"好吧。"你以为什么人都能请我吃饭吗？什么人都能坐我的车吗，"你猜得没错，我曾经对你有好感。"

终于听到了想要的答案，辛律之心中先是一荡，又涌上无尽的惆怅：

“……曾经？”

“是，曾经。”

“你当时为什么不直接告诉我？因为琳达？”

“这是一方面，但更重要的是因为我不觉得你有和我同样的感受，我在这方面领悟力还挺强。”

否则她就直接问他和琳达的关系了。

“一段感情不能凭单方面的好感来推动，我早就放下了。”姜珠渊继续道，“如果可以的话，做个朋友吧。”

辛律之定定地看着她：“你想和我做朋友？”

“不行也没关系。等我成为了一个值得信赖的人，就会交到很多朋友了。”

为什么现在又突然想起他那句“你是不是喜欢过我”？

她下意识朝后退缩的同时，敲门声响起，应声而入的是姜金山和缪盛夏，姜金山手里拿着一部电脑。

“珠珠，你要找的是不是这本书？”

他将电脑屏幕转向妹妹，那上面显示着一张照片。

一看到那张封面，姜珠渊就明白了为什么辛律之的全家福似曾相识。

仍然是最典型的、用加工后的照片作为封面的湾湾口袋书，而这张原型照片正是辛律之一直珍藏在钱夹里的那张圣诞节全家福。

虽然还是P到无法认出人物，但人物的衣着、房间的背景还有那条大狗都一模一样。

这本书的名字叫作《科赫的情人》，和数学、天才、新娘、禁忌一点关系都没有。

作者的名字是晓霓，封面设计中也有她的名字。

科赫、照片，看来这十有八九就是寇亭亭给云政恩看的那本书了。

“怪不得我怎么也找不到？你们太厉害了，原来两个臭皮匠也顶一个诸葛亮。”

“不是我们查到的，是这台笔记本上有个色气按键（search engine，搜索引擎），阿律啪啪啪几下，全网一扫就得到了二十三条信息。二十三还不到你那七百多本书的零头呢！他看到这张封面的时候愣了一下，说应该就是你要找的书。”

原来是他！那他看到这张封面了。

不对。

那也就是说他早就有简单的方法可以找到这本书，那为什么还要和大家一起用最笨的方法去找呢？

姜珠渊接过电脑开始网页搜索：“有全文吗……啊，没有。”

再查作者信息，也没有任何词条。见她有些懊恼，贝海泽道：“没关系，我们继续把剩下的书找完。找不到的话，就发信给国外的同学帮忙。”

姜珠渊正对他存了惭愧之心，听他这样说更加犹疑，踌躇间恰好听见手机振动，是辛律之发来的短信。

来龙去脉我已知晓，不必再费神，谢谢。

第二条短信隔了两秒到达。

我不想和你做朋友是因为我希望我们的关系还有别的更亲密的可能。

For you，I flipped.（我已为你神魂颠倒）

辛律之站在窗前，凝望着夜色。

一条车水马龙的街道将静谧的校园和热闹的商区分隔开来，车灯流动，如同一串珍珠般环绕着幽深的湖面。

珠珠，她是在帮他找这本影响了云政恩整个人生的书。

每年纪永姿都会写十二张圣诞贺卡寄给台湾那边的亲戚朋友，如果追踪贺卡的下落就可以知道晓霓的身份和她写这本书的初衷。

但作者的身份重要吗？写作初衷重要吗？

辛律之对纪永姿的印象仅限于四岁之前，而且随着年纪的增长越来越淡化；但他对自己的弟弟辛牧之却一直有一份越来越强烈的期望。兄弟原本应该是这个世界上最亲密、最势均力敌的羁绊，他们分享了相似的基因，却进入了完全不同的人生。

对于从小就被当作欧拉基金会主席接班人来培养的他来说，很难想象寇亭亭借出的一本幼稚拙劣的言情小说会影响了云政恩整个人生观、价值观的塑造，但他又不得不试着站在弟弟的角度去理解。

一个无依无靠和现实格格不入的孤儿，从小渴求着真相，寻找着认同。而世事就是这样巧合，这本和他的原生家庭有千丝万缕联系的书，由孤儿最爱的红粉骷髅递到面前。

他迫不及待地吞下了这份幻想，就像卖火柴的小女孩一样，不停地擦亮火光，直到人生终结。

如果死后的世界真实存在，那么辛家明、纪永姿和辛牧之，他们三个想必已经在光明和快乐中飞走了，越飞越高，飞到那没有两难、没有背叛，也没有欺凌的地方去了。

每每念及此，他并不知该欣慰还是该寂寞。

贝海泽刷卡开门，见辛律之站在窗边出神，道："还没休息？珠珠说你找对了，不找了。缪盛夏说电脑明天还你，他想看部电影。"

辛律之嗯了一声："有人从门缝塞了很多卡片进来。"

贝海泽低头看看，道："不用理它。"

说着他便将地上的卡片一一拾起扔掉，然后换拖鞋、挂外套、挽袖子、烧水、烫杯、倒茶，这些家常的动作在他做来格外温暖："怎么，没见过这种小广告？"

"当然见过，我也经常出差。"

贝海泽仿佛看穿了他的心思："但是没有住过这种级别的房间吧，遑论与人分享。”

两人的目光不约而同地落在了房间中央两张相隔咫尺，铺得整整齐齐的双人床，又适时地收回。

“我没问题。你呢？”

“我也没有。”

贝海泽端着两杯水走过来，递给站在窗前的辛律之一杯：“这里变化太大了。”

“你以前也来过武汉？”

“五年前和师父来中南医院开关于自体肝移植的会议。”

两人一对时间，竟然就是在辛律之应邀来武大举行讲座期间：“没想到那个时候我们都在。”

只不过一个在医学部，一个在文理本部，隔着一片东湖。

两人相视而笑，夜色如水般划过岁月。

那个时候贝海泽刚刚晋升为主治医师，博士学业也到了最后一年，临床与科研两头都要兼顾，一天最多睡上四五个小时，做梦不是在赶论文进度就是在讨论病例。于中南举办的肝移植会议是他首次上台汇报，将科研成果展示在同行面前，以显示自己已有独当一面的能力；那个时候辛律之当上基金会主席不到两年，因为年纪尚轻，资历也浅，董事局中颇有些元老虎视眈眈，外间财团也态度暧昧胶着。他要稳定局面，又要计划复仇，颇有些走火入魔。应大学师弟邀请来武大是他首次抛开主席身份，单单科普数学之美，以重寻一个数学家的纯粹本心。

短短数日的交流访问对他们来说是难得的假期。

补充了元气，又精神抖擞地去面对人生的下一道难题。

那时候他们都没有想到，仿佛冥冥之中自有安排一般，五年之后会重游故地。

“珠珠去听了你的讲座。”

“嗯。”

那个时候姜珠渊刚升上大三，专业课程开设得满满当当，从早到晚不是上课就是泡在自习室里，多数有规划的同学已经考虑起毕业后工作还是深造的问题。她一早立志考格陵农大兰若天教授的研究生，去信咨询却得到明确回应——实验室男女比例失调严重影响科研进度，未来三年只招男生，劝她不要浪费第一志愿的名额。

她再写信过去就没有回音了。

姜珠渊一向将兰若天视为榜样，收到这种回信不免受到暴击，继而怀疑社会上这种歧视更加普遍。既然性别决定一切，勤勉读书意义何在？加上正处于生理期，她颇消沉了几天，没去自习室，躺在宿舍里刷 BBS。虽说她才遭遇性别歧视，可是帅哥无罪，那篇《全国各地肝胆外科医生会聚医学部，大家快来给帅哥哥排名》的帖子她从头看到尾，一张张环肥燕瘦、白衣翩翩、颜值高、气质雅，不是明星胜似明星的照片令她大为震撼，不由得翻身坐起，仔细端详镜中汗毛厚重、披头散发、眼圈发乌的自己。

虽然兰若天教授不招女生深深打击了她，但姜珠渊的女性意识却从这一刻开始觉醒。她向来觉得竞争全凭实力，外表无足轻重。可现在看来若要做一名受人信赖、使人信服的专业人士，外表与实力同样重要。

她想起刚听过的《数学之美》的讲座，科赫的雪花、水仙花数、四叶玫瑰、等角螺线、斐波那契数列、分形几何，数学世界里这些都是美。

她也能有姜珠渊世界里的美。

从此美这个字眼对她来说有了新的外延，新的内涵。

“今天晚上你睡哪张床？”

“随便。”

“年纪小的先选。”

“我喜欢靠窗。”

“晚上睡觉你喜欢开窗还是关窗？”

“开一点。”

“灯呢？”

“全关。”

“和我的习惯一样。”

“补充一点，浴室很小，洗澡的时候不要弄得到处是水。”

“考虑得很对。”

沉默片刻。

“另外，我有件事情要知会你。”

“不必说了，我知道。”

贝海泽的语气听不出一点倾向。他垂下眼，啜饮了一口温热的水，又重新抬起头来，脸色如常，仿佛刚才的对话没有发生过一样。

辛律之苍秀的脸上也没有任何波澜。

“那就好。”

房间内气氛平静，丝毫看不出来他们刚才已经就一件重要大事交换了意见。

有人敲门。

“谁？”

“我。”是缪盛夏的声音，“要不要出去吃个夜宵？”

辛律之和贝海泽对视了一眼。

“等一下，换件衣服就来。”

“不用换，武汉人吃烧烤都穿睡衣。快点，就在旁边的巷子里，我先去点菜！”

第二天早上，辛律之和贝海泽一起下楼吃早饭。

姜珠渊和姜金山已经先在餐厅里了，兄妹俩正在讨论一件不愉快的事情。

“……他们跑到家里来闹，那爸一定很生气了。”

“当然。”

“那毛姨以后不来我们家了吗？”

“恐怕是的。”姜金山道，“听她女婿的意思，是要她去做月嫂，那赚得多一些。”

“做月嫂很辛苦的。毛姨那么大年纪，捱得住吗？哥，我们每年都给毛姨涨 10% 的工资，而且年底也会发一个月的奖金，今年提前一点发，工资也从这个月开始涨，好吗？”

姜金山只觉她天真，但又不便告知内幕。

“你放心，我会和她商量商量。”

姜家保姆毛红英有十万元放在曹慎行那里集资，已经拿了九个月，那就是一万八千元，只算本金的话，还有八万二千元。现在曹慎行流动资金出了问题，这个月的利息迟迟未发放到毛红英手里。

不仅如此，后期曹慎行还卖起了大型家电，液晶电视、洗衣机、冰箱、空气过滤器等，在市场价的基础上上浮 20%，一次性付清，付清后再分十二个月返还给消费者——这么漏洞百出的商业行为，居然又引得云泽的老年人趋之若鹜。毛姨更是拿出六万元替女儿女婿买了一整套家用电器。才领了两个月的返还款，这个月和利息同时断掉了。

这是从未有过的情况，她有些惴惴不安，侧面向姜金山打听，只说是自己的一个老邻居遇到这个问题，应该怎么办？姜金山很严肃地告诉她，曹慎行现在手上的洗脚城是一屋两押，很快就会被法院拍卖；至于家电消费，那根本就是向供货商贷款买来，再以全额退款为诱饵哄骗消费者以超出市价的价格全额购买。曹慎行原本打算的就是只供一两个月就带着货款跑路，而一旦断供，家电立刻就会被收走。

毛红英听了当场昏厥，她女婿原本和曹慎行是牌搭子，素日里见他虚张声势的多，还不相信事态严重到了这个地步。听了姜金山一席话才认识到曹慎行这次要玩完了，他仗着自己的岳母在姜家做了十年的保姆，没有功劳也有苦劳，觍着脸要求姜金山将曹慎行户头里剩下的钱提出来先赔给自己。

别说姜金山没有这个权限，就是有这个权限也不可能私相授受。他一再地安慰他们，现如今登记了的受害者有一百多个人，一两千万元的款项，他们正在清算曹慎行的不动产和现金，争取早日退还给大家。

他甚至违规透露了曹家早年在格陵投资的一些公寓和商铺强制拍卖后可以给受害者一个满意的交代。但毛女婿半信半疑，在姜家阴阳怪气地发泄了一通，见姜家无人理他就悻悻地走了。毛红英自觉没脸再留下，不顾姜母再三挽留，也执意要走。为了这事，官瑜便陪着婆婆出门散心去了。

“这种民间借贷不知道害了多少人。”姜金山道，“可惜了，毛姨辛苦了一辈子，老了还要受这种罪。”

“以曹慎行的性格，真的能还钱吗？”姜珠渊道，“你说他现在已经取保候审了，恐怕正和毕赢想办法逃脱刑罚，甚至可能潜逃。”

“毕赢？他也有两百万元套牢了，据说还是挪用了导师的项目经费，是被第三方审计给查出来的。珠珠，两百万元公款和两千万元私人借贷可不是一个概念。”

听着姜金山淡淡地说着工作上的事，姜珠渊不由得想起了同学会上的情景。也就几个月而已，意气风发、飞扬跋扈的曹慎行和毕赢就落到了如此下场？

命运如此的戏剧化令她有不真实感，而在姜金山看来，却是有些唏嘘。如果曹慎行能老老实实地跟着他爸养猪，将来也不愁开创一番事业，谁知道市政规划突然改了路线，把曹家的猪场给拆迁了，猛然拿到一大笔钱，却又不知道怎么守财，多次投资折本后就走上了民间借贷这条邪路。毕赢也是，已经是胥岷山的得意门生了，不安安心心地走正道，老想着一步登天：“总而言之，他们两个是飞得越高，跌得越重了。”

姜金山无心的一席话提醒了姜珠渊。她隐隐地能感觉到，现如今的局面，虽说是由曹慎行和毕赢的贪欲恶念所造成，但这背后必然有人推波助澜。而那个人……

身后突然有人问她：“有什么好吃的介绍给我？”

原来是贝海泽，他拉开椅子在姜珠渊身边坐下。

姜金山收起了刚才的话题，对贝海泽上下一打量：“我第一次见到你是网上的照片，浓眉大眼挺有精神。但见面了又觉得真人不如照片，胡子拉碴、萎靡不振。现在再一看嘛，小伙子确实还不错，是不是人逢喜事精神爽？”

贝海泽笑着望向姜珠渊：“我有没有喜事要看珠珠了。”

看来他已经接受了“分手再追求”的安排。但是……

I filpped.

局面简直比美拉德反应还要复杂。姜珠渊强压住纷纷扰扰的思绪，尽量中立地回答：“要不要来一碗热干面？来武汉一定要吃热干面、面窝、豆皮。这些食物虽然重油重盐，少吃一点尝尝风味也好。”

“好，说起来我比较喜欢烧梅。”

“咦？你来过武汉？”

贝海泽未及回答，一小碗热干面放在了他面前。

“尝尝看。”

辛律之在他身边坐下。

“很香。你不吃？”

辛律之不会用筷子，面条又沾满了芝麻酱，用叉子也不太方便：“我吃三明治，咖啡要吗？”

“不了。”

姜珠渊目瞪口呆地看着他们两个。美拉德反应的各种化学式全部爆发出来，将她整个大脑都塞得满满当当。

他们……成了好朋友？

不行吗？

不……她只是没想到而已。

“嗨！”

姗姗来迟的缪盛夏元气满满地向大家打了个招呼，紧接着像老鹰似的伸出双臂，左揽贝海泽，右拥辛律之："有什么吃的？就这些种类？看起来不怎么样啊。"

"你的胃连着黑洞吗？"

一看缪盛夏左拥右抱的动作，姜珠渊的勺子都吓掉了。

姜金山皱眉道："你昨天深更半夜在走廊唱歌是为什么？你吵到别人了知道吗？"

"我带他们去吃烧烤了，可能啤酒喝多了吧。珠珠你别看着我，你不常说偶尔一次又不要紧吗？不喝酒不知道大家志趣相投，真是相见恨晚。我说你们两个，什么都好，就是太不修边幅，吃烧烤居然穿个睡衣就出门了。啧啧啧，仗着长得帅，对自己太放任了。"

听缪盛夏像个小孩子一样颠倒黑白信口雌黄，辛律之和贝海泽一句辩解也没有，任由他发挥。缪盛夏自觉无味，拿食物去："我本来拍了照，但他们给我删掉了。"

姜金山道："不要理他，他心理岁数只有四岁。"

辛律之笑："怪不得我和他很谈得来。"

姜珠渊的头开始隐隐地痛了起来。

"今天有什么安排，中午吃饭怎么办？"

"上午有个讲座我打算去听一听，中午学校有校庆自助餐，你们不用管我了。"

"我请的假已经到期了，我买了下午的票回去。"

"这么快？"

"嗯，这几天请假医院的事情都堆起来了。你们多玩几天吧。"

"我也差不多明天要走了，单位那边还有事情要处理。"

"刚才我听到有免费自助餐？"

"缪盛夏你的胃连着黑洞吗？拿这么多吃得下？"

"你别管。自助餐带我去，都说武大美女多，我倒要看看和格陵大的比，谁更漂亮？”

“我只有一张餐券。没餐券人家不让进。你想被漂亮的大学生羞辱吗？”

“没关系，带我去就是了，还有我搞不定的事情？哼。”

“容我插一句——是要定下回程的日期了，我好叫人安排航线。”

“那大家还有什么事要留下来处理吗？”

“没什么了。小公主找到了，我们F4的任务已经完成了。要不明天吧。”

“不看看故人西辞黄鹤楼吗？不看看龟蛇锁大江吗？你们都看过了，我还没看过呢。我可是总裁，我也日理万机，回去要加班啊。”

“给你报个江城一日游好吗？”

“可以啊。”

“珠珠你车怎么办？”

“我自己开车走，到格陵再会合。”

“我和你一起。”

“你们不要同时说！吵得我听不清了！”

老饕门一楼员工电梯前。

高层人事变动尚未尘埃落定，大家也就乐得先逍遥几日再说。虽然快到打卡时间，却还有不少员工悠闲地等着电梯，间或交头接耳地聊上几句八卦，不疾不徐。

“好热闹。”

一把清朗的男声响起，一名青年男子远远走来，一边走一边往颈上套员工证。

这帅哥生了一张极其风流倜傥的面孔，宽阔的肩膀和细瘦的窄腰，还有紧绷修长的直腿，叫人在这阳光明媚的早上看了，尤为赏心悦目。

在帅哥身后的是一名中年女性，她画着精致的妆容，穿着得体的职业正装：“你的饭盒装好了没有？小心汤洒了。”

“别唠叨了。”成少为一如既往地和正在等电梯的同事们打招呼，“嗨，早上好。”

和老饕门易主前不一样的是，他充满元气的早安问候只收到了零星回应；人是一种会从众的动物，只要有一个人明显地表现出了嫌弃，那大多数人都会别开了眼神，保持沉默。

原本是太子，现在却成了质子。成少为已经不再是钻石王老五，他只是一个常年亏损项目的负责人，虽说“万食如意”口碑甚佳，但和他一样，再好的皮囊也于事无补。

都市人最要紧的是什么？务实。

直到上电梯大家挤作亲密的一团，成少为的笑容也一直很自然，如春风一般徐徐送出，引得有几个意志力不坚定的年轻女孩子频频偷瞄他，情不自禁地编排起落难公子与自强女性患难与共的戏码。电梯上蔡媚媚不方便讨论公事，直到下了电梯，才对成少为道：“听说司瑟霖回来了。”

虽然代喜娟下了台，蔡媚媚的消息网还健在；成少为心不在焉地回应：“她也挺好笑，想来就来，想走就走。”

“瀚海控股从格陵美好饮食挖了一个职业经理人过来，出任CEO。”

“格陵美好饮食？”

“嗯。据说五年前美饮能上市，这个人居功至伟，这次他将整套方案都带来老饕门了。”

成少为若有所悟：“看来瀚海还是有将老饕门上市的打算。不过美饮和老饕门的构架与经营理念完全不同，上市方案未必能成功复制。况且现在政策瞬息万变，生搬硬套只会让老饕门受损。”

蔡媚媚从他口吻中听出一些端倪，正要问他有何打算时，成少为又突然想起一件至关紧要的事情来：“不知道小姜怎么样了，感冒好了没有？”

少爷既然转了话题，蔡媚媚也只得无奈地回道：“这么关心也不见你打电话给她。”

“怕她以为我催她上班嘛。”

“不用你催，以她的性格，要是病好了，肯定立刻到岗。”

成少为推开办公室的门，空无一人。

会议室里隐隐传来欢声笑语。

她病好了，她到岗了。

“好热闹。”

成少为快步走上前，推开会议室的门，就看到和其他组员一起围坐在桌前的姜珠渊正笑吟吟地抬起头来。

“组长，媚姐，早上好。”

“早上好。”

蔡媚媚指着成少为的脸取笑：“看来现在这个才是发自内心的笑容。”

成少为把她的手指推开，拉开椅子坐下，一指桌上摊开的各色零食：“这是什么？”

姜珠渊将桌上的湖北特产一一介绍给他们，真空包装的周黑鸭、方便装的热干面、麻糖、云片糕等：“试试吧，不过这种地方特产为了能维持比较长的保质期，基本上都重油、重盐、重口味，稍微吃一点就好了。”

成少为一边拆包装一边板起脸：“我允许你放的是病假，不是事假，你居然跑去武汉玩了一趟。”

“说来话长，以后有机会告诉你。”

“为什么不叫上我？我一直都很想去看黄鹤楼。”

“飞走的是黄鹤，又不是楼，你随时可以去看。”

“身体还没好就到处跑。”

“好多了……”

话音未落成少为已经被辣得跳了起来：“……啊辣辣辣，姜珠渊你这是整我吧！水水水！”

大家轰的一声都笑了；姜珠渊递给他一盒牛奶：“没想到组长一点辣都不能吃，喝点牛奶缓解缓解。”

成少为接过牛奶，姜珠渊又道："我什么时候介绍你和我的一个朋友认识吧，他叫缪盛夏，你们两个性格投契，一定会成为很好的朋友。"

因为校庆那天中午的自助餐是凭券供应的，缪盛夏等四人被食堂门口的两名大学生给拦住了。

"很抱歉，如果您需要用餐，前面有对外开放的餐厅。"

缪盛夏见姜珠渊已经进去了，财大气粗地一挥手："我知道，要赞助是不是？我们这里四个人，四万块，够不够？给哥哥我开收据啊。"

他从腋下抽出手包，打算拍一叠现金出来。

大学生看了一眼缪盛夏挥舞着的粉红票子，面不改色："这位叔叔，你以为今年是本校成立四周年校庆吗？"

缪盛夏蒙了。他单线程的大脑不知道是应该先反驳叔叔这个称谓还是先问学校历史，呆了一晌，他回头低声问："多少年？"

辛律之道："一百二十年。"

缪盛夏啪的一声重新将手包夹回腋下，当作什么都没有发生地走下台阶："这鬼天气，有些闷，散散步再吃饭。"

但事后他没忘记对姜珠渊告状："太欺负人了！你们学校的女孩子比鸭脖还辣！"

回想起这件事情，姜珠渊仍然笑得不行；成少为原本担心她突然生病，又突然奔波千里是发生了什么事，见她笑得一派明媚，也安下心来："好了，开会吧。"

成少为早已下定决心不因为老饕门易主而退出，因此"万食如意"项目还一直在正常运行；大丰小俭上一个案子还没有完全结束就接手了新的案子；而姜珠渊的凉面项目因为委托人在进行抗癌疗程，所以一再押后："委托人现在身体情况稳定了很多，我会尽快和他确定见面时间。"

成少为道："行，先做我交给你的那个吧。"

蔡媚媚道："另外一个？什么时候委托了新的案子给你？"

成少为当着蔡媚媚的面给姜珠渊做了一个噤声的手势；姜珠渊看了眼蔡媚媚，也只好做了个 OK 的手势。蔡媚媚见他们两个当着大家的面打暗号，好笑又好气，正要说什么时，一人推门进来，竟是司瑟霖。

她一进门就环视了一圈，最后目光定定地落在了姜珠渊身上，但表情看不出有什么波动。

成少为做了个敲门的动作："司秘书，这扇门你敲它，是会响的。"

司瑟霖将手中的两个文件夹放在桌上。

"'万食如意'下一季度的预算批下来了。"

"哦？新人事新作风啊，批得这么快。"成少为打开来看，又合上，指指另外一个文件夹，"那一个呢？"

"我看看。"

蔡媚媚戴上老花镜，将核批文件拿过来看。她在看到那个比上季度增长了 50% 的数字时，不由得眉毛一挑，又看了看大丰和小俭，装作若无其事地合上了文件夹："司秘书，那一个是什么？"

"……给你们安排了一个实习生。这里是他的资料。"

"实习生？我们这里人够了……"

"不够。"

随着这把富有磁性的男声响起，有人在虚掩的门上敲了两声，随即推门而入。

进来的这名男子和成少为年龄相仿，也是器宇轩昂、光风霁月的模样，但眉宇之间自有一股内敛的苍秀之气，不像成少为那么洒脱不羁。

成少为看到他，先是一怔，然后摸了摸下巴，唇角上扬："挺有礼貌，这里一张桌子一张椅子都是你的，你还知道先敲门再进来。"

对他的冷嘲热讽司瑟霖并不在意，她尽责地对辛律之介绍着在座的项目成员："……基本情况就是这样，有什么遗漏的部分请成组长补充。"

"司秘书挺了解'万食如意'这个项目，我没什么可说的。"

自从辛律之进门之后，姜珠渊就一直处于一种灵魂出窍的状态，他怎么会来？他为什么对“万食如意”感兴趣？他是对老饕门的生意感兴趣，想各个部门轮转观察？

她脑中一团乱麻，完全理不清头绪。

“大家好，我叫辛律之。”

大家都知道面前这位本业是数学的青年人刚刚通过瀚海控股收购了老饕门，轰动了格陵的饮食圈。

沉默只是因为在大家的想象中能够以小博大、撬动百年食府的商海狙击手不应该这么年轻罢了。

“你们这是唱的哪一出？”成少为晃了晃手中的文件夹，“如果想接管‘万食如意’项目，不需要做这么多小动作。”

司瑟霖官方地回答道：“成组长，‘万食如意’项目能够和‘味·道’项目一样平稳度过人事变动是大家共同的目标。Patrick 作为老饕门的最大股东，与最赔钱的项目共同进退，也是对公司上下的一种正面激励。”

成少为嘲讽地笑了一声，将文件夹扔在桌上，起身拍了两下手掌：“好，欢迎辛律之先生加入我们项目组，鼓掌欢迎。”

会议室里响起稀稀拉拉的掌声。

这种冷淡别扭的气氛，就连蔡媚媚都觉得这个英俊的年轻人真是没有必要来受这份气。

司瑟霖正要坐下来旁听会议，成少为道：“司秘书，你看到那扇门了没有？你走出去，握住把手，朝怀里一拉，门就会关上了。”

司瑟霖不想浪费时间和他们打嘴皮官司，也没必要受这种闲气。待她离去，蔡媚媚对姜珠渊道：“她怎么一直盯着你？莫名其妙。”

姜珠渊无言以对。

自从辛律之发来那条短信后，她不可能当作没事发生，但又不知该如何应对。过去一个星期发生的种种好像做梦一般，心情如同坐过山车一样起起伏伏，她的心情已经够乱了，只有埋头工作的时候才会平静一些，可是他又突然出现在她面前，还要和她共事——其他人怎么看？他们真的相信他是来和“万食如意”共度时艰吗？

辛律之环顾了一周，走到姜珠渊的左手边坐下。姜珠渊不动声色地朝蔡媚媚那边移了移，蔡媚媚用余光瞄了一眼，愈发疑惑。

“谢谢。我在饮食行业完全是新人，没有任何经验，还请大家多多指教。”

蔡媚媚道：“辛先生……”

辛律之温柔回答：“媚姐，叫我 Patrick 就可以。”

虽然知道他就是害得代喜娟一病不起的罪魁祸首，但蔡媚媚对着这张脸、这把声音实在是讨厌不起来：“那以后就叫你 Patrick 了。”

成少为跷着腿插嘴：“既然辛律之先生喜欢大家叫他 Patrick，看来我们也必须随俗。就从每人取一个英文名字开始，大丰，我看你叫 Tony 就很好。”

“不是不行，但是下次剪头发，我的发型师 Tony 怎么称呼我呢？”

“那 Kevin？ Andy 也不错。或者 Mike，Jack……”

辛律之笑道：“成组长天马行空的性格还是和以前一样。”

“对，我从来是想一出是一出，不适合与你这种老谋深算的人相处。你还是回去让司瑟霖给你重新安排一个去处吧，除了我们这里，老饕门每个项目都赚钱。”

“我只对‘万食如意’感兴趣。可以安排我从最底层做起，跑腿打杂都行。”

“我们这里没有最底层，每个成员都是平等的。”成少为道，“你看这样如何，或者你来做我这个组长好了。”

辛律之没作声，他看见姜珠渊放在桌上的手机屏幕亮了一亮，所以有一刹那失神；成少为继续道：“或者你去扫厕所？”

从他出现，成少为说话就一直带着赌气和逼迫的成分；辛律之回过神来，抬头道：“是不是我做组长，你就去扫厕所呢？职业不分贵贱，我无所谓。”

成少为没想到自己给自己挖了这么大的一个坑，顿时哑口无言；蔡媚媚打圆场道：“Patrick 看得起我们项目组想要参与，本来是一件很荣幸的事情。但是您身份比较特殊，我们一时之间也不知道该给您安排什么工作。啊，不如找个人带带您？”

成少为直觉这是个坏主意：“媚姐。”

“没事，‘传帮带’嘛。”蔡媚媚的想法很简单，把辛律之往大丰和小俭那里一推就是了，“刚才司秘书也向您介绍了我们所有成员的情况，不知道您比较倾向和谁搭档呢？”

“我可以自由选择？”

“当然。不过我推荐范以丰和范以俭，他们都有五年以上的项目经验。”

姜珠渊发烧的耳侧传来辛律之慢条斯理的声音：“我比较希望能和可爱的女孩子搭档……”

“等等等一下——这难道不应该是双向选择吗？……他选中了也不见得对方愿意带吧。”

大家齐唰唰地望向“可爱的女孩子”姜珠渊，姜珠渊觉察出自己的语气过于激烈，又缓声道：“‘万食如意’是一个讲究客户体验至上的项目，即使是大股东，也不应该这样随意地加入进来，这样会破坏我们原有的基调……”

她都不知道自己在说什么了，声音越来越微弱。辛律之听她说完，点点头道：“你说的也有几分道理。可是我收购老饕门就是为了能够为所欲为啊，不能随心所欲，买下来又有什么意思？你说是不是呢，珠珠？或者我和大家一样，工作的时候叫你小姜？你说是不是呢，小姜？”

说着，他还好整以暇地侧过脸来看姜珠渊的表情，姜珠渊简直要崩溃，揉着太阳穴躲避着他的视线。

大丰道：“我们也不希望被拆开啊，但如果Patrick选中我们任何一个，我们也服从安排。”

姜珠渊又好笑又生气。

你们是可爱的女孩子吗?

蔡媚媚低声道:“小姜,你怎么了?少为已经够头疼了,就别再把事情复杂化了。”

“不要吵了,抓阄决定。”

一直冷眼旁观的成少为突然嘴角浮现出一个笑容,他走到外间去拿了一副扑克牌进来,选了九张黑桃,再加上一张红心皇后,正好是在座成员的总数:“谁抽到红心 queen,谁就和他搭档。”

“等等等一下……”

“不得有异议。”组长终止了这个讨论,“一切交给运气好了。”

他将牌快速地洗了一下,然后铺开在桌上,自己先抽了一张:“黑桃三。”

在座的所有人怀着各异的心思一人抽了一张,姜珠渊是倒数第四个抽的。

她抽到了红桃皇后。

实在是太巧了,看着姜珠渊阴晴不定的脸庞,大家都笑了起来,就连辛律之也眉眼含笑地望向她。

成少为把牌收了回去:“三局两胜。”

第二次姜珠渊还是抽中了。

这样的巧合,令大家都觉得有意思起来。

辛律之道:“还要抽第三次、第四次、第五次吗?”

连成少为都有些惊讶了。他知道姜珠渊不想带辛律之,所以才提出用这种游戏的方式来替她解围。但面对这具有强烈暗示性的局面,他也隐隐地感觉到了不安。

他把五十二张牌聚拢在一起,又摊在桌上:“最后一次,小姜你选一张。选中你带,选不中我亲自带。”

这次只有她一个人抽了。

姜珠渊的手指停在扑克牌的上方，迟迟没有落下去。

从百里挑一、到千里挑一、到万里挑一，都可能是你。

也可能不是你。

终于她收回手，对成少为笑了一下："不抽了，我来带吧。"

言毕，她也回头对辛律之笑了一笑。

成少为宣布："散会。"

实习生照例又被留了下来。成少为坐在转椅上，转来转去，他手里还拿着那副牌，时不时地抽出一张，看看，就是不说话。

辛律之一把抓住转椅扶手："别转了，我的头有点晕。"

成少为放下扑克牌，正色道："据我所知市场部那边正和电视台合作筹备一个美食竞技节目，又好看，又好吃，又好玩，有很多可爱的小模特，很适合你。咱们这里庙小，供不下大佛。去吧，啊。"

辛律之摇头。

"不去。"

"小姜有男朋友，你知道吗？"

"看来你消息有些滞后，他们已经分手了。"

成少为坐直了上身，皱眉看着他："你闹的？"

"不是。"辛律之道，"你不了解我吗？做了我会承认。"

"别，我并不了解你。"成少为看着他，似笑非笑，"所以是铁了心，要在我眼皮子底下演一出唐伯虎点秋香？"

"什么？"

"三笑姻缘没听过？你这样的文盲还想追小姜？你知道小姜的名字是什么含义吗？"

"不知道，什么含义？"

成少为笑了起来；但很快意识到自己和面前这人有不共戴天的仇恨，不应该笑，于是又换了一副严肃的面孔。

"随便吧。欢迎进入饮食行业，很快它就会教你如何吃亏、吃瘪、吃苦、吃挂落、吃闭门羹了。”

他嘲讽地伸出手来；这些暗示辛律之还是听得懂的，他没有立刻握手，而是从散落在桌上的扑克牌当中轻巧地抽出来一张，拍在成少为手里。

“看来我要让你大吃一惊了。”

他转身离去，成少为将手里的扑克牌翻过来一看，哼了一声，扔在桌上。

辛律之走出会议室，见姜珠渊正在自己的办公桌前操作着电脑。他轻松地走了过去：“告诉我，你的名字是什么含义？”

姜珠渊抬头看了带资进组的实习生一眼，又继续盯着电脑屏幕：“我对实习生的要求只有一个，请在专业的场所做专业的事情。”

“那不专业的事情是不是可以在不专业的场所做？”

怎么跟他说话处处是陷阱：“你在不专业的场所干什么我不关心，去打印机那里，拿我刚刚打印的表格过来。”

辛律之依言去取了过来，交给她：“这是正交表格？为什么不用我的模型？”

“只有三个变量，用不着。”

“今天要做些什么？”

姜珠渊没说话，抿着嘴，用一支红笔在表格上勾勾画画。他既然是姜珠渊带，其他人也就不多嘴干涉这种毫无交流的教学模式。辛律之见大家都各自忙碌，于是搬了一张塑料凳子过来，在姜珠渊的办公桌旁坐下。

虽说姜珠渊尽量集中精神在工作上面，但仍能感受到辛律之的存在——她不由得想起自己小时候被带到母亲办公室玩的情景，只是现在变成了辛律之在削铅笔，叠青蛙，打哈欠，问答媚姐的问题，看着她。

终于她破釜沉舟地问：“你看着我干什么？”

辛律之并没有收回视线。他靠着办公桌，手指在刚叠好的青蛙上一按：“我以为我今天要做的专业的事情就是看着你。”

能将这种肉麻话说得如此坦荡也算是一种本事，大概是这几天跟缪盛夏学的，但姜珠渊没有这么厚脸皮。

没办法做到这么厚脸皮的姜珠渊把跳到文件上的纸青蛙拨开：“你跟我过来。”

她收拾好资料，带辛律之坐电梯到了位于一楼西翼的一间工作室：“这里是‘万食如意’的准备间。”

说是准备间，其实是厨房兼餐厅，是在项目启动时由成少为亲自设计的，布局巧妙、设计精良、有着宽裕的空间和完备的电器，功能齐全。辛律之环顾一周：“和我家的厨房有点像。”

“是吗？”

“不信的话，可以跟我回家看看。”

姜珠渊打开更衣柜，拿出两条围裙来，将其中一条绿色的递给他。

辛律之穿上围裙，利落地系好带子：“今天吃什么？”

姜珠渊打开冰箱，拿出准备好的食材：“会择豆芽吗？”

“不会。”

“感觉你不会的事情也很多。”

被她揶揄，辛律之并未感到不快：“当然，不如从现在开始对我多了解一些。我的衣食住行，你想知道哪方面？”

“这里有一盆黄豆芽和一盆绿豆芽。”姜珠渊给他做了一次示范，“掐根去豆，只要中间的茎，明白吗？”

“遵命。”

说着他便坐下来，有模有样地择菜；姜珠渊则去准备其他食材了。

上午时分，阳光温柔地洒进来，照在流理台上。工作室里静默无声，只听见水壶咕噜咕噜地响着。

“珠珠。”

“怎么了？”

“你的名字有什么典故？”

“请在专业的场所做专业的事情。”

“现在完全是机械地劳作，要求一点背景声也不为过吧？”

姜珠渊抿了抿嘴，一边切葱一边道：“战国时期有一个很有名的思想家、哲学家，叫作庄子。我和我哥的名字来自于他的一句话——‘藏金于山，藏珠于渊’。”

“怪不得，我一直觉得你的名字很有趣，你大哥的名字有些俗，没想到来自于同一典故。”辛律之道，“那能不能再给我讲一讲‘唐伯虎点秋香’的故事？”

“……唐伯虎是明代很有名的一个才子，他喜欢上了太师府里的一个丫鬟，苦于没有机会接触，就隐去了自己的身份，卖身到太师府去当家丁——谁和你说这个的？！”

辛律之道：“成少为和缪盛夏就像这两种芽菜，从不同的豆子发出来却很相似，应该能成为buddy（好朋友，与豆芽的英文释义bean bud双关）。”

姜珠渊伸出去拿胡椒瓶的手顿了一下。

“那你呢？”

“成少为没有告诉你？”

她不傻，从成少为的只言片语中稍微推测一下便可知辛律之收购老饕门并不是一时心血来潮：“组长可不会轻易spilled the beans（撒了豆子，意指泄露秘密）。”

“Funny（有趣）,but every bean has its black（人无完人）.”

“什么呀？”

“Nothing, just three blue beans in one blue bladder（没意义的话）.”

“你就不能安静地坐着择豆芽吗？”

“I am full of beans（我精力充沛）.”

“你是不是有点介意我哥他们用黄鹤楼诗词打击了你？”

“I am not care a bean（我不介意）.”辛律之道，“为什么你念了‘烟雨莽苍苍，龟蛇锁大江，黄鹤知何去’之后，他们就停止了？这是谁的诗？

有什么含义？”

“……If you don't stop，I will give you some beans（如果你不闭嘴，我就要收拾你了）.”

辛律之闭上嘴，微笑地看着手持餐刀的她。

过了一会儿，他又低下头去择豆芽。

“你听过平行宇宙的概念没有？”

姜珠渊听说过平行宇宙，每件事的每个节点都会有两种以上的选择：“宇宙的起点是零，终点是零，中间是无限可能。但这只是一种理论而已。”

“如果我告诉你NASA已经证实了平行宇宙的存在，并且可以进行跳跃旅行？”

姜珠渊微诧：“穿越？我看现在很多小说在写这种题材。”

辛律之择着豆芽，仿佛说的是上街买菜一般的琐碎事情：“我没有看过你说的那种类型小说。打个比方，平行宇宙旅行就好像在两台齐头并进、急速行使的列车之间进行跳跃一样。”

“会摔死吧。”

“平行宇宙旅行会用到傅里叶变换的知识。傅里叶变换学过吗？”

“没有——所以，你的意思是也许在另外一个宇宙里，每件事情的发生会和这个宇宙不一样？”

“对。”

姜珠渊思索了一会儿，盖上汤锅转身和辛律之认真地讨论起来：“那按照你的说法，在另外一个宇宙的当下，可能云政恩还活着，你妈妈也还活着，你爸爸也还活着……”

“对。也许一千零一个宇宙里，会有两个纪永姿没有因为难产去世，会有七个辛家明认识到自己的错误，留住了妻子。如果我干掉其中一个辛律之，就可以从此和爸爸妈妈还有弟弟幸福美满地生活在一起了。”

“难道你跳跃过一千零一个宇宙？”

“也许。毕竟这也花不了太多时间。”

姜珠渊想了想，又道：“在这一千零一个宇宙里，你见过一千零一个我？”

“当然。”

“那我是什么样的？”

“唔……绝大部分都还是你现在的模样。有十八个在读兰若天教授的博士，其中一个还是贪嘴又乐观的胖姑娘。”

姜珠渊前仰后合地笑了起来：“那她才是小概率公主啊。”

她一直以玩笑的心态进行着这一话题；辛律之凝视着她开心的模样，继续道：“想知道一千零一个你选择了谁吗？”

姜珠渊微微敛了笑容，有些尴尬地挠了挠左边的眉毛。

“三百二十九个姜珠渊选择了贝海泽；三百一十六个姜珠渊选择了我。”辛律之低声道，“珠珠你看，一切问题，归根结底都是数学问题。”

话题进行到这里，姜珠渊就有些索然无味了。

她一直避免把贝海泽和辛律之放在天平的两端。他们都很优秀，不应该被挑选、被比较。现在的拔河状态让她分心，也让她不安。

如果真的有一千零一个宇宙，有多少个姜珠渊能够做到心无旁骛呢？

汤锅咕噜咕噜地响着，这个宇宙的水开了。

姜珠渊揭开锅盖，让热腾腾的水蒸气扑在脸上。

“听你胡说。怎么可能在平行宇宙间旅行？如果到了另外一个宇宙的未来，那你怎么回来？你和那个宇宙的你，能碰面吗？如果你改变了两个宇宙的走向，会不会世界大乱？怎么可能有一千零一个我……”

辛律之抬头望向她的背影，似乎想说些什么。

但他最终什么也没有说。

对，那都不是你。

一千零一个、一万零一个、一亿零一个都不是你。

即使选择了我，也不是你。

你就是你，有且只有一个，就站在这里。

# 第十道 × 热菜

## 荷塘月色

窗外，大雨倾盆而下。

而面前的这碗汤，正在散发出胡椒的香气。

成少为裹得很紧，他看看窗外漆黑一片、偶有闷雷滚过的天空，打了个喷嚏。

桌上摆着三菜一汤——炒土豆丝、红烧鱼块、西红柿炒鸡蛋和豆芽肝尖汤。

“小姜呢？”

“分身乏术。”对面坐着的辛律之回答，“在和你约定后，另外一名委托人突然联系她。”

“这么大的雨叫她过去？其实我并不着急。”

“小贝接她走了，你安心吃饭。”

原本还有些担心的成少为一呆，随即嗤了一声：“你们两个简直是男人中的耻辱！”

姜珠渊这次复工大为不同。以前的她能够把工作和生活冷静地区分开，就像水和油一样；而现在却腻乎乎地混在一起——上班时带着辛律之这条尾巴做小伏低，下班又是贝海泽管接管送、百依百顺。一个帅气潇洒，一个丰神俊朗；一个沉静内敛，一个温柔体贴；一个超级富豪，一个医学专家，姜珠渊的桃花运不知羡煞多少女孩子，但在成少为看来简直荒谬至极：“为什么不干脆打一架，谁输了谁抱得美人归？”

“好，我考虑考虑。”

没有了东食西宿的美女，成少为总感觉缺少什么：“我在发烧，下次再约。”

“正因为你在发烧，所以珠珠才嘱咐不能改时间。”

辛律之对成少为伸出右手，但又不是握手的姿势；后者从腋下掏出一支体温计交给他：“你看看你现在像什么？好好的基金会主席不做，做姜珠渊的小弟。”

围绕在心仪的女孩子身边，辛律之并不觉得有什么问题：“三十九点五摄氏度。”

一把白瓷汤勺伸进汤里，舀了半碗：“喝汤。”

“服务真周到。”成少为啜饮了一口，除了烫，没有别的感受，“一个辣，一个烫，真是。”

“凉一凉再喝。”

“咦，一般不都是劝人趁热喝？”

“我也不喜欢食物的温度太高。”

“原来是这样，以前倒没有注意。”成少为淡淡道，“看来你已经很熟悉‘万食如意’的运作，不如讲讲看你这一个星期都做了些什么？”

“嗯——研究食谱、逛菜场、买食材、择豆芽、切土豆、打蛋花、试新菜，基本上就是这些。”

“讲相声呢？”

辛律之笑笑，一语击破他的尴尬："如果面对着我会不舒服，我可以走开。"

成少为不置可否。

面前明明是害得他和母亲一无所有的仇人，却只能嘴上占点气势，内心深处无法真正地恨起来，这种撕裂感才是痛苦的根源。

"知道我为什么要求一碗豆芽肝尖汤吗？"

姜珠渊说过，成少为现在受的伤，不是一无所有，而是被朋友伤害还不晓因由："我大概知道，你，可以选择不喝。"

成少为又看了一眼阴沉的天空，收回视线，出神地望着桌上那碗热气腾腾的汤。

从一开始老饕门上市就是个圈套，一直到最后清算，都是面前这人在背后操纵，目的就是要完完全全地拿走代喜娟这些年的全部心血。

成少为抬起头来，定定地看着辛律之。

"如果我告诉你，你确实认错人，不是我妈……"

"我不会错。"他会迟，但不会错。从科赫的雪花重现天日开始，他就一直在重建代喜娟母子当年的生活轨迹，"你不记得，不代表不存在。"

"你错了，她是给人做情妇发的家。"

成少为在说出这句话的时候，帅气的脸上一点表情波动都没有："是不是很可耻？"

不知为何，这种隐秘讲给"仇人"听反而没有心理障碍："也许用'可笑'来形容会更贴切——我的亲生母亲，去给我的亲生父亲、她的前夫做情妇。"

老饕门倒闭，遣散了所有员工，成少为和代喜娟坐火车去了北京。

在一个破破烂烂的酒店住了两天之后，母亲给他买了一身新衣服，在动物园玩了半天，又带他去了一个山水簇拥的别墅群。

"妈妈带你进去找爸爸，你看到那个鼻子旁边有颗痣的男人就大声喊'爸爸，我是少为'，我们以后就住在爸爸家里。"

他喊了爸爸之后就被无情地赶了出去。

“说好了互不打扰，你如果不讲信用……”

“没钱了。”

“我也没有，我现在只是外表光鲜，钱都压在公司里了！”

“至少要养你的儿子吧？”

“我已经给过你赡养费了！”

大人激烈地讨价还价，孩子被夹在气急败坏的父亲的胳膊下面摇晃，所有的景色都九十度折了起来，在动物园里吃的雪糕噎在喉咙里不上不下。

“别晃了！少为吐了。”

“弄了我一身！快给我擦擦。”

“儿子养得不错嘛，看起来很像我。”成父伸手去摸儿子的脸，却被躲开了，“哎哟，不让爸爸碰啊，来，让爸爸看看你的小鸡鸡。”

“代喜娟，要留下来可以。反正只是两双筷子一张床。钱，没有，你爱住不住。”

“……你能拿主意？你老婆没意见？”

“哼。”

实在没有别的去处，代喜娟带着儿子留了下来。母子俩就像被豢养的宠物一般，衣食住行均有人照顾。每天代喜娟都挖空心思找前夫要钱，但成少为的父亲却狡猾得要命，一分钱现金也不会落到前妻和儿子身上。

“代喜娟，我一分钱也不会再给你。”

“走着瞧。”

母子俩衣食无忧，却没有什么自由，还要天天看别人脸色过活。代喜娟越来越暴躁，常常将脾气发泄在儿子身上。

转机来自于成少为出水痘。

代喜娟终于从前夫手上拿到了一笔钱：“他没这里的医保，拿着去国际医院给孩子看病。我想你总不会连孩子的医药费都克扣吧。”

她克扣了一部分医药费。

代喜娟开始有意让成少为生病。感冒、发烧、腹泻、烫伤、骨折，虽然不会危及生命，但小毛病不断，每次生病她都会从前夫那里得到一笔医药费，然后扣一部分下来。

成少为摸了摸汤碗。真奇怪，那两年多快三年的扭曲日子几乎是望不到头，可是现在说完了，这碗汤还没有凉。

即使科赫的雪花在代喜娟手里，即使代喜娟在签约现场吓得如同见了鬼一样，但他仍然无法相信自己的母亲是造成纪永姿和云政恩悲剧的始作俑者。

因为那对于他来说，等于是过了毫无尊严而充满痛苦的三年。

最后一次他发高烧，从来没有那么严重过，烧到整个人都晕晕乎乎的，代喜娟很紧张，拿到了医药费就直接坐火车离开。

"不用看医生，发发汗就好了，我们回家。"

火车上的记忆全然模糊，他只记得喝了一碗热腾腾的豆芽肝尖汤。

汤已经凉到了可以入口的温度。

口欲通向百识，也许喝下就会记起火车上到底发生了什么事情。

辛律之突然起身，拿走他面前的汤碗，倒进水槽。

"不要喝了。"

成少为愣住了。

须臾，看着辛律之站在水槽前的背影，他的唇角扬起了一个骄傲又清冷的弧度。

他捧起整个汤锅，咕噜咕噜地灌了下去。

辛律之转身，震惊地看着他大口大口往下灌，仿佛喉咙连着一个黑洞。

终于，成少为放下空空的汤锅，擦了擦嘴，又打了个嗝。

他的额头挂着亮晶晶的汗珠。

"小姜的厨艺——真是一言难尽，动物内脏本来就不好吃，又加了太多的胡椒粉。”

“为了这个味道，她已经试了一个星期。”辛律之道，“我想我有很长一段时间都不会喝豆芽肝尖汤了。”

“我也是。”

成少为低着头，眼神似乎盯着某一个点，又似乎涣散无焦点。

谁也无法判断，是记起来的好，还是不记起来的好。

也许上一代的恩怨就应该让它留在时光的长河里，能够改变一切的是时间，能够治愈一切的也是时间。

炒土豆丝、红烧鱼块、西红柿炒鸡蛋，为什么小姜会做这些家常菜？成少为一开始也不了解，但现在明白了。

“还是先回答我一个问题吧。是我妈——你为什么要认识我？”

“因为你是一个很有趣的人。”辛律之似乎也回想起了什么，嘴角露出一个微笑，“和你的身份无关。”

“所以我们坐上了同一趟火车，只是巧合而已？”

“是。”

三人结识的情景仿佛就在昨天：“对，是我先和马琳达搭讪，然后又认识了你。我们聊了一路，无所不谈。也许是我的生活缺少刺激，所以就自作多情地缠上了你，以朋友自居，想帮你复仇……”

“不，我也把你当作朋友，你应该感觉得到。”

“也许你能分得开复仇和友谊，但我不能。”成少为道，“你不能指望一个沉睡的人被粗暴叫醒了之后，还没有起床气。”

辛律之沉默了一会儿，道：“如果你只记得这一段愉快的火车经历，也很好。”

成少为从外套的口袋里拿出一样东西，放在桌上，那是他从代喜娟的银行保险箱拿出来的一枚钻戒。

钻石纯度很高，色泽很好，非传统的切割工艺由辛家明亲自设计，亲自操刀，它的六条边线会随着光线变幻角度，仿佛无穷无尽。

他将钻戒推到辛律之面前：“科赫的雪花，无限的爱意包围有限的人生。”

除了特殊切割的钻石之外，白金戒托里还刻着两个字母——X&J。

辛律之摩挲着失而复得的信物，心海也终于翻起了波浪：“……你知道它的含义？”

成少为不自在地移开目光：“我能理解你为什么要和贝海泽争小姜了，虽然她喜欢讲大道理，没情趣、冷冰冰，做菜又难吃。”

没想到姜珠渊在他眼中是这样的形象：“可是她很漂亮，不是吗？”

成少为想了想，也不得不承认：“你说得对，确实很漂亮。即使你手里那只钻戒，在我看来也不一定衬得起。”

辛律之收起钻戒。

“无论如何，谢谢你。”

谢谢？

受之有愧。

因为事出匆忙，代喜娟只买到了站票。列车员见他烧得可怜，允许他们母子俩在餐车待着，结果和来点餐的纪永姿不期而遇。

她是一个很随和的阿姨。听说这个小男孩在发烧，用手背试了试他的体温：“烧得很厉害，吃药了吗？我那里有退烧药水。”

她一个人旅行却订了一整间软卧，大大小小的行李也放得到处都是。代喜娟母子俩在包厢安顿下，纪永姿拿退烧药给他们：“这些药适合小孩子，不过现在先不要吃，等一等。”

又过了一会儿，晚餐送来了。

炒土豆丝、红烧鱼块、西红柿炒鸡蛋，还有一大碗豆芽肝尖汤。

“先吃点东西再吃药，我一个人，再加上肚子里的宝宝，吃不完。”纪永姿舀了一大碗豆芽肝尖汤给他，“汤里有胡椒，多喝点好发汗。”

成少为其实不吃动物内脏，但在纪永姿充满关爱的眼神和话语下，他喝了很多很多。

“吃了药好好睡一觉，明天就到家了。”

听到这里，辛律之不禁打断：“这听起来不像她的性格。”

“怎么不像？”

“她不会多管闲事，她只在乎自己的感受。”

“你就用这句话来概括你的母亲？”成少为忍不住讽刺，“现在想想，怪不得我们一开始很聊得来。”

纪永姿的右手停留在四岁的成少为的头顶，手心有暖暖的温度：“阿姨的大儿子和你一样大，看到你就好像看到他一样。”

辛律之靠着椅背，淡淡道：“人真是一种很奇怪的动物，向陌生人释放善意很容易，对着亲人就会变得很苛刻。”

想起过去的成少为面对着辛律之，反而变得坦然：“你真的能把每件事情都折合成数字，算得清清楚楚？”

辛律之知道他在暗示什么。

“代喜娟割断了云政恩与亲人联系的所有纽带，可她现在付出的代价只不过是回到了原先的生活轨迹。”以辛律之的能力，让她得到更多的惩罚，应该是易如反掌，“还是说，你有下一步？”

“纪永姿的任意妄为和对自己身体状况的错误评判，也要负上一定的责任。”如果她留在丈夫身边，这一切都不会发生，“所以你母亲所需要付出的只有老饕门，一分也不多，一分也不少。”

桌上的菜已经冷了。

“Patrick，想必我的道歉对于你来说于事无补，那不如免了这个步骤。”我们从陌生人到朋友，从朋友到仇人，再从仇人变成陌生人，这样已经够了，“我不想背负着愧疚活着，希望已经成功复仇的你，也不要再耽于过去。”

这对于辛律之来说不太坏。

“好，大家都向前望。”

而未来有无限可能。

本来到这里就该告一段落了，但成少为突然想起一件事情。

“我不认为她和你父亲之间有什么不可调和的矛盾。”

代喜娟见纪永姿大腹便便，诸多不便，随口问道：“老大还那么小，怎么一个人大着肚子出门呢？我看你一身贵气，穿的用的都是名牌，也不像是能吃苦的人，怎么不带个保姆在身边呢？”

其实纪永姿一时意气跑出来，早就开始后悔了。尤其是想到大儿子，明明知道辛家明不会亏待他，却每天都在想他，一想到他就心疼：“这样不好，医生说我血压偏高，不能激动。对了，我也要吃降压药了。”

“想来想去，只能等老二出生之后再回家了。”

“家务事没有什么是不能解决的，不是吗？”

辛律之微怔。

原来，她也想过回家。

倔强的纪永姿永远不会在父子俩面前吐露心声，却毫无保留地告诉了萍水相逢的陌生人。

“对了，出事前她在听收音机。”被抬上担架前，收音机从床上掉下来了。

收音机？凌晨有什么电台节目？

医护人员捡起收音机，里面传来英语，他嘟哝了一句：“不睡觉听美国新闻？”

辛律之愣住了。

“你的行李有哪些？必要的带上，其他的到站了再给你寄过来啊。”

有些神志不清的纪永姿伸着手，代喜娟瞟了一眼她的名牌手袋，行动一顿，还是递了过去："你放心，孩子会没事的。"

她推开，只要那个还在播着新闻的收音机。

"听听广播也好，千万别睡，我们马上送你去医院。"

她把收音机攥在手里，呻吟着哭泣。

"My fault（我的错）...Albert...All my fault（都是我的错）..."

而代喜娟紧紧地攥着手袋，仿佛长在了她的手上。

"还有什么东西没拿？"

她慌乱地将手袋塞在了成少为的衣服里。

"没……没了！"

贝海泽把姜珠渊送到病房门口。

"要我陪你进去吗？"

"不用。"姜珠渊道，"你去忙吧。"

"我不忙，今天晚上的事情就是陪你。"贝海泽温柔而坚定地回答，"雨恐怕不会立刻停，我等你。"

看着贝海泽走进医生办公室，姜珠渊长长地出了一口气。

压下纷纷扰扰的情绪，她推开病房的门。

胥岷山正和娇妻依偎在病床上，有说有笑地玩着手机游戏："这里，这里可以消除……哎呀，你真笨。"

"胥教授，您好，我是老饕门的姜珠渊。"

胥岷山抬头，摘下老花镜："你来了。"

姜珠渊把饭盒放在桌上："我来给您送晚饭。"

"我们之前是不是见过面——我想起来了，你是小贝医生的女朋友，你还是毕嬴的高中同学。"

姜珠渊回答道："我在老饕门进修，负责您的委托。"

蔡洛低头玩着手机经过姜珠渊身边："你们聊，我出去了。"

胥岷山的视线一直跟着妻子，直到门关上才收回，转而投在姜珠渊身上。

她美丽大方，有专业人士的风采，听说贝海泽调去分院也是为了能有更多的时间和她相处："人的社会性，正体现于要不可避免地扮演多重角色。角色的轻重与权衡、冲突与融合，正是人生复杂与美妙之处。"

姜珠渊打开饭盒，面和酱是分开放的："您说得很对，无论扮演什么样的角色，都得先了解自己，做好自己。"

胥岷山挑了两根面条，在酱里一沾，放进嘴里尝了尝，眼睛突然亮了。

他淋上浇头，拌了拌，迫不及待地大快朵颐："嗯……就是这个味道！芝麻香、菠菜甜、豆干的嚼劲、鸡丝的嫩——小姜啊，这里面到底有什么特殊的配方呢？"

其实这份凉面并没有什么特殊之处。面是普通的碱水面，浇头是鸡丝、豆干、菠菜和芝麻酱："所有的食材在您家楼下的菜场都可以买到。看来您胃口不错。"

"哈哈，这还要多谢小贝医生。"贝海泽在医学杂志上看到一篇最新文献，采用了小苏打介入治疗肝癌，效果良好，"他立刻和对方联系，确定了我的情况也可以试试。他治好了我的肝，你治好了我的胃。"

一会儿面条就见了底，胥岷山还意犹未尽："按照你的说法，都是简单的食材而已。为什么做不出以前的味道了呢？"

"大概是因为现在好吃的东西太多了。"

"这么简单？"

"嗯……您的前妻徐学惠老师这些年来一直遵循着食物相生相克的原则——芝麻和鸡丝不能同食，豆干和菠菜不能同食，这也可能是原因之一。"姜珠渊道，"食谱我已经带来了，您下次按照食谱来做就行。"

胥岷山"嗯"了一声，脸上露出讽刺的笑容："相生相克……唉！"

"还有，长期饮用苏打水改变了您的味蕾敏感度。"

"对了，说到这个，喝苏打水真的能改变血液的酸碱度吗？"

"不能，人体的血液是稳定的弱碱性，苏打水喝下去会被胃酸中和。

况且我听说您本来就有消化不良的问题，如果大量饮用苏打水，会加重嗳气，导致食欲不振。”

“看来真的什么都难不倒你。最近有个说法，苏打水喝多了会引起高血压，是这样吗？”

这下姜珠渊被问住了。

她迟迟疑疑地回答：“苏打水里含有钠离子，喝多了会对血压造成一定影响。”

直到离开病房，乘电梯下去，这个问题还在她心头萦绕。

膳食摄取的氯化钠和苏打水中摄取的钠离子之间有一个换算的过程，按照胥岷山把苏打水当水一样喝的节奏，他一天到底从苏打水中摄取了多少钠？是否对血压有影响？

这个问题在她来见胥岷山之前就应该考虑到。

是从什么时候开始，她不再沉下心去确定每个细节？

带着自责，姜珠渊匆匆走进超市。碳酸饮料的商品架上有五种不同品牌的苏打水，她一边看成分表，一边打开手机计算器。

等她全部换算完毕之后，才感觉到一双眼睛似乎正在看着她。

她抬起头来，看见是一名陌生的年轻医生。两人视线交汇时，他有些不好意思地别开脸，但又鼓足勇气对她露出了一个羞涩的笑容：“你喜欢喝苏打水？喝一点苏打水不会胖。”

他很快意识到这是一句很糟糕的开场白，因为那个可爱的女孩子看上去比他更尴尬，匆匆地走了。

过去二十五年的桃花运加起来也没有现在多，姜珠渊心想，于是更加郁闷了。

胥岷山正在倒水喝，抬头一看：“咦，你怎么回来了？”

“胥教授，我要更正之前的一个说法。我刚去超市看过了苏打水的成分，包括您一直饮用的品牌。”姜珠渊道，“按照您的饮用量来计算相当于是0.97克盐。是否会影响血压，还要看您平时膳食的摄取量了。”

胥岷山微微一笑：“谢谢你专门回来回答我这个问题，像你这么较真儿的小姑娘不多见了。”

“这是我应该做的。”

胥岷山看着她，突然道：“你一定觉得我很可笑吧。抛妻弃子，娶了个年纪几乎可以做自己女儿的年轻老婆，现在生病了又想吃前妻做的饭。”

姜珠渊道：“胥教授，我尽量不评价别人，无论是当面还是背后。”

“不，只要说出你的想法就好。”

“我的想法？”

“对。”胥岷山道，“我有个女儿和你差不多大。她很能干，很独立，就像你一样。在我看来，我和她母亲离婚似乎对她人格塑造没有什么影响。”

姜珠渊抿了抿嘴。胥岷山继续道：“她现在有体面的工作，健康的生活习惯，交心的朋友，虽然不结婚吧，但现在奉行不婚主义的女孩子太多，也不算惹眼。”

“那您应该感到很安慰。”

“不，我很在意这一点。”胥岷山道，“是不是因为我和她母亲的婚姻失败了才导致她不婚？”

“那您动摇了吗？离婚再结婚您动摇了吗？”

胥岷山一怔。

姜珠渊继续道：“我觉得——自己动摇了比什么都可怕。”

贝海泽因自动申请去了分院坐诊，这个星期都没在本部露面。实习生一见他来了，不由得七嘴八舌地诉起苦来。

“小贝师兄！绝情谷下一别十六年啊！”

“别夸张，我不就走了一个多礼拜。电源到了吗？”

“到了，都装好了。师父那脾气你又不是不知道，没有你接眼，我们每天都被骂得狗血淋头，度日如年！”

“是啊，你还是快调回来吧，我们受不了啦。”

“回来也没用，听说师兄是因为拒绝了小师妹的求爱所以才被流放。”

“一派胡言，明明是千里追妻。格陵这么破大点地方还分七八个区，每个区都堵得稀烂，我和女朋友在不同区上班，简直就是异地恋。”

“我看你们挺开心，不然怎么有精神开玩笑？”

“对了，出国申请马上就要截止，你报名了没有？”

贝海泽正要回答，抬头看见姜珠渊的身影在门口闪过。

“我走了，回见。”

“还说不是千里追妻……”

他追上姜珠渊，并排而行：“我送你回去。”

两人进了员工电梯，贝海泽按下 B2 的按键。

电梯朝下运行，姜珠渊道：“你要出国？”

现在医院的要求是，必须要有出国留学经历才能升主任医师。贝海泽其他条件都已经满足，加上国外进修两年，年资就够了。

这是他早早定下的人生规划：“你在意？”

姜珠渊也说不清自己的情绪：“我……确实有些意外。”

他之前跟着师父出去开过几次会，也参观了一些国外的大医院。相比较而言，大家硬件设施不相伯仲，手术水平说不定国内还要强一些：“但是他们基础研究和临床治疗比我们紧密很多，创新能力非常可怕。”

贝海泽总结道：“我国有自主知识产权的新药和技术太少了，这一点我们得向他们学习。”

姜珠渊若有所思。贝海泽见她不说话，笑笑道：“怎么不知不觉说起这么丧气的话题了？对了，我刚听说聂未师叔今年入选了大国手候补，他才三十五岁，太厉害了。”

那确实很难得：“据我所知，现在格陵一共有一百零九位大国手，平均年龄在四十八岁左右。”

“我没有小师叔的天赋，如果两年后评上主任医师，四十岁应该可以成为大国手。你知道吗？成为大国手之后，会有专职营养师照顾我的饮食起居，还能在仰止园选一块好墓地——生养死葬医院全包，一点不用我操心。”

姜珠渊被逗笑了，贝海泽继续道：“做大国手夫人也有很多好处，想不想听听？”

“你知道格陵所有大国手的夫人，平均年龄是多少吗？”

“这也有人统计？”

“有啊，有趣的事情总不缺少关注——是二十九岁。你小师叔的老婆，现在可能还在上中学呢。”

贝海泽也笑了起来，眼睛亮晶晶地看着姜珠渊。

“我不喜欢和我年纪差太远的，小四年三个月零八天最好。”

姜珠渊稍微一算就明白了，她脸一红，没有搭话。

见她娇羞的模样，贝海泽又柔声道：“你还记不记得，你曾经和我说过，每次下雨，第一滴雨都会落在你的睫毛上？”

“我说过这种话？别人说的，你记混了吧？”

“就是你，别否认。”贝海泽又好气又好笑，“可惜今天下雨，不然再带你去看看全格陵最大的月亮。”

“……我得先回趟公司。”

两人上了车，朝出口驶去。

雨急风黑，贝海泽开得很慢，姜珠渊突然看向窗外，咦了一声。

“怎么了？”贝海泽问。

“哦，没什么。”姜珠渊道，“好像看到一个人，应该是认错了。”

其实她并没有认错，那名淋着雨、看上去有些潦倒的青年正是毕赢。

他也看到了坐在车上的姜珠渊。

她的脸庞美丽而恬淡，他的眼神怨毒而嫉恨。

胥岷山的一个横向项目结题时查出了挪用资金十三万元的问题。胥岷山细查之下发现这十三万元经费是由毕赢经手流向了一家空壳公司。紧接着校方的一次随机抽查暴露出更大的资金缺口——九十三万元违规操作、一百五十七万元去向不明。胥岷山一向知道毕赢有些小动作，考虑到人至察则无徒，所以一直睁一只眼闭一只眼。没想到他竟然胆大到在自己病后，以委托费用的形式，一次性划走了一百万元，猖狂至极！

即使这样，胥岷山仍念着师徒一场，勒令毕赢一个月内将这笔钱填上，否则他就只能请会计事务所来做事，出具有法律效力的第三方审计报告。

但毕赢的钱套牢在了曹慎行的金融公司里，无计可施的他铤而走险，做出一副大义凛然的模样和同门切割，率先向校方举报胥岷山玩弄学生、挪用经费、学术造假等一系列问题——反正他也没几天好活，到时便死无对证。

没想到的是胥岷山换了新疗法之后，一天好过一天，胥岷山的那些弟子也早就看不惯这个大师兄狐假虎威，于是在学校来调查时纷纷证实胥岷山的清白，并对胥丹诉了许多苦。

胥丹大怒，立刻收回了毕赢在公司里的一切权力，并叫人将这些年胥岷山所有的签字都拿来做笔迹鉴定，发现经胥岷山亲笔签出去的经费共有六十三万元。胥岷山离婚的时候是净身出户，徐学惠和蔡洛没有犹豫，一人出了一半，把钱填补上了。

这样一来，毕赢不仅仅是不能在这个圈子混下去，随时也可能因为假冒签名和挪用经费等经济问题而坐牢。

方才他想上去病房求胥岷山给条活路，却被蔡洛和胥丹碰个正着，好一顿羞辱。

“你对学校是怎么说的？你说是老胥逼你挪用公款，是老胥逼你虚假招标，是老胥逼你学术造假，一盆盆脏水都泼给老胥，你还好意思来看他？不要脸，快滚！”

“师母，这事儿不能只怪我，我也是没有办法……”

胥丹冷笑："没有办法？贪婪的人我见得多了，连学生补助都要贪的实在罕见！发三千，回收两千五，每个月只给五百，还不如低保户！现在你知道为什么那些师弟师妹这么快就把你给出卖了吧？"

"我那是按教授的意思做……"

"敢做就要敢当！别想着诬蔑老胥，否则加告你一条诽谤罪！"

毕赢从小被家中女性宠上了天，从来不知尊重为何物；蔡洛和胥丹一番讥讽敲打令他恼羞成怒："你们有什么资格教训我！"

胥丹一声冷笑，并不屑于搭话；蔡洛道："你今天要是能拿把刀出来威胁我们，我还算你有点血性。窝囊废，别让我说中了，你根本连个手指头都不敢动我一下。"

她们大摇大摆地走了；毕赢如同被钉在了原地，蔡洛说得没错，他没有动手的勇气。

如同游魂一般地走到了街上，倾盆大雨很快将他浇了个透。钱，他需要钱，他得筹钱——他想不通，这些年来一直平步青云的自己，怎么会突然就潦倒至此？

哪里错了，哪里错了……

一辆奔驰慢慢地驶过来，毕赢看到熟悉的车牌，知道这是贝海泽医生的车。

他突然又燃起了希望，他知道贝海泽对胥岷山有救命之恩，如果小贝医生肯帮他求个情，胥岷山说不定会网开一面。

他希望重燃，但很快，副驾驶座上的那个人转过脸来，让毕赢清醒了。

贝海泽是姜珠渊的男朋友。

姜珠渊不会为了展示自己的伟大而救他，也不会为了报复而多踩他一脚。

一辆车，一场雨，善与恶，是这两个老同学永远的距离。

"小恩！"孟堇挣脱了爸爸的手，高兴地朝姜珠渊跑了过去，"姜阿姨！”

姜珠渊对寇亭亭的女儿没有任何恶感。相反，看到可爱无邪的小女孩，她的心都要融化了：“你还记得我？”

孟堇扬起漂亮的小脸蛋：“记得呀！姓姜的阿姨，辣辣的阿姨，我可以和小恩去玩吗？”

“当然可以。”

云小恩第一次参加这种派对，有些拘谨。孟堇伸手摸了摸她的胸口：“我妈妈说你这不是伤疤，是被上帝画了一只毛毛虫，长大了就会变成蝴蝶——好酷哦！”

云小恩咯咯地笑了起来：“好痒！”

“我带你去看我爸爸的蝴蝶标本！”

“好！”

两个小女孩牵着手蹦蹦跳跳地离开。两名中年男人站在小丑旁边，其中一个虽然上了年纪但英俊潇洒、着装富贵，正在帮忙分发气球和袖章。有家长是第一次见到孟金毅，便凑上前：“孟先生，你好！以前只见过孟太太，没见过您。您和您太太还真有夫妻相。”

那英俊的中年男人有些诧异，望向自己身侧黑瘦干瘪、衣着朴素的同伴，笑了起来：“哎哟您眼神真不济，亭亭是我女儿。”

孟金毅天性温善，谦和地笑了笑，和那尴尬微笑的家长握了握手：“您好，我常年不在家，托赖各位关照亭亭和阿堇，多谢多谢。来来来，分蛋糕了。”

原来是个孱头，怪不得寇亭亭天天在外面招蜂引蝶，家长们交换了一个心照不宣的眼神。

蔡媚媚也带着一对外孙来了。

“同样是双胞胎，人家叫一模一样，我们就叫最俗气的子轩子萌。”蔡子萌一直嘟着嘴，“还有，这个蛋糕是买的，不是寇阿姨亲手做的。”

寇父道：“阿姨生病了，这个蛋糕也挺好吃的。”

“太甜了，寇阿姨不会做这么甜的！她说吃多了甜的不好！”

寇父没想到现在的小孩这么挑剔：“小祖宗，这三层鲜花蛋糕花了我一千多块呢！”

而且寇亭亭最近情绪不定，还没给他报销。

蔡媚媚在人群中见到姜珠渊，应付地对蔡子萌道：“吃吧，一个小孩子，别这么多要求！”

蔡子萌嫌弃地看着大口大口吃着蛋糕的弟弟：“你们就是对自己太没有要求了，所以才忽略小孩子的要求！”

蔡媚媚拉着姜珠渊到了花园一隅，见四下无人，方悄悄问道：“下暴雨那天你送少为回来，我也没来得及问——为什么少为会和辛先生一起喝酒？”

一听是这事儿，姜珠渊也大为头疼：“我只是回公司拿些文件，结果看到他们两个烂醉如泥摊在厨房里。”她并没有做下酒菜，他们怎么会喝起来也实在是个谜。

“我从来没有见过少为喝得那么醉。”

“组长醒了之后没有说原因吗？”

“没有。你送他回来后，吐了两次，打了一个小时架子鼓，然后就睡到天亮。醒了之后问我是谁送他回来的，我说是小姜和小贝医生。他又问Patrick呢？我说你酒品倒是好得很，人家车子都开到家门口了，你还在那里让，说先送辛先生回去，我没醉，死也不下车。”

姜珠渊回想起来也觉得很好笑：“听起来好像什么也没有发生，但又好像什么都发生了。”

“所以——他们没事了？”

“应该是的。”

蔡媚媚松了一口气，两人朝场地中心走去。

“那辛先生还好吧？”

“这——说起来话就长了。”

她和贝海泽送Patrick回到酒店，马琳达一见Patrick醉得不省人事，倒不像蔡媚媚那么冷静，而是大为慌乱，一会儿叫贝海泽帮忙看看是否酒精中毒；一会儿打电话叫客房服务；一会儿去厨房烧醒酒汤，一时间手忙脚乱。辛律之本来在贝海泽的照顾下休息了，突然又起身，也不顾贝海泽的阻拦，打开落地窗，摇摇晃晃走到泳池边开始脱衣服。

结果就是马琳达和姜珠渊端醒酒汤出来时，看到贝海泽和辛律之一前一后，湿漉漉地从泳池里爬起来。

马琳达心中好笑，知道是辛律之发疯连累了贝海泽，但又不好表露出来，只能不停地道歉。贝海泽从里到外都湿透了，衣物送去干洗要五六个小时才能拿，只得在客房里住上一晚。

将他们安顿下，马琳达泡了热热的香草茶给姜珠渊。

“漫长又潮湿的一天，对不对？”

姜珠渊接过热茶：“这雨不知道要下多久。”

“格陵的雨季很长吗？”

“还好，不过这几天气候确实有点反常。”

马琳达突然抬头，莞尔一笑：“上次Patrick去武汉找你，给你添麻烦了。”

“……还好。”

“希望以后有机会在马里兰接待你，我们家的厨房很漂亮。”

“嗯，我听Patrick提起过。”

两人喝了一会儿茶，马琳达突然跳了起来，看了看腕表，脸色一变：“糟糕，视像会议！”

“视像会议？”

“嗯。”马琳达急忙走进书房，打开电脑上的加密软件，“Patrick每天晚上这个时候就要开始处理美国那边的工作了。今天算少的，只有一个视像会议，不过这个会议Ed会出席。如果改期的话，Patrick会很难向董事会交待。”

“所以我这不是来了吗？”

一把低沉的男声在书房门口响起，原来是辛律之，他揉着太阳穴道：“少为呢？”

“送回去了，蔡姐会好好照顾他的。”

“小贝呢？刚才他好像和我一起掉进泳池了。”

姜珠渊没好气道：“是吗？可能和美人鱼一起游走了。”

马琳达道：“小贝在客房，应该已经睡了，我和珠珠在喝茶聊天。”

辛律之点点头：“帮我冲杯咖啡。”

马琳达去冲咖啡，姜珠渊正要离开时，辛律之突然对她招了招手，示意她过来。

姜珠渊不知就里，走过去；辛律之与电脑屏幕左上角的一个中年混血男子打招呼。

“Hi，Ed.”

“Hi，Patrick...Who is this beauty（这位美人是谁）？”

“She is Schr・dinger's girl（薛定谔的女孩）.”

那人转动湛蓝的眼珠，盯了姜珠渊两眼，冷冷道：“No，she is Edward VIII’s beauty（爱德华八世的美人）.Well，let's focus on the project in Boston（算了，来看看波士顿的项目）...”

不管是薛定谔的女孩还是爱德华八世的美人，她定睛看了 Ed 半天，突然笑了起来——原来那中年男子样貌端正，偏偏眉毛和鼻子上各打了一个孔，塞着翡翠的钻子——她自觉失态，捂着嘴瞪了故意作怪的辛律之一眼，离开了书房。

待辛律之开完会出来，马琳达已经将她那一摊摆得满客厅都是，正在和贝海泽及姜珠渊一起欣赏她所拍的照片。

“我虽然不了解摄影，但觉得这些作品应该够得上展览的水平了。”

“小贝医生真会说话。”

“刚刚翻过去的那一张也很好看。”

辛律之道：“你叫两个明天要上班的人半夜陪你欣赏摄影作品？”

“喝醉了的人赶快去睡觉。”

“等一会儿还要收美国那边的资料。你最近又拍了不少照片？”

“是啊，可惜你忙得没时间看。”

姜珠渊突然道：“这一张很有意思。”

这一张是马琳达在街上抓拍的，一名背着双肩包、穿着校服的中学生，站在公交站台上，一手拎着饭盒，一手拎着画具，脸上带着和她这个年龄不相称的呆滞。

马琳达道：“我记得这张照片。这个小姑娘是附近中学的学生，因为有两条公交线路都经过她家小区，她每次都要想半天坐哪一趟车回家。”

“很简单，哪趟车先来就坐哪趟车。”

“也不一定，如果没有座位呢？还是选比较空的那一趟比较好。”

“这两趟车往往是同时来的，因为离始发站很近，也都挺空荡，所以才引发了她的选择困难症嘛。你们不知道现在都市人最高发的三种疾病是选择困难症、拖延症和社交无能症吗？这些疾病现在也有低龄化的趋势了，珠珠你怎么看？”

姜珠渊正在出神，听马琳达问到自己，先是愣了一下，她能感觉到贝海泽和辛律之的目光都注视着自己。

她慢吞吞地回答：“骑自行车啊，什么都解决了。”

蔡媚媚道：“我听说辛先生在美国还有一份很大的产业，难道他不用回去工作吗？”

姜珠渊道：“应该快了吧。”

蔡媚媚道：“早点走才好，他留在这里一天，我总没办法安心。”

孩子们都在花园里自己玩；家长们则在一起准备着午餐。寇亭亭的缺席无疑令今天的派对缺少了点什么，只有在得知了姜珠渊是营养师之后，气氛才开始变得热烈起来，大家开始七嘴八舌地咨询她关于孩子饮食的问题。

有人把自己每天给孩子做的便当照片展示给她看："孩子不喜欢吃甘蓝，应该怎么办呢？"

"您的便当做得很漂亮。至于甘蓝，不吃就不吃吧，蔬菜那么多，也不一定要从甘蓝里吸取营养。"

"那怎么能行？越难吃的菜越有营养。"

"那就试试把甘蓝剁碎了拌在肉里做丸子？或者打成汁和在面里。"姜珠渊道，"孩子挑食很常见，可以把有益的食物和爱吃的食物混在一起，用他们喜爱的烹调方式来做。"

家长不屑道："这种方法谁不知道啊？一次两次还可以，多了小孩也不上当。"

看来这个营养师也没有什么特别之处。

姜珠渊笑笑，没有反驳。

按照每次派对的要求，每位家长都带了一道凉菜，到了中午吃饭的时候全部摆盘端上桌来。有漂亮的做成小动物形状的年糕，有营养丰富的杂果沙拉；而姜珠渊准备的凉菜是类似果冻杯的彩虹蔬菜塔，每个杯子里都层层叠叠地有着赤、橙、黄、绿、青、蓝、紫七种颜色。

小孩子们的注意力都被鲜艳的颜色和梦幻的造型给吸引了："咦，这是什么？"

"不如你们尝尝看这里面有哪些蔬菜吧？"

孟堇先拿了一个："好漂亮啊，吃了会变仙女吧！"

"也许哦。"

紧接着每个小孩子都拿了一杯，高兴地吃了起来。

"绿色的是秋葵！你看，像星星一样！"

"橙色是胡萝卜！"

"还有玉米粒！"

“红色是甜椒！”

一直嘟着嘴的蔡子萌不由得翻了个白眼——这一看就是蔬菜大集合，吃了才不会变仙女呢？真浮夸。

“子萌，你也拿一个吃啊。”

蔡子萌噘着嘴吃了一口——不就是各种蔬菜烫着吃吗？妈妈最喜欢用这种菜糊弄他们两姐弟了。

有个小男孩看孟堇吃得香甜，闹着妈妈：“你快学会这个菜，回去做给我吃。”

“紫色的是甘蓝啊，你不是不吃甘蓝吗？”

“姜阿姨做的好吃！你做的不好吃！”

刚才还在腹诽姜珠渊没有真材实料的家长有些尴尬地笑笑，姜珠渊道：“阿姨下个月就到你们学校做营养老师了，到时候老师会在烹饪小课堂教你们做彩虹杯，很简单的。”

“真的吗？好呀好呀！”

孟家准备的主食则是深受小朋友喜欢的香味浓厚的牛肉咖喱和大龙虾。

这些家长参加过很多次派对，但这还是首次看到肉菜出现在孟家的桌上。

孟堇怯生生道：“外公，奶奶说这些都不能吃。”

“哪有不能吃的道理！小孩子就要多吃肉才能长身体。吃！”

孟堇从出生以来就没有吃过肉，看其他同学吃还是有些馋的：“可是奶奶不准。”

“奶奶又不在，不怕……好，外公不能做主，爸爸总可以说了算吧？”

孟金毅谦和道：“外公说得没错，阿堇你可以自己选择吃菜还是吃肉。”

孟堇又看了看姜珠渊。姜珠渊道：“你是第一次吃肉，肠胃不一定受得了，先吃一小口试试看。”

孟堇尝了一小块龙虾肉，幸福得眼睛都眯了起来：“真的好好吃哦！”

一直到派对结束，寇亭亭也没有出现。临走前，孟堇拉着姜珠渊的手道：“姜阿姨，妈妈生病了，奶奶和外婆都不在家，你可以去看看她吗？”

“为什么阿堇会想要阿姨去看妈妈呢？”

孟堇纯真地回答：“妈妈总是和阿堇说到阿姨，说阿姨漂亮又聪明。我将来也要像阿姨一样，有大学问、会做菜，身上还香香的。”

姜珠渊摸着她的头发，柔声道：“阿堇，你有一对很爱你的爸爸妈妈，将来你会有自己的人生，珍贵又特别。”

“那阿姨你能去看看妈妈吗？”

“好，阿姨去看你妈妈。你和小恩一起玩一会儿，等会儿阿姨来接小恩，可以吗？”

“嗯！”孟堇像个小大人一样，摸着云小恩的手，一本正经地说，“小恩，我来照顾你。”

见孟堇和小恩手拉着手去了游戏室，姜珠渊才上楼去了寇亭亭的房间。

老朋友虚弱的声音从屏风后面传出来：“姜珠渊，看见我这个样子，你一定很高兴吧。”

“你怎么知道是我？”

寇亭亭蜷在床上，脸色差极了：“我怎么可能听不出你的脚步声？”

姜珠渊在她床边的一张矮凳坐下：“不管你信不信，我没什么可高兴的。”

寇亭亭冷笑一声，坐起来理了理头发。她虽然口唇苍白，依然掩不住艳丽姿色：“梳妆台右边第三个抽屉里面有烟，帮我拿一下。”

姜珠渊找过没有：“在别的抽屉吗？”

“没有？怎么可能？”

寇亭亭摇摇晃晃地自己走过来找，果然她藏下的烟和烟灰缸都不见踪影。

她有些紧张，不停地把抽屉打开关上，打开关上。

姜珠渊从未见过寇亭亭这样，同学会上她是镇定自若的，上一次见面她是趾高气扬的，她不知道寇亭亭怎么会失态至此：“发生了什么？”

寇亭亭使劲抓着抽屉的边缘，低着头，突然桀桀地笑了起来：“刚才看到我爸和我老公了吧。是不是很讽刺——我那个窝囊的爸爸看起来比我有钱的老公还要体面得多！我嫁给了这样的男人，你是不是觉得很痛快、很解气？”

“如果你不喜欢他，当初就不应该嫁给他。”

“你问出这种问题还真是可笑！难道我有选择吗？”寇亭亭恶狠狠道，“婚姻就是女人的第二次投胎，我要改变出身，不嫁给他嫁给谁？难道嫁给高不成低不就的姜金山吗？”

姜珠渊猛地站了起来。

“寇亭亭，你没发现吗——你把你的幸与不幸全都归咎于其他人，这样的你会幸福才怪。”

“你的命比我好多了，你懂什么？之前有姜金山和缪盛夏，现在有辛律之和贝海泽。你永远有靠山，而我永远所托非人！”

寇亭亭眼眶充血，抓着姜珠渊的胳膊：“你哥哥发过誓会永远爱我，结果呢？他把那两件老垃圾送到我身边来！什么意思？想逼我就范？得不到我就想毁了我的生活？”

姜珠渊将她的手拿开：“你别再撒谎了，我哥不会说永远爱你这种话，也不会再和你有任何瓜葛。寇亭亭，让你的人生洗牌的不是你的婚姻，而是你的女儿。为了孟堇着想，振作起来，好好生活。”

“好好生活？可能吗？你知道辛律之说了什么吗？他说他是来惩罚所有人的，他说云政恩一直陪在我身边这就是我的惩罚——为什么，为什么他这样说？为什么？”

“我不知道，也许只是个比喻。”

“比喻？你看看姜金山对我做的事情！他把我爸妈都送来，毁了我的生活——对，辛律之说过，要让我全家人都幸幸福福地生活在一起。他们商量好的，商量好的！还有，他说会让我永远都看不到毕赢和曹慎行，他们两个现在成了阴沟里的老鼠，可我也不见得好到哪里去！他不可能只是吓我，他说云政恩永远陪着我了，就一定是永远陪着我了！在哪里！在哪里！难道在我的身体里，在我的灵魂里吗？在哪里？！”

看着寇亭亭饱受摧残的模样，想着孟堇天真无邪的笑容，姜珠渊的眼中也终于浮起了一层怜悯。

“你忏悔吧，亭亭，你忏悔吧。承认你对云政恩犯下的错……”

“承认了又怎样？我这些年受到的伤害会恢复吗？”

“至少这一切会停止。”

“我为什么要承认？不，我不承认！我没错，是他自愿跳下来的！”

没头没脑的一句话，令姜珠渊脑中嗡的一声。

“你说什么？”

寇亭亭的脸上突然失去了所有血色和生机，看起来就像是个精美而虚无的布偶。

“你其实知道云政恩怎么死的，对不对？”

其实还有一句话，姜珠渊没有问出来——是不是和你有关？是不是？

不知道为何，越接近真相，她越害怕。

但她也不知道自己到底在害怕什么，也许是害怕画上的那个句号，会将这一切都变成毫无意义。

这个秘密寇亭亭已经保守了七年，深深地刻在了她的人生里，一旦拿出来，分享的是她的血肉，她的灵魂。

“想知道？那就拿真相来交换。”

晚上将孟堇哄睡了之后，孟金毅回到房间。

“今天看到你的老朋友，心情好点儿了吗？”姜珠渊离开时，孟金毅和她聊了一会儿，“我和她说你最近情绪不好，可能是因为我们在准备做试管，打针的副作用。”

之前生孟堇的时候也是这样：“我约了心理医生明天下午两点见面。”

“你为什么和她说话？”

这干瘪的小老头诧异地看了面容扭曲的娇妻一眼。

他虽然年纪大了，头发也不多，但眼神很和蔼：“你不是说上高中时最好的朋友就是她吗？关系很好，只是因为你早早结婚生子才疏于联系。现在你们又重新联系上了，我请她有空来做客，好好陪陪你。”

躺在床上的寇亭亭没有回答，焦躁地翻了个身。

“我知道你想抽烟，为了孩子忍一忍吧。”

孟金毅脱光了衣服，只剩下一条四角内裤，他爬上床，钻进妻子的被窝里。

碰触到他的皮肤，寇亭亭感到了一阵条件反射般的恶心，却又不能动弹。

“睡吧，明天还要去医院，阿堇我已经哄睡了。”孟金毅摸着寇亭亭从腰到臀的曲线，温柔地喊着妻子的名字，“妈绝对没有嫌弃岳父岳母的意思，等她旅游回来我和她好好谈谈。家里难得这么齐整、这么温馨，你就别闹情绪了。”

寇亭亭如同行尸走肉般弹起身，走进衣帽间。

等她再走出来的时候，手里拿着两件闪闪发光、镶满碎钻的内衣。

她直视着前方，麻木地将内衣裤套在了丝绸睡衣睡裤的外面。

孟金毅也坐了起来。

“亭亭？”

穿好后，她把手臂弯到背后摸了摸，又转身走进衣帽间。

这次出来时肩膀上又多了一对蝴蝶翅膀。

“亭亭。”

她转向了丈夫，麻木而冷静地露出了一个笑容。

“孟金毅，我从来没有爱过你。”

不知为何，孟金毅听见这句话反而松了一口气。他摸到床头柜上的眼镜，戴上。

“原来你是因为这个不开心。”孟金毅慢慢道，“那我也和你说真心话吧。”

“我一直知道我比你年纪大，长得丑，你爱我不如我爱你那么多。更不用提我妈那个人，实在是不好相处。我们俩差距这么悬殊，你还肯嫁给我，还给我生了一个这么可爱的女儿，我真的很幸福。为了维系这份幸福，我什么都依你。如果你不喜欢现在的生活环境，我们可以移民。”

打扮得像只蝴蝶的寇亭亭惊讶地从这个小老头的眼睛里看出了迷恋，一如七年前一样。

“我说我不爱你，你的幸福就是和一个不爱你的女人过一辈子吗？”

孟金毅耸了耸肩。

“结婚七年，没有爱情总有亲情了吧？如果你不喜欢这套衣服，以后就不要穿了。老夫老妻，也不适合玩这个游戏了。”

他帮妻子将缀满碎钻的内衣裤脱掉：“其实我并不是想过夫妻生活，毕竟我们在打针。不如我们一起看看我这次出门拍的蝴蝶。”

他想了想，还是抱着娇妻坐在自己的大腿上，指着电脑屏幕介绍他这次所制作的蝴蝶标本。

“这个人是谁？”

寇亭亭突然伸手指向照片中的一名当地女子，她皮肤黝黑，颈间挂着一条璀璨夺目的钻石项链。

“哦，这是当地的一名导游。怎么？哦，我知道了，她的项链很美，你也想要？”

寇亭亭不作声。

“可惜了，你喜欢什么钻石我都能给你，但这种不行。”

原来这名导游的母亲三年前因为车祸去世了。

“哦，她用保险赔偿买了项链。”

“没有，事实上因为穷，她母亲没有买任何的保险。她和她母亲一直相依为命这么多年，好容易生活有所改善，却飞来横祸。”孟金毅道，

“她母亲的骨灰大部分海葬了，一小部分做成了钻石，就是你现在看到的这条项链。”

寇亭亭的嗓子都哑了：“什么？”

“骨灰做钻石，骨灰的成分和钻石的成分都是碳，只是排列不同而已。施加一定的外力就能将骨灰转换成钻石。她本来也没钱做，是有个好心人对她的痛苦感同身受，于是替她出了钱，说是这样她就可以永远和她母亲在一起了。”

毕赢在协议书签下名字。

毕晟苍白地反对：“阿赢，这房子不能卖呀，你才买了多久？扣掉贷款……”

毕赢不想再多说什么，对中介工作人员道：“如果能一次性付清我还可以再降一点。”

走出中介公司，毕晟道：“你不是开车来的？”

“卖了。”

“卖了？卖了多少钱？”听了价格之后毕晟更加心疼，“一进一出这亏了多少啊？”

“我要是有办法怎么会去卖？”毕赢凶神恶煞道，“卖掉了才能填亏空。”

毕晟一时语塞。

“原以为他听说审计出了问题会气得加重病情，没想到这样也能让他死里逃生。”毕晟道，“好在他还是有点良心，松了口，只要把钱补上就不追究进一步的责任。但是你这么年轻，哪有那么多钱填进去啊？房子、车子都卖了你还怎么生活？怎么娶媳妇？不行，我还得再找胥岷山谈谈。”

毕赢冷冷道：“这样就能解决了吗？”

“走一步是一步，胥岷山那种人其实心肠很软的，我有把握能说服他。”

这时毕晟的电话响了，她走到一边去讲电话：“……是啊……这房子是阿赢的，阿赢要卖有什么问题？……你不能帮忙就算了，还计较那点首付？……我早就说过，那二十万元不是借，是给……我不想和你吵。”

毕晟挂了电话，对毕赢道：“走，咱们回家。有啥想吃的？叫妈给你做。”

从火车站出来后，曹慎行鬼鬼祟祟如同做贼一般拖着行李箱回家。

家中无人，曹慎行躲在卧室里给毕赢打了个电话，两人商量了一阵儿，决定在毕赢家会合。

“曹慎行，你在搞什么？”

原来是他的父亲曹壮突然回来了。

曹壮一双眼睛瞄着儿子的鸭舌帽、墨镜和口罩，最后盯在破烂的行李箱上。

“没干什么，你别管……”

“这是什么？”曹壮不由分说地一脚将儿子踹开，粗暴地打开行李箱，在看到里面一捆捆的百元大钞时，脸都青了，“你从哪里来的钱？你有钱为啥不还？”

曹慎行慌了：“就这点钱了！还有一半是毕赢的……”

曹壮拿起一沓钞票，狠狠地抽向曹慎行的脸，左右开弓：“你打算一走了之？那些债主怎么办？他们都是你的老乡，都是你的叔伯兄弟！打电话叫他们来。我们还钱，有多少还多少！”

“不行！”曹慎行上来抢夺，“这是我最后的钱了，有一半还得给老表！不能还钱，还了钱我就成穷光蛋了！这辈子都没法翻身！”

曹壮往死里揍儿子：“让你钻钱眼，钻钱眼，我揍死你！”

雨点般的拳头落在曹慎行头上、身上，他终于忍受不住，挥拳反击：“赚钱的时候也没听你夸我一句！亏了就都是我的错！”

“还顶嘴，我揍死你！”

“够了！”曹慎行从小被揍大，一点点小事就揍，到了现在，仍然摆脱不了拳头的阴影，“别打了！”

“我打你怎么了？你是我儿子，我想打就打！想骂就骂！你的钱就是我的钱！”

“好，看看谁的拳头硬！”

从小被打得鼻青脸肿的记忆在曹慎行脑海中一幕幕地浮现，曹壮毕竟年纪大了，不是曹慎行的对手，没几下就被儿子打得在地上翻滚号叫，他极力躲避着儿子复仇的拳头，在地上爬行，一把抓住行李箱……

他使劲儿把行李箱从阳台扔了出去。

行李箱结结实实地砸在地上，一共两百沓百元大钞，每十沓为一捆，随着行李箱落地，钱也露了出来。

“钱！钱啊！”

路边绿化带里冲出来几个人，都是曹慎行的大债主。他们本来一直在附近监视着这一对父子，但知道他家里能变卖的都变卖光了，就连这套别墅也被法院查封，也就泄气地撤退了。

结果今天不知从哪里得到消息，曹家有笔现金到了，急忙纠集了一批人来堵他。

刚到就看到从楼上扔下一个大行李箱来。

“好像有钱？钱！钱啊！”

大家一哄而上七手八脚，瞬间就被抢得一干二净。

曹慎行连滚带爬，冲出来阻拦：“不许拿！不许拿！那是我的钱！”

可惜的是僧多粥少，抢到钱的人赶紧溜之大吉；没抢到的人愈发怒气大涨：“曹慎行！还钱！”

群情汹涌，曹慎行被债主团团围住。

“这都是名牌货，扒下来啊！”不知道是谁开的头，把指头粗的金链子给拽了下来。

然后手表、外套、毛衣、皮带，甚至连外裤也被七手八脚地剥了下来，只给他留下一条 CK 内裤。

哄笑和拳头使曹慎行想要躲回家里，但门已经被曹壮给紧紧地关上了，他拼命敲门，没有回应。

曹壮青紫的脸出现在窗户那边，一言不发。

曹慎行只得抱着空行李箱往毕赢家里跑。

此时毕赢母亲正在家中，一边伺候家里的小祖宗，一边骂胥岷山怎么铁石心肠，不帮着弟子，害得他一无所有。

“其实也没什么，大不了再读个博士嘛，我们阿赢那么聪明。”

当然曹慎行也不是好东西。都是他，把她的宝贝儿子给带坏了。

“还把阿赢的钱都败光了，真是没得用。”

毕赢把自己关在房间里，不想听女人们啰嗦。

一封从格陵寄来的快递静静地躺在客厅的茶几上，拆开的封口处露出半份文件，印着离婚协议书五个大字。

毕晟对于丈夫的离婚要挟已经司空见惯，但收到签好字的离婚协议书还是第一次。她从未想过雷声大雨点小的丈夫居然会来这么一手，不由得呆呆地坐在沙发上一言不发。

“你快来帮忙啊！呆坐着干吗！”毕母擦着手从厨房出来，斥责女儿，“连老公都管不住，有什么用？你听妈的，他要离就离，但是得把房子、车子留给你。”

“房子车子都是他爸妈买的，不可能给我。”

“那也得去争！”毕母道，“你给他家做牛做马十多年，莫非还不值一套房？况且你弟现在正是要用钱的时候。”

这是毕晟第一次觉得母亲理直气壮的脸庞原来是如此扭曲。

她把离婚协议书收起来：“我不离婚。”

毕母一呆，强调：“那他要接你回去也得拿点诚意出来，你弟现在正是要用钱的时候。”

毕晟没有说话。

这时曹慎行来了。毕母看到他的样子，撂下一句“不像话”就转脸进了厨房。而毕赢见了曹慎行，原本躺在床上的他突然坐直上身，第一句话是：“钱呢？”

曹慎行哭丧着脸：“被抢光了。老表，快给我件衣服穿穿。”

毕赢厌恶地看着他，他居然就这样穿着一条内裤跑过来！

“我问你钱呢？！”

“真的……真的被抢光了。”曹慎行自己动手去衣柜找衣服。

“别动我的衣服！你穿不了！”

毕家女眷的身影在门口一闪而过，那脸上的嫌恶表情和毕赢就是一个模子里印出来的。

曹慎行在翻箱倒柜找衣服；但毕赢身形瘦弱，他一时也找不到合适的：“老表，怎么办？”

毕赢焦躁起来：“我怎么知道？！”

“我爸会打死我，我不能回去。钱也没了，全没了。”

曹慎行哭丧着脸，毕赢看着他那个鬼样子就心烦：“谁让你连自己的衣服都保不住！”

“这些人，下手真是狠哪……”

从来只有曹慎行羞辱别人，没有人能羞辱他，遑论把他扒得一丝不挂——一股恐惧感突然攫住了毕赢。

这时毕赢的电话突然响了；他一看来电显示，立刻眼睛亮了：“别吵！别吵！”

还有得救，还有得救！

他立刻接起来：“寇亭亭……我遇到一点麻烦……借一百万元给我，不，两百万元，两百万元！我一定会还。”

“你要两百万元干什么？”

“不是告诉你了吗？我遇到了一点麻烦。”

“两百万元不是一点麻烦吧，你和曹慎行的事，同学群里都传开了。”

“你帮老同学这个忙，将来一定报答你！”

“不慌，不慌。毕赢，你还记得云政恩吗？”

“无缘无故提起那个人干什么？”

“不喜欢啊？那辛律之呢？还记得吗？就是在同学会上和姜珠渊一起的那个男人。”

“……怎么了？那个人怎么了？”

“哦，其实也没什么，他是云政恩的亲生哥哥。”寇亭亭淡淡道，“他这次回来，就是要拿走我们的人生，别挣扎，说不定还能少痛苦一点。”

寇亭亭挂上电话。

厨房里传来剁肉馅的声音；有人开门关门；卧室一片死寂，曹慎行纵使有一肚子的疑问，见毕赢脸色灰败，浑身瘫软，也识趣地不敢喘气。

“阿赢啊，有人送包裹过来。”

毕母在外面轻轻地敲门：“要不要妈帮你拆？”

方方正正的包裹里，用硫酸纸分别包着两件云泽二中的旧校服。

刚还嚷着要衣服穿的曹慎行像摸着了炭一般丢开，嚷嚷：“见鬼，这衣服我早就扔了！”

毕赢也是如此，他早就将云泽二中的一切都烧得干干净净。

但他们的校服如同鬼魅一般，就这样出现了。

包裹里还有一张纸条，上面写着 DRESS UP（穿上）。

签名是一个龙飞凤舞的 Shin。

毕赢拿着纸条，手不受控制地颤抖着。

曹慎行终于忍不住问道：“老表，这上面写的啥？寇亭亭说的辛律之是谁？云政恩怎么会有哥哥？他不是精神病吗？”

“闭嘴。”毕赢咬着牙。

他使劲儿地抓着校服上绣着自己名字的那一块地方。

“穿上。”

“啊？”

“穿上！”

曹慎行老大不情愿地拿起衣服。

他们都和高中时期的身形不太一样了。曹慎行比当年胖了，校服绷在身上。毕赢比当年瘦了，校服空荡荡。

他们都不敢看向对方。

毕母看到儿子穿上了云泽二中的校服，如同见到鬼一般：“阿赢，你为什么要穿这件衣服？脱下来脱下来！”

“你别管！”

见他和曹慎行要出去，毕母更是把门堵住了：“阿赢，你要去哪里？别出去了，多休息……”

“让开！”

毕赢将毕母狠狠推到一边，夺门而出。

一如这些年的狼狈为奸，曹慎行紧紧跟上。

“老表，我们去哪里？”

“去找一个人。”

两个成年男人，穿着不合身的云泽二中的校服，先是疾走，然后狂奔起来。

# 第十一道 × 热菜

## 海龙皇汤

电梯在第十三层停下。

门缓缓打开，电梯内的辛律之抬眼，看到门外站着两个穿着中学校服的古怪男子。

看清来人模样后，他先是挑眉，然后淡淡一笑，用手里那束白玫瑰做了个请进的手势。

正是同学会那天出现的人！

没想到会在这样的情况下再次遇见。他清醒时那不怒自威的架势更胜第一次见面，吓得曹慎行不由自主地朝后退了一步。

眼见电梯门又要关上，而辛律之面上的浅笑变成了讽刺；走投无路的毕赢急忙用手挡住："……辛先生。"

两人挤入电梯。曹慎行则直直地盯着辛律之的脸，越看越心惊胆战，早已遗失在记忆中的那张脸又重新清晰起来："老……老表……老表……"

毕赢舔了舔嘴唇，眼神飘忽。

辛律之重新按了一楼。

“不错，能找到这里。既然有这种悟性，我想我们就不用自我介绍了。”

一向口齿伶俐的毕赢也口吃起来：“辛……辛先生，我们……我们谈谈。”

“Elevator talk 在中文里怎么说？”辛律之道，“我给你到一楼的时间。”

毕赢舔了舔发干的嘴唇，他并不打算求饶，也不打算斗狠。

他很清楚地意识到，这两种计策对面前这个男人都不会有任何作用。

“辛先生，这样毁了我们的人生有什么意思？”他指着被他们踏在脚下的风景，“看看，整个老饕门你都能轻轻松松地收入囊中，比较之下，我们只是蝼蚁一样的存在！何不让我们也拥有几个亿，然后再毁灭！你想想看，是不是比现在更有趣！”

姜珠渊没想到毕赢会说出这样一番话来，不由得吃惊地望着这两位状甚疯癫的老同学。

毕赢进一步激将：“除非你害怕，害怕给了太多金钱和权力之后，反而被我们给打败了！”

“那你有计划吗？”

辛律之的反应倒是出乎毕赢的意料。他似乎对这个想法很感兴趣？

“计划？”

“二十多岁的人了，做事总得有个计划，怎么赚几个亿？”

这么说他答应了？

“给我本金！给我人脉！”毕赢急切道，“我有知识，还有曹慎行帮忙，能赚钱！”

“打算做哪一行？贸易、金融、电子、IT、房地产？”

“房地产！”房地产赚得多。

“那你打算开发哪里的地产？办公楼还是住宅？高层还是洋房？公寓

还是别墅？你清楚格陵政府最近的城市规划吗？地皮拍卖？旧城拆迁？新城建设？格陵现在最具有竞争力的三家房地产公司分别是？”

毕赢被问得张口结舌。

辛律之再次扬起嘴角。一楼到了，他走出电梯，毕赢和曹慎行仍然跟在他身后。

“我会学！只要你给我钱！给我人脉！”

辛律之停下了。

“我给过你们机会，是你们没有抓住。”他转向曹慎行，“你父亲的猪场拆迁时，有过参与基建的机会。如果你定心做下去，还有更多机会，十年之内有 78.93% 的概率成为云泽最大的建设公司。”

辛律之继续道：“但你只做了三个月就觉得太辛苦。当然，你也可以做建材代理，但你还是嫌辛苦。最后你发现做什么都不如放高利贷赚钱来得快、来得轻松。因为这件事情，你被云泽城建总指挥指着鼻子骂是烂泥扶不上墙。”

曹慎行目瞪口呆地看着他：“你……你怎么知道？”

“还有毕赢。你大二的时候曾经公费出国交流半年，遇到了一位刚刚成立自己团队的 mentor（导师），Professor Leung。Prof. Leung 很欣赏你的聪明才智，想你留下来。但是很可惜，你觉得他太年轻，没资历、没经费、没前途，所以拒绝了。”

毕赢强自镇定：“我只是做出了在当时看来最正确的选择。”

“Prof. Leung 所创立的信息搜索系统今年刚以一亿七千万美元的价格被收购。”辛律之道，“如果你也在十二人的创始团队中，现在已经可以退休了。”

辛律之笑了笑。

毕赢狠狠地咬着牙齿，直到牙关疼痛。

“是不是突然很想写封电邮给他？”辛律之继续朝外走去，等候在外的司机替他将车门打开，“他的邮箱地址没有变。”

“不只这些，我给过你们很多爬得更高、走得更远的机会，但你们没有能力把握。”上车前，辛律之有些可惜地看着毕赢，很难说这种可惜是真心还是假意，“曹慎行抓不住就算了，你怎么也是扶不起的阿斗呢？”

司机关门之前，毕赢抓住了车门，而曹慎行也突然腿一软，跪了下来。

辛律之露出了嫌恶的神色。

“拉他起来！”

被拉起来时，曹慎行的两条腿还在地上蹦弹：“发发慈悲吧！我不想偿命，我不想偿命啊！”

“我从来没有想过夺取你们的生命。既然云政恩的生命停在了十八岁，那么就用你们从十八岁到现在所得到的一切来偿还，这很公平。”辛律之最后看了一眼车窗外的两个“中学生”，“现在你们已经还清了。”

开始新的人生吧。

毕赢和曹慎行看着豪车渐渐远去，仿佛也带走了他们全部的希望。

“老表，这是什么？”

曹慎行从地上拿起一个购物袋，打开，里面是两件蓝外套。

这就是他的慈悲。

孟金毅开着车行驶在林麓大道上，不时从后视镜里看看后座一语不发的妻子。

云天清澈，松柏苍翠，在这样难得的好天气来到位于九鄷山脚的长乐陵园，实在不是什么令人愉快的出行。

寇亭亭拒绝了丈夫陪同进入陵园的请求。

孟金毅坚持：“亭亭，我和阿堇都不想你出事。”

寇亭亭木然地拨开他的手：“不会。到了这里，不会了。”

她空着手，一步步地登上石阶。

并不是祭奠时节，陵园里静寂无声。无论生前如何，在这里都变成了整齐划一的石碑。

因为人的记忆不会永恒，所以才用这种可笑的方式来纪念。

经过林立的石碑时，寇亭亭注意到一个小小的祭奠台上，放着一支廉价的口红，还有两个果冻。

墓碑上方印着两张照片，母亲与女儿分别在这个世界上生活了三十二年和六年，去世日期前后相隔三个月。

寇亭亭本已百毒不侵的心突然剧烈地跳动了起来。

当她跑到辛律之和姜珠渊面前时，大口大口地喘着气，就像一条被扔上岸的鱼，只有眼眶里还有些湿意。

“为什么要约在这里？”

石碑上明明刻着辛牧之的名字，却用着云政恩的照片。

她仿佛看到鬼一般猛地转过脸去。再转过来的时候神色恢复了平静，甚至还带着一丝讥笑。

“所以这是什么，衣冠冢？”

“来到旧同学的墓前，这就是你的第一反应？”

寇亭亭绷紧了嘴角，眼中闪过一丝恨意。

“这不是衣冠冢。”

寇亭亭皱眉看看开口否定的姜珠渊，又看看面容沉静的辛律之。

“对啊，这更符合你的身份——怎么可能任由弟弟孤零零地躺在云泽的公墓里？那种地方，一个个小格子挤在一起，叠在一起……什么时候迁来的？”

“一开始就在这里。”

“一开始？什么意思？”

“为什么一直追问这些不重要的细节？在这里躺着的是你曾经的同学、曾经的朋友，难道没有一点触动？”

就像听到了最好笑的笑话一样，寇亭亭满脸都是嘲讽。

“怎么？我应该有什么触动？姜珠渊，你的圣母心终于暴露了吧？死了就成为圣人？你不觉得这种认知很可笑吗？辛律之，你的弟弟怎么骚扰我的，你知道吗？！”

“也许吧。不过你撒的谎太多了，我现在不知道哪句真哪句假，也许统统不信会比较简单。”

“随便你信不信，我不喜欢他，我看到他就想吐！如果不是……我根本不会和他说哪怕一个字！”

她厌倦了被醉酒的母亲束缚的生活。她想读书、想上大学、想找一份工作……仅此而已！

“他信心满满地答应了我，可是没有做到。”寇亭亭紧紧盯着姜珠渊，那眼神恨不得要把她剜出两个洞来，仿佛她才是这场悲剧的始作俑者，“你知不知道我当时有多绝望？”

“你可以选择复读……”

“复读？姜珠渊，你为什么总能把事情说得那么轻松？我的人生全被云政恩毁了！”见不得姜珠渊那种既怜悯又嫌弃的表情，寇亭亭大声道，“你想说什么？你想说‘没有人能毁掉你的人生，除了你自己’对不对——少说这种冠冕堂皇的话了！”

她挥舞着双手冲上来，辛律之将姜珠渊拉到身后的同时，寇亭亭也突然止住了脚步，表情扭曲成悲伤与愤恨交织。

这份关怀，这份爱情，本来应该属于她。

她捡起辛律之放在墓前的玫瑰，使劲砸向墓碑，似乎要将前半生的愤懑都发泄出来。

“云政恩！你希望我能好好地活下去。我做到了！不管多难，我都做到了！我有钱、有女儿、有老公——你却阴魂不散！

“如果真为我好，就该听见我的祈祷，投胎来做我的儿子。但你没有！

“所以，这些人冠你之名来伤害我时，你也将冷眼旁观吗？！

“你出来啊！你不是一直在我身边吗？你出来！你出来说清楚！”

喊到最后，她的嗓子都哑了，瘫倒在墓前。一片破碎的玫瑰花瓣落在她肩上，一片落在辛律之的鞋前。

“你们一定觉得我很可笑吧？辛律之，你要找我报仇，我无话可说；不过姜珠渊你有什么立场，凭什么强迫我们参加追思会？全班没有一个人想去，却被推上大巴，强迫拉到殡仪馆，我一直做噩梦，做了一年——你和缪盛夏做的事情不也是欺凌吗？！”

姜珠渊呆住了。

追思会是她提出，缪盛夏操办。她以为，以为……

辛律之握着姜珠渊颤抖的手，不知是否那颤抖传递给了他，他开口时也带着颤音。

“所以那天你其实去见他了。你们发生了什么？”

对。

她宁愿对着一个死缠烂打的混蛋，也不想对着一个喝醉了、还把粑粑拉得到处都是的妈妈。

他真的不是自杀。

寇亭亭笑了起来：“一个有希望的人怎么会自杀？你知道走投无路的感觉吗？”

不是人选择自杀，而是自杀选择了它的受害者。

和孟金毅聊过之后，她又有了那种绝望的感觉。

高考完蛋了，可怕的妈妈，没有未来的未来。

没爱的家庭，云政恩的哥哥来讨债了，不，其实一直阴魂不散。

孟金毅睡下后，她在按摩浴缸里放了满满一缸凉水，探脚进去。

水一层层地漾开来，浸湿了大理石边台，滴滴答答。

没有用的。孟金毅的安慰和云政恩的安慰一样，对她狗屁一般的人生没有任何作用。

如果死了，会不会重生，或者穿越，得到另外一种不一样的人生？

云政恩怎么回答？

他说：“别看那些小说了，不会的。人死了就死了，不会有另外一种人生，我们要爱惜生命。亭亭，你信我，我真的有个很有钱的爸爸……”

她说什么？

她说：“你死了才会有，不如一起死好了。”

水和那天晚上一样冰凉。

水先到了下巴，然后嘴唇、人中，她不小心吸了一鼻子凉水，整个人滑下去。

口鼻进水的同时，她本能地挣扎起来；很快有人跳下来，使劲儿拽着她的胳膊，把她的头拔出水面。

“亭亭！亭亭！”

她大声地咳着，肺部的刺疼带她回到了七年前的那个深夜，一模一样。

一模一样。

“亭亭！亭亭！”

不一样。

不是云政恩，是她的丈夫，是阿堇的父亲，孟金毅。

七年后，又是一个她不爱的男人救了她。

第一滴雨落在了姜珠渊的睫毛上，紧接着，豆大的雨滴淅淅沥沥地落下来。

明明刚才天气还挺好的。

辛律之脱下外套，披在姜珠渊头上。

原来真相是这样——寇亭亭最终还是赴约了，她想跳湖自杀，云政恩救了她，自己却没能上来。

姜珠渊的脸颊已经被眼泪浸透，湿透，凉透。

她一直坚定他不会自杀，那个坐在顶楼栏杆上的男孩子不会自杀。

寇亭亭虚弱地问：“不问我为什么隐瞒吗？所以，我的一切都不重要吗？”

姜珠渊哭着说：“如果你不重要，云政恩为什么要救你？他不会游泳！

你到底在想什么？你到底想要什么？”

寇亭亭笑了起来，笑着笑着她也号啕大哭起来，脸上分不清是雨水还是泪水。

“我想要你那样的人生！像你那样光彩地活着！你得到了一切，除了云政恩的爱；而我呢，除了云政恩的爱，什么都没有！这些人的爱我一点也不想要！不想要！”

吼到最后，她声嘶力竭；辛律之已经被雨淋透，一言未发。突然他动了一下，转过头去，原来有人撑伞而来。

是孟金毅。他默默地用雨伞遮住了瘫倒在地的寇亭亭，完全不顾自己半秃的头顶暴露在雨中，很快他也被淋湿了。

雨水从辛律之的眉骨、鬓角，止不住地流下来。

“寇亭亭，你听着，我并没有把云政恩的骨灰制成钻石送给你。”

闻言，寇亭亭肩膀抽动了一下，呆呆地抬起头来。

辛律之似乎并不打算再多说一句。

他扶着姜珠渊离开。

也许，他不会这样浪费自己弟弟的骨灰。

也许，不是钻石也是别的什么东西。

也许，她的惩罚是永远记住云政恩。

也许，一辈子在自己不爱的男人身边，又有一个全心爱惜的女儿，这种酷刑已经足够。

信，便得救；不信，便永远活在地狱。

辛律之和姜珠渊回到车上。窗外的雨一直未停，而两人都需要一点时间平复情绪。

终于，姜珠渊先开口。

“滕志远这个名字对你来说有印象吗？”

辛律之没有打算隐瞒。

“殷承导演的助手。他找你了？”

“前几天碰到了。”

“殷承导演最近还好吗？”

“很好，他的病控制得很好，他们正在筹备一部新纪录片。”姜珠渊抬起脸来，“其实我想向你求证——*Tenn Bully* 的赞助商是不是欧拉基金会？

没有人愿意投资拍这种纪录片，殷承又很介意在纪录片里插入广告。滕志远告诉她，后来是一家 IT 公司提供的经费：“也许你会觉得这件事情和欧拉基金会没有关系。但这家 IT 公司仅仅存在了八个月，等于是纪录片拍完就关门了。我这个人比较固执，出现了这么不合常规的情况，就总想着去查一查。然后我发现这家 IT 公司有一位自然持股人本身还在经营另外两家大型互联网公司，而这两家公司的最大投资方是欧拉基金会。”

“你知道，我们这部纪录片得奖后在格陵引起了很大的反响，当时格陵日报就出了社论，表示校园欺凌现象必须得到整治。格陵的私立学校开始设立心理课堂，受害者可以寻求帮助，施暴者也可以得到心理干预。到了今年，格陵教育厅等数十个单位联合颁布了《关于防治中小学生欺凌和暴力的实施意见》。”

所以是殷承的纪录片立了大功吗？

“也许吧。我们只报道了一名受害者，却引起了这么深远的反应，是我们没有想到的。媒体也纷纷把赞誉都加在殷导头上，但殷导和我都倾向于认为背后还有别的推动力。”滕志远总结道，“欧拉基金会由在美华人创办，是一个具有强大凝聚力和执行力的精英团体——这会是一个很有趣的切入点。希望这次不要查一查又所有线索都断掉。”

听完姜珠渊的话，辛律之先是支着下颌不语。

然后他突然望向她，嘴角的微笑有点紧张，又有些不自然，仿佛在寻求她的认可。

“你认为——我做得好不好？”

姜珠渊望着他苍秀的脸庞。

寇亭亭有孟堇，代喜娟有成少为，毕赢有毕晟，曹慎行有曹壮。

马琳达有辛律之。

活着的每个人纵使千疮百孔，伤痕累累，总还有一个人在家里等着他/她，拥抱他/她，安慰他/她，陪着他/她走下去。

而辛律之，谁也没有。

这是他对自己的惩罚吗？

理智地告知母亲死讯，结果父亲心脏病发作去世；料理父亲后事，没能及时赶回云泽，带走弟弟。

其实这一切他都算在了自己头上吧。

那些精确又克制的复仇，也是对自己的惩罚吧。

姜珠渊深深地吸了一口气。

“嗯……耳钉很漂亮。”

Well done.

“你终于看到了。”

Thank you.

车行驶在雨雾中。

“珠珠。”

“嗯？”

“我家里有个很精巧的喂鸟器。”

“哦。我知道，还有壁炉和大狗。”

“Friday 去年夏天去世了。”他和琳达将她火化，葬在后院里，“今年长出来一丛雏菊。”

“那壁炉呢？”

“每年圣诞夜会生火。”壁炉前还有一把铺着厚厚毛毯的摇椅，“很舒服。”

“嗯。”

“珠珠。”

“嗯？”

他看着她。

一千零一个宇宙里，他都是这样凝望着一千零一个的她。

“请和我一起去马里兰。”

“我想走。”坐在伍见贤的婚礼现场，许度低声对庄羚道，“好多人。”

因为新娘和新郎两家往上数三代都是医生，生于斯，长于斯，所以大半个医院的人及家属都来了，简直就像一场医生联谊会。但也正是因为新娘和新郎两家都穿惯了白袍，所以这场喜宴没有采用经典白色，而是别出心裁地采用了新娘最爱的淡紫。

坐在淡紫色的纱幔下，许度不知为何，越来越心慌。

“为什么要走？”庄羚道，“难道是因为贝海泽会来，所以你害怕？”

“不是……”

“如果你已经放下了，就不应该害怕。如果你没放下，我刚也告诉你了，他和姜珠渊分手了。”

“是因为我吗？”

“嘟嘟，情侣分手从来都不是因为第三者，而是他们自己出现了问题。”

许度欲言又止。

“有点闷。”

“那我和你出去透透气。”

两人走出宴会厅，许度在迎宾处流连：“咦，这是什么？好有趣。”

庄羚注意地看着她的表情：“刚才签到的时候你都没看，现在觉得有趣啦？”

和其他婚庆现场的鲜花锦簇不同，简洁大方的签到台上放着四层玻璃盘，装着各式各样的零食，每个盘子前面还放着一张卡片，介绍这十六种九十年代常见的校园小吃——杨桃干、无花果、麦丽素、话梅、干脆面、唐僧肉等等。

许度吃了一块杨桃干，酸酸甜甜的味道瞬间将她拉回到中学时代：“小羚，你还记不记得？我们下课的时候总是跑去买这个！”

“怎么会忘记呢？”庄羚笑着回答，“你和粲粲石头剪刀布，谁输了谁请客。”

一想到开心的求学时光，久违的笑容慢慢地爬上了许度的脸庞：“挺别出心裁。”

新郎和新娘是她们的学长学姐，所以回忆里的味道也有重叠：“麦丽素是我们的仙丹。那个时候多开心呀！你也是，多想想高兴的事情。”

许度这才明白了庄羚坚持让她来喝喜酒的原因：“谢谢。我……”

她话还没有说完，就看见电梯打开，走出来一对青年医生。

许度不知道自己是怎么撑下来的。

全场的焦点无疑是新郎新娘，但她的注意力却全在两桌外的贝海泽身上。从他和林沛白走出电梯，和新人握手，品尝零食，入座，低声交流。

结婚仪式上的灯光将她的心思投射到无限大，但他好像并没有看见她。

庄羚的安慰并不能改变许度的低落。她曾经一度认为自己已经做好了被“女二号”奚落的准备，结果反转了；她以为自己已经捱过了最难受的阶段，但在再度见到贝海泽一个人出现的时候，筑起的心墙瞬间土崩瓦解。

爸爸刚说过，她应该离开一段时间，不要在这个环境中继续自怨自艾。

但她能感觉到自己的心壤又开始惊蛰一般地蠢蠢欲动。

“好了，大家安静一下。”推杯换盏，酒酣耳热之际，林沛白跳上台，示意大家安静，“听说今天没有闹洞房，那现在来玩一个游戏助助兴——有没有情侣自愿上来？”

游戏的规则很简单，每对情侣按照平时最舒服自然的牵手方式站着，用一根彩带缠起来，回答十道问题，答对了就放松一寸，答错了就收紧一寸：“哪对站到最后，就可以得到由新郎新娘友情提供的北海道温泉套餐的礼券，价值五万元，五万元啊！”

虽说席上还有长辈，但婚礼上不分长幼尊卑，大家也都难得轻松一回。故而应者云集：“林沛白你这是把结过婚的、单身的都歧视了个遍啊！”

“不歧视，只要你找得到人上来都行。LGBTQIA 咱们都欢迎！”

庄羚问许度：“你想不想去泡温泉？咱们也上去呗！”

许度摇摇头。她的视线一直停留在贝海泽的身上，她直觉这个游戏不会这么简单。

很快，好几对情侣牵着手上了场，笑嘻嘻地任由林沛白用一根彩带缠住彼此。而林沛白开始拱贝海泽：“小贝，你表姐结婚，不上来捧个场？”

坐在主家席的贝海泽是青年才俊，上台玩游戏当然是喜闻乐见的消遣。闻人玥也一个劲儿地推他：“海泽表哥，我和你一起上去呀！我可以的！”

“小贝医生上啊！”

“在我们这一桌选好啦！”

林沛白又开玩笑：“你一个人上来就行了，我也很想泡温泉啊！”

大家开始哄闹拱人，贝海泽笑着扔开餐巾，站了起来。

许度的心跳得很快。

他从主家席走了出来。

她一直在反复地想着同样的问题。

不是因为喜欢我，才买耳机给我吗？

不是因为喜欢我，才在意我起的那个外号吗？

不是因为喜欢我，才分手吗？

过去的都不管了，能不能给大家一个机会……

贝海泽走出了宴会厅，身后留下一片嘘声。

“哎呀，怎么玩不起！”

林沛白示意大家安静：“少安毋躁！我们且看看小贝这葫芦里卖的什么药！”

时间一分一秒地流逝，许度的心跳也忽快忽慢。

等贝海泽再进来时，牵着的是姜珠渊的手。

她还穿着围裙，一副小厨娘的模样，表情则是不知道发生了什么事情，不停东张西望。

林沛白鼓起掌来：“哎哟，是去请外援了啊！来来来，来点掌声鼓励！”

在一浪浪的掌声中，贝海泽牵着姜珠渊，走到了台上。

“哇，这位外援身上好香啊，刚才在烤蛋糕吗？”林沛白把话筒递到姜珠渊嘴边。

“呃……是啊。”

“我们今天也有结婚蛋糕，要尝一尝吗？”

“不用了……”

“紧张？”

“有点吧，其实……这是要干吗？”

“赢北海道的温泉套票，价值五万元呢！快，按照你们最舒服的距离站好。”

林沛白拿一条彩带把他们的腰给缠了一圈。

“第一道题——引起高钾血症的最常见原因是什么？”

几乎每一组每个人都同时写出了答案 ARF（急性肾功能衰竭），除了目瞪口呆的姜珠渊。

“林沛白！出这种题怎么可能拉开距离嘛！”

“对不起，拿错。”林沛白嬉皮笑脸，“应该是这边口袋。好了，第一道题，第一次遇到对方时彼此穿的衣服……”

他拉长了声音：“请画出来！”

已经开始写答案的各位一下子傻了眼，此起彼伏地骂着林沛白：“画？

怎么画？我要是会画就考美院了！”

“画个心脏，画个动脉可以，画衣服是啥玩意儿？”

“哈哈，我们第一次见面是在泳池！画比基尼没难度！”

“犯规犯规，说出来了可不算！”

结果大家都画得五花八门，各有特色，等到了贝海泽和姜珠渊面前，两个人的白板上不约而同地画了一只鸭子和一只熊猫。

林沛白抱着胸，看了半天：“本来想说你们不能过关，但是怎么会画得一模一样？”

贝海泽道：“你别管，一模一样就对了。”

“好。”林沛白伸手将两人身上的彩带抽紧；姜珠渊咦地一声趔趄了一下，贝海泽伸手扶住：“等一下！不是答对了就放松吗？你这干什么？到底怎么才算赢？”

“没错。”林沛白佯装不解，“明明是答对了就收紧，能站到最后的情侣可以得到礼券。答错三道就出局——感情不好还去北海道干什么？”

其他几对情侣都笑着骂起来，不过又觉得他说得有道理。

“魔鬼，你是不是要搞事？！”

林沛白一派天真无邪：“是啊。”

接下来的题目都不算难，比如第一次看的电影，第一次牵手的日期，不过是考验情侣之间的默契度，每对情侣都有赢有输，到了最后还在坚持的只有贝海泽和姜珠渊，以及另外一对情侣。

身为主持的林沛白笑得弯下腰去。

“哎呀你们怎么都还站得住？”

腰上的彩带已经系得很紧。那对情侣看来是对礼券志在必得，一边吸着气，一边扫过来挑衅的目光。

贝海泽的腰并不粗，但姜珠渊有点喘不过气了。

“你真的很想赢吗？”

他不是想赢。

“我希望这里可以留下你开心的记忆。”

姜珠渊突然发现，这就是当初开同学会的宴会厅，不同的布置让她没有认出来。

台上台下都是喜气洋洋，就连另外那对情侣，时不时抛来的目光，也含着笑意。

他们第一次见面是在梦里。

他们第一次牵手是在医院食堂。

他们第一次看的电影是 *Wall-E*。

他们相爱过，吵架过，闻过恶臭的地沟油，也见过格陵最大的月亮。

随着林沛白出的每一道题，这半年来的感情历程也在两人的心中不断重温。

“好了，最后一道题。”林沛白道，“对方做过最让你感动的事情。”

“感动？为什么是感动？爱情和感动有屁关系？感动不是爱。要问也应该是问‘他做过哪件事情让你一下子感觉不能爱他更多’！”

听他们这样说，林沛白似乎也有些触动，但他很快调整好情绪。

“话都让你们说完了，奖颁给你们好不好？这样，最后一题是交往至今最幸福的一刻。快写吧，断气了，还笑！”

虽然被揶揄了，那一对很快写好。

“我们来看看——交往至今最幸福的是决定结婚那一刻——哇，你们要结婚了？恭喜恭喜！”

“少废话，快宣布我们赢了，蜜月就去北海道。”

“不着急，来看看这边的一对。”

林沛白翻开了姜珠渊手中的白板。

可是上面还来不及写什么。

林沛白第一次出题的时候，她想到了很多。

他为她作证；他帮她捞地沟油；她心情不好，他带她散心；遇到急病病人，他会第一时间确定她的安全；她离家出走，他请假去找她。

她相信他也有触动。她为他做柠檬味的香皂，做营养的早餐，挂号去和他见面——有一点甜，他们都想着留给对方。

可是要问交往至今最幸福的一刻，她却觉得很多时候都只差那么一点点，一点点……

“要不，还是看看小贝的答案是什么吧？”

贝海泽很迅速地把白板上的字擦掉了，温柔地回答：“输了就输了。”

“等等等等，”林沛白阻止不及，“你写的什么？我只看到一个‘点’。”

“你瞎了。”

“不是一点两点啦，是点，点！我没看错！”

不过那边那对也没有再抽紧彩带的空间了。

“林沛白，只要彩带接触到我们的身体就行了吧？不一定非得是腰吧。”

“当然。不过从你们的身高来看……”

那对情侣做出了惊人之举——女方突然扭动腰臀蹿到男方腋下，两条腿紧紧缠住男方的腰。

这样一来彩带又可以拉紧了。

“我们赢啦！赢啦！”

在那对情侣欣喜若狂的欢呼声中，贝海泽突然抱紧了姜珠渊。

“能不能给我一个机会，把差的那一点补上？”

“请和我一起去慕尼黑。”

在老饕门的进修结束了，蔡媚媚等人决定给姜珠渊开个欢送会：“你看你有什么想吃的、想玩的？”

大半年的进修，感觉还真的发生了很多事情：“不吃火锅，什么都可以，但不吃火锅。”

“喝点什么？”

“随便吧。”

“楼下的厨房里应该有不少存货，你和我去拿。”

姜珠渊和成少为一起到了厨房，果然在橱柜里找到了薯片、可乐等零食。

姜珠渊看着包装上的成分表皱眉：“这些东西高油、高盐、高热量，要少吃，尽量不吃。”

“你这么无趣，真不知道贝海泽和辛律之怎么受得了？”成少为道，“身为男子汉大丈夫，居然能忍辱负重，一起追求你，也不知道发什么疯？简直是格陵市的耻辱，帅哥界的败类。”

姜珠渊不想讨论这个问题，但成少为明显兴致勃勃：“天涯何处无芳草，何必非在你这一棵树上吊死？”

“你对，你全对。”

“你也觉得我对吧？我分分钟能给他们介绍十几二十个美女。从明天开始每天见一个，能排到过旧历年。”

“那倒不需要了，他们反正也要走了。”

“走了？去哪里？”

为了成为大国手，贝海泽要去德国深造；而辛律之的事业在美国，他也不能放弃。

“哦？那你呢？你有什么打算？”

两边都对她表示出了她能跟着一起走的愿望。

选定了就代表将来的人生会和他一起，另外那个人就自动退出。

成少为胸口有些发闷，想问她决定了没有，但思量再三，说出来的却是——“你有想念的味道吗？我给你做一次‘万食如意’吧。”

“真的吗？那我要求一碗杨枝甘露。”

这么多年风风雨雨，老饕门的杨枝甘露一直保持着高水准：“不知道有没有红心柚和芒果？”

“应该有。”成少为道，“你等等。”

他转身出去；过了大概十分钟，他拎着一个果篮回来了，里面装着芒果、柚子和淡奶：“中央厨房什么都有，比我们这个小灶厉害多了。”

姜珠渊鼓起掌来。

做杨枝甘露的过程中，成少为道：“我一直想问你，当时你为什么坚持留在‘万食如意’？是因为我长得帅？”

“是因为你自我感觉太良好了——开玩笑。”

“那到底是什么？”

“你忘了你当时说过的话吗？你说既然你并不像看起来的那么蠢——从来没有人说过我蠢。当时真的很生气，所以想留下来，证明给你看我并不蠢。”

“就是因为这句话？”

“其实一出会议室的门就后悔了。‘味·道’项目的顾问兰若天教授，曾经是我的偶像。但是因为男女比例失调，压根儿不考虑我读他的研究生。我一直希望能站在他面前，告诉他男女都有平等竞争的机会，而且女性并不会差于男性。”姜珠渊道，“话又说回来了，你为什么对我的第一印象会是蠢呢？”

成少为用小刀划开柚子：“漂亮的女孩子大都是很蠢的。”

姜珠渊剖开芒果，剔出果肉：“这我就没法怪你了。”

两人相视而笑。

“是我误解了你，你需要比较长的时间才能交朋友。”

姜珠渊表示同意：“我的本科同学、研究生同学，都是慢慢认识之后才成为朋友的。年纪越大，越不容易交朋友了。以前坐在一起吃一餐饭就可以成为朋友，现在好像很难了。”

“其实我初中是在格陵读的，外国语中学。我初三的时候，因为爸爸工作调动，全家一起离开了格陵。”

“哦？我也是那个学校毕业的。”

“我知道。你在高中部，你当时高三，我初三。本来我也要升高中部了，但因为爸爸工作调动，全家一起离开了格陵。”

“我当时应该还算有名。”

“是。”姜珠渊笑着表示同意，“那个时候我很伤心，不想离开同学，离开朋友，更何况还是去乡下。当时对我来说，格陵以外的地方就是乡下。就在我心情最不好的时候，外班的一个女生跑来对我说，高三的一个学长听说你要转学了，请你吃甜品。”

“哦？是谁……”

成少为突然明白了。

“是故意整你吧？”

“也可能是我听岔了。我从来没有被男生邀请过，不管是谁，我都会很开心的。所以买了新裙子，高高兴兴地去了，到了地方才知道，并没有特别邀请我，邀请的都是很漂亮的女孩子。”

“……其实只要去了，我都会招待。”

“是啊，所以很快不觉得悲伤了。”姜珠渊笑着回答，“那碗杨枝甘露很好吃。”

计时器叮的一声，时间到了。

成少为从冰箱里取出玻璃碗，又拿了一支勺子给她：“尝尝看。”

姜珠渊吃了一口：“嗯……真的还是当年的味道。”

成少为不这样觉得：“淡奶不一样了，柚子也是新品种，怎么会吃出当年的味道？”

“所以才叫作‘万食如意’，谢谢你。”

她一口一口地吃完了那碗杨枝甘露。

“我们——还是朋友吧。我可以找你出来吃饭吗？”

“可以。”姜珠渊道，“但是朋友的手机也不能左右乱翻。”

“当然。”

“你走了，以后就得我自己看那些申请了。”

“对了，”姜珠渊拿出一个文件夹，递给成少为，“这个委托希望组长能亲自做。”

“这么隆重其事。”成少为接过来一看，“菜泡饭是什么？把剩饭剩菜全部倒在一起，加热一下就可以吃了。”

“委托人父母离异，有一个男孩子给了她很多温暖，但是这个男孩子已经有心上人了。”但她思来想去，不可能因为这个就放弃他。不会去打扰他，会离他远远的，但依然喜欢他，“她还记得父母离婚的当晚，两个大人都跑出去庆祝了，只有她一个人留在家里触景伤情。是男孩子带她回自己家，给她做了一碗菜泡饭。”

成少为扬了扬手里的资料：“你是因为这个和贝海泽分手？”

姜珠渊补充了一句：“你可要抓紧，因为她很快要出国了。”

“出国？”

“那你……”

“感情这种事情本来就很难讲，不是吗？我现在做不了任何决定。想要变得更好，再做决定，又或者这个就是我的决定。”

看着伍敏为自己收拾的行李，贝海泽不禁皱起了眉头。

“妈，这也太多了。不能带上飞机，托运也麻烦。”

“不用你一次性带过去。看，你只用带这两件。”伍敏指着一个大行李箱和一个小的便携式旅行包，“这几件我和你爸两个月后去看你的时候再带过去。”

贝海泽坚决制止：“千万不要，你们如果来旅游，我会很欢迎，但是不要想着来照顾我。我能照顾自己。”

养儿一百岁，长忧九十九。伍敏正是抱着这样的心情收拾行李，没想到儿子并不领情。贝中珏也道：“儿子大了，你当他还三岁吗？他住院医也做了五年，完全有自主能力，你让他自己决定。”

伍敏讪讪地缩回手：“好吧，你自己收拾。”

等母亲离开房间，贝海泽无奈地打开行李箱，将一些无关紧要的日常用品都清了出来。

他听见门再次打开的声音。

“海泽哥哥。”

他回过头，惊讶地看到是许度拿着个袋子站在门口。

“许度？”贝海泽道，“你什么时候来的？”

许度踌躇地开口：“我爸叫我拿点东西给你。可以进来吗？”

贝海泽犹豫了一下，点点头。

许度迟迟疑疑地走进来，将那包东西交给贝海泽。

还是贝海泽先开口：“最近有没有锻炼？”

“有。”

“那就好。”

“……你真的要去德国吗？”

“嗯，下周三的飞机。”

“那……她怎么办？”

“她不会跟我去。”

“啊？那岂不是……”

“即使我和她现在是恋人关系，我也不认为她会跟我一起去，因为她的事业在这里。”

“她是要答应另外那个追求者了吗？”见贝海泽有些诧异，许度道，“这些都是我听……他们说的。他们说，你和她分手了，然后现在还有另外一个人在追她。那她是拒绝你，接受那个人了吗？”

“不，她谁也没有接受。她已经明确表态，给大家两年的空间好好地工作，然后再来考虑感情问题。”

“那你……”

“她说得没错。如果大家都好好地工作，两年很快就过去了。”贝海泽道，“假期我也会回来看她。”

许度欲言又止。

“怎么了？”

“我被慕尼黑大学录取了。”她急急地解释道，“其实，我早在你要去之前就申请了。我去读书——现代文学。我……我……你不要误会。”

但无论如何都会误会了吧。

贝海泽抬头看着她。

没有预警，没有重来。生活真是充满了各种意外，各种历练。

无论他愿不愿意，接不接受。

贝海泽低下头去继续收拾行李。

“好好读书。”

许度点点头。

“我知道。”

她走上前去。

“海泽哥哥，我来帮你。”

“我觉得她是在给你机会。”

看着正在收拾行李的辛律之，马琳达突然开口了。

“我感觉她喜欢的是你，否则怎么会和小贝医生分开？这摆明了就是给你机会。你是不是不应该离开，而是坚定地留下来呢？”

“珠珠不是那种口是心非的性格。”辛律之道，“她不会喜欢不要江山的男人。她也有她的坚持，我尊重她的决定。”

“可是女人有时候就是希望男人强悍一些，霸道一些。”

“珠珠不是。”辛律之想了想，又道，“我也不是。”

马琳达不再劝他了。

“Cici 和我们一起走。”

“OK。”

马琳达离开了房间；不知道过了多久，辛律之听见门又打开了，轻轻的脚步，走到了他身后。

他知道那不是姜珠渊。

“Patrick.”

司瑟霖的声音在空荡荡的房间里听起来很单薄，但又很坚定。

“I have a crush on you, always.”

辛律之停下了手中的动作。

他背对着司瑟霖，后者看不到他的表情。

“Cici…”

“That's all.”司瑟霖低声道，“That's all.”

一辆老尼桑在海边停下。

姜珠渊从车上下来，锁好车门，沿着沙滩缓缓地走着。

这是一个阴天，苍茫的大海与铅灰色的天空在远处连成一线，分不清边界。

一阵脚步声由远及近。

“怎么不去送机？”

突然出现在她身边的是成少为。

姜珠渊轻松地回答。

“怕因为一时软弱，拜托他留下来。”

“他？所以其实你有答案。”

姜珠渊愣了半晌，摇了摇头。

飞机在云层中穿梭，正驶向更远的远方。

“其实可以再想想，说不定还有更好的呢？……别走啊，等等我。我说，等会一起吃饭怎么样？”

格陵电视台，一号摄影棚内正在进行的是 *Yummy City* 的拍摄。

强烈的灯光下，女嘉宾在流理台后忙碌着，而男主持抱着手在一边观看。

正在做的是一道沙拉，包括有生菜、黄瓜、甜椒、番茄、紫甘蓝、白煮蛋、藜麦，色彩鲜艳，营养丰富。

作为著名的影视歌三栖明星，男主持显然对自己的仪表非常看重，头发染成了时下最热的奶奶灰，名牌白衬衫搭配印花的短皮衣，永远给镜头右侧的三七面。女嘉宾则不是镜头前的常客，她穿着杏色的职业套装，简单大方，外面系着一条红色的围裙，短而微卷的头发显得十分干练，但面孔看起来有些拘谨，一股书生气："最后淋上刚才调制的酱料，拌匀。"

"需要帮忙吗？"

"不用，万一溅到你身上就不好了。"

"那倒是，今天的衣服可是 ×× 品牌赞助的。而且单身白领回到家也不可能有人帮忙，不是吗？"

女嘉宾微微扬起嘴角，算是捧场；她刚拌好沙拉，就听见计时器发出叮的一声。

"哦，烤好了。"

"是的。"女嘉宾戴上手套，打开烤箱，"再加上新鲜出炉的鸡翅和烤小番茄，晚饭就做好了。"

两道菜端上桌时，男主持人按下秒表："完成！从冰箱拿出食材，到上桌一共二十分三十一秒。果然是名副其实的快手菜，但还是没有破你上次八分十七秒的纪录。"

"那次是煮面，把所有的食材一锅端出来，当然快了。但偶尔也要做些漂亮的晚餐，然后拍照上传到社交页面上，让朋友们看看你也很有生活情趣。"

"姜老师说得很有道理。那让我们看一下今天这道有情趣的晚餐——有白肉、有蔬菜、有杂粮、有水果，应该算是营养平衡的一餐了——但是如果电视机前的观众家里没有烤箱怎么办？"

"带烧烤功能的微波炉也可以。"

“微波炉也没有，怎么办？”

“用有定时功能的电饭煲。如果电饭煲也没有的话，平时可能并不做饭吧。”

“那么就由我试一下到底味道如何。”男主持人尝了一口，夸张到面部表情扭曲，“嗯，沙拉非常脆嫩！每种蔬菜本身的味道都很强烈！鸡翅一咬下去就在嘴中爆开了，很多汁！每次姜老师做出来的菜都和你本人一样美丽又有内涵。”

“谢谢夸奖。”女嘉宾微笑，“我从小就很喜欢看美食节目，但做菜水平很差。现在才慢慢地学会了一些兼顾营养和美味的技巧。”

“我注意到你刚才留了一份菠菜，是打算做什么呢？”

“这个啊，因为现在很多白领喜欢自己带饭盒，但是又担心隔夜菜不健康。那我们可以将焯过水的蔬菜用方便盒装起来，中午在公司用微波炉加热一下。这样可以最大限度地减少细菌的滋生，口感也会很新鲜。”

一号摄像机给了便当盒一个特写。

“我口味重，能放点辣椒吗？”

“当然可以。全格陵应该没有人不知道你喜欢泼辣。”

原来这男主持人前不久才因为当街被女朋友赏巴掌所以上了娱乐新闻头条；因为是现场收声，所以整个摄制组的笑声都被收进去了，而当事人笑得最响：“姜老师真会开玩笑。对了，这个星期介绍的都是很适合上班族的快手菜，那么如果周末在家想要招待朋友，做一顿能震住他们的大餐，你有什么建议呢？”

“中式还是西式？”

“中式。”

“可以啊，我也有一些中式的功夫菜很拿手。”

“那不如我们下一期就来做开心果虾球和卜卜脆丝卷这两道功夫菜吧？”

“好啊。”

“一言为定，下期再见。”

“Cut！”

结束了拍摄，男主持人对姜珠渊竖起大拇指：“不错啊，姜老师，现在不仅能接梗，还越来越有梗。”

“对不起，刚才……”

“没事没事，做节目就是要有梗，开不起玩笑还做什么节目呢？我们这个节目收视率一直在上升，你知道吧。”

“监制告诉我了。”

“所以我们要再接再厉。”其实一开始他不太看好这个节目，美食节目没噱头，做不长，没想到效果还挺不错，看来现代人在解决温饱问题之后，对膳食营养也开始重视了，“我会帮助你把你的健康理念传递给所有观众的。一起加油吧。”

等姜珠渊回到梳化间卸妆时，有一名看上去才二十岁出头的女孩子走了过来：“姜老师你好，我是综艺二组的助导，我们在筹备一档节目，想要探讨大龄剩女的问题……”

“啊？”她笑着取下话筒，“我已经被归到这一类了吗？这个话题还没过时？”

“能不能借您一点点时间，讨论一下呢？您今年二十七岁了，是否也会有被逼婚的情况？”

“没有。”

“您的家人很开通？父母不会担心吗？”

“应该算吧。因为看到我一个人也过得非常好，所以不担心。”

这时有人在门口喊了一声：“成总来了。”

原来是成少为，他还是那副风流倜傥的样子，姜珠渊看到他，不由得嘴角上扬：“组长。”

成少为捂着胸口道：“我来接你下班，没想到碰上卸妆，现在有些心碎，怎么办，你怎么能不化妆比化妆更好看？”

姜珠渊撇了撇嘴，小助导则捂着嘴笑。

原来姜老师有男友——不对啊，那为什么老饕门没有赞助 *Yummy City*，而是冠名了它的对家节目 *Diet Fight* 呢？难道 CEO 还不能随心所欲资助自己的女朋友吗？

“不是，你误会了。”姜珠渊见她一副狡黠的模样，解释道，“成总是来找我看工作室的。”

“那我可以约您做个访问吗？明天可以吗？”

“明天不行，后天吧。”

“后天？后天这个企划案就要交上去了。”

“真的很抱歉，我明天有很重要的事情。”姜珠渊道，“我的意见就是大龄剩女这个名词根本不应该存在。”

成少为和姜珠渊一起走出电视台。

“多谢你来接我，我的车送修了。”

“你还是换部车吧。”

“只是倒车影像出了些故障，不用换车这么严重吧。”

姜珠渊打开包，拿出手机的同时，成少为一眼看到了她包里的一个娃娃。

“咦，这不是你车上的摆件吗？”

“你说这个？”姜珠渊把肝脏娃娃从包里拿出来，“车送修了，暂时在包里住一段时间。”

成少为指了指肝脏上挂着的一颗胆囊形状的珍珠：“上次和兰教授开会，他还问我你车上怎么会有这么奇怪的摆件。”

“哈哈，那次在电视台碰到，顺便载他回学校了。其实他有问题可以直接问我。”

“可能是想到当初没有收你做徒弟，有点尴尬。”成少为道，“对了，具迩把她儿子的照片又发在朋友圈了。”

“快，给我看看——哇，好可爱。”

“你哥最近有没有发？”

“你应该问他哪一天没有发。”姜珠渊拿出手机，翻出姜金山的朋友圈，“请欣赏。”

原来姜金山和官瑜的小孩刚刚三个月，姜金山从拍老婆平坦的肚子到现在，每天都在朋友圈发孩子的实时动态。姜珠渊之前给成少为抱怨过，然后屏蔽了，但成少为非常感兴趣，闹着她取消了屏蔽。

是小孩在练抬头的照片。看过之后成少为把手机还给姜珠渊：“请翻下一张，谢谢。”

姜珠渊手指在屏幕上一划。

“换一张嘛，这张抬头的看过了。”

姜珠渊翻给他看：“九张是一样的。”

“你自己翻。”

“准了？”

“准了。”

“谢主隆恩。”成少为一面翻一面道，“你喜欢小孩子吗？不如自己生一个。”

“喜欢是一回事，自己养又是另外一回事。”姜珠渊拿回手机，“生孩子是很大的责任，看我哥和大嫂就知道，一个小孩子就忙得他们团团转。”

“尤其是生到像我这样的？”

“你？你不错啊。”短短两年的时间，成少为做到了老饕门的第二大股东，并因在上市期间的杰出表现而出任CEO；尽管工作很忙，每次代喜娟去珠海打高尔夫球都是他亲自接送，“无论是做儿子还是做总裁，都挺好。”

“当然了，不然怎么能重回城中十大钻石王老五榜单呢？其实我做老公、做爸爸也一定很不错，只是没有人肯和我切磋。

这两年他的花边新闻是少了些，但怎么会没女朋友呢：“不要开玩笑了。"

"可真不是开玩笑，你看，连具迩都生孩子了，你也升级当姑姑了，我还膝下犹虚。"

"这词是这么用的吗？"

"当然，我再不结婚也老了。将来送小孩上幼儿园大概会被认为是爷爷了。"

"你对，你全对。"

成少为很快将姜珠渊送到了工作室楼下。

"反正没事，要不去你的工作室坐会儿，顺便吃个饭？"

"我今天已经做了一天的饭了。"

"当然是我来做，非要我说得这么明显吗？"

这不是成少为第一次来到姜珠渊的工作室。事实上自从他知道姜珠渊想要成立一个营养工作室以来，就一直帮忙出谋划策："每次来都好像回家一样。"

"幸好有你帮忙，多谢你的设计。"

工作室面积不大，按照不同的功能划分成了烹饪区、教学区和实验区。从设计到选址，从装修到布置，每一个环节成少为都不遗余力："我收钱了。况且捧红你，对老饕门也有好处。"

"就目前来看，好像还没有给老饕门带来什么收益。"她打开流理台旁的冰箱，"有牛排、土豆、荷兰豆、芦笋。"

成少为笑着靠在水槽上，开始挽袖子洗手："我来为姜老师服务。"

这不是两人第一次一起做晚饭，成少为一边切土豆一边道："……霸道总裁的小娇妻生孩子的样子真的很辛苦。可是霸道总裁又不想用避孕套，所以他准备去做结扎，以后再也不生孩子了。"

姜珠渊把焯过水的芦笋捞起来，无奈地摇头："天哪，我一点也不想听这个，自从我介绍你和廖盛夏认识之后，你嘴巴都不上锁了。"

"可是他说得很兴奋啊。哎，别光是我说个不停。你最近有没有什么八卦？”

姜珠渊一边将牛排放进煎锅一边摇头：“没有什么大事。”

她不知道，毕赢换了个学术圈子，在读博士，导师是一个刚回国的学者。

她也不知道，曹慎行和父亲重新养猪去了；寇亭亭全家移民去了澳洲。

“贝海泽、Patrick 的消息你有吗？”

姜珠渊执着锅铲的手顿了一下。

“我听说马琳达开了个人影展。你要几成熟？”

“五成。Patrick 的 TED 演讲你看了吗？”

“看了。他把应用数统知识讲得很不错，很吸引人。”

贝海泽也参与了一档中德医学科普微视频的摄制，一共十集，每集十分钟，对生活中一些常见疾病的防治和处理方法进行了普及：“我看到他们在社交媒体上的个人状态一直都是 single（单身）。”

姜珠渊撇了撇嘴：“你可真够八卦。单不单身，重要吗？只要过得好不就行了。”

“你做节目，充分利用社交网络传播营养学知识，不也是为了让他们知道你过得很好？”

姜珠渊没有否认。

成少为将牛排装碟，码好配菜，淋上酱汁：“吃饭吧。”

她做饭的手艺是越来越好，但还是比不上成少为中西式都能轻松驾驭，色香味俱全；成少为切着碟子里的牛排：“明天就整整两年了。”

“嗯。”

“你会去见谁？”

姜珠渊没有作声，但面色看起来也没有被冒犯。

良久她才道：“两年可以改变很多事情。也许他们并不会回来赴约呢。”

“如果他们没变，你会选谁？其实两年前你不就已经有答案了吗？”

姜珠渊摇了摇头。

那个时候的她，没有选择的能力。

“那你现在有决定了吗？”

姜珠渊又沉默了。她叉起一根芦笋，放进嘴里。

“看来你还没有拿定主意。”成少为故作轻松地问，“那么，要不要考虑考虑我？”

这句话终于令她的表情发生了波澜——姜珠渊停止了咀嚼，面带微怔地看着成少为。

虽然是玩笑话一样地讲出来，却有着再认真不过的眼神。

“我也不知道从什么时候开始，对你有了不一样的感觉。过去两年里，我帮你筹办工作室，你帮我解决‘万食如意’的难题，我们相处得很愉快、很轻松。我一直以为这是同伴之间的友谊。但是随着你和 Patrick、贝海泽的两年之约越来越近，我的情绪就越来越糟糕。”成少为看着她的眼睛，“我联系他们，装着不经意地问他们的感情状态，才知道他们都买了回格陵的机票，今天晚上到——时间也许改变了我，但是没有改变他们。”

姜珠渊的心剧烈地跳动起来。

将全部心思说出来的这一刻，成少为也如释重负，甚至连胃口也回来了。

他继续切着牛排：“其实我一直很犹豫。说出来了，也许会连朋友都不能做；可是不说的话，又舍不得就这样放弃。”

姜珠渊放下刀叉：“组长……”

“不用现在立刻回答。”成少为道，“你做的牛排很好吃，我想吃完它。”

他大口大口地吃着牛排；姜珠渊则怔怔地看着他。

这两年来两人的相处一幕幕地在眼前闪过。

面前的成少为，是组长、是 CEO、是好友，可是她从未将他当作一个男人来看待。

同样，她也不觉得一直以来在任何人面前都甜言蜜语的成少为有把她当作女性。

是她忽略了？

惊讶、不安、愧疚、感动……乱糟糟的情绪充斥着姜珠渊的胸腔。

直到吃完饭，走出工作室，上车回家，成少为都再也没有提过这个事，他一直聊些无关痛痒的新闻，姜珠渊也无关痛痒地回答他。

车静静地行驶在璀璨的夜色里。

直到送她到了家门口，成少为才重新提起刚才的话题。

“如果你有答案了，知道在哪儿可以找到我。”

“如果你不来，那我们就忘记这件事情，继续做朋友，好吗？”

可是很快他又否定了自己：“不。如果你不能接受我，那我们以后还是别见面了。”

天哪，他也不知道自己在说什么：“我是不是已经把我们的革命友谊给破坏干净了？”

他从外套口袋里拿出一个小小的戒指盒，放在姜珠渊的手心。

“珠珠，晚安。”

戒指盒里藏着一枚轻巧的铂金戒指。戒指中央的镂空设计极具现代感，一条简洁有力的线条旋转地穿过一个六边形。

姜珠渊立刻明白过来，这是美拉德反应。

碎钻组成的线条代表着多肽，而镶嵌着红绿宝石的六边形代表葡萄糖。

她露出了会心的微笑。关上戒指盒，打开梳妆台的抽屉，放了进去。

整理过最近的工作资料，她跑了会儿步，又在网上回复了几条有关营养的问询，然后洗了个澡，上床睡觉。

这一晚上她睡得很好，直到清晨的阳光穿过窗帘洒在了脸上。

她睁开眼睛。

又是崭新的一天。

这一天她没有给自己安排任何工作。做了会儿瑜伽，吃了个元气满满的早午餐，看了会儿美食节目，又看了会儿书。

时间走遍了世界的每一个角落，然后停留在这间公寓里，一点点地晕开。

光影移动，它流连于铺着地毯的玄关，养着花草的阳台，光洁干净的厨房，简单整齐的客厅和小巧温馨的卧室。

每一分、每一秒的流逝，都与过去两年的每一分、每一秒没有不同。

就这样一直走下去，走过翻开书页的指尖，走到约定的尽头。

姜珠渊合上书。

她起身，走到梳妆台前坐下。

化好妆后，她走到玄关处，从衣帽架上取下外套和缀满彩色铆钉的坤包，把刚才从抽屉里拿出的戒指盒放进包里。

夕阳的小尾巴，照在门后的镜子上。她对着镜子，摸了摸左边的眉毛。

姜珠渊打开门，走了出去。

番外

×

# 7号宇宙

云泽二中高三九班。

唰唰，唰唰，唰唰唰。

两截洁白的粉笔同时在黑板上疾书。

一行行公式流畅地出现，仿佛被两名演算者赋予了生命一般，精巧地组合，运用，得出结果。

讲台下的观战者分成了两队，以着装为界，一队穿着云泽二中的运动服，一队穿着格陵大学的文化衫。青春的脸庞上，表情都一样——关注，急切，屏息凝神地注视着这场无声的对决。

很快，和前两题一样，黑板左侧那位皮肤白皙、眼神清亮、神态自信的少年，以一组龙飞凤舞的符号率先结束了所有的演算。

“完成。”

台下的大学生聚在一起，手忙脚乱地核对着答案。

“傅里叶变换？他居然知道用傅里叶变换解微积分？”

已经回到自己座位的少年接过寇亭亭递来的湿纸巾擦手，慢悠悠地回应。

“我不会错。如果和答案不一致，是答案错。”

“哦！”云泽二中高三九班的全体同学高声欢呼并鼓起掌来，“三比零，我们赢了！”

身为演算者的头号迷妹，姜珠渊过于手舞足蹈，加上桌子下面有两条陌生的长腿不安地动弹，整张凳子失去重心朝后倒去；这一倒引起了后方书桌的连锁反应，摞起来的书山瞬间倾斜跌落。坐在她身后，正专心看比赛的男生猛然被书脊打中了下巴。

他“唉”了一声；姜珠渊意识到自己的鲁莽，急忙转过身来整理：“对不起。”

“算了。”他缩回一双长腿。

同桌寇亭亭转过身来帮忙整理散了一桌的书；等姜珠渊将书都恢复原样，又突然觉得不对。

“怎么了？”

她没有马上回答寇亭亭的疑问，而是一边拧着手里的果汁瓶，一边扭过头来，两条浓密又漂亮的眉毛下面，一双杏眼越过书山，狐疑地看着那个被书打中下巴的男孩子。

男孩子一双细长的眼睛越过书山，正专注地看着板书；倏地，他眼神一转，与姜珠渊目光相碰。

这人不是我们学校的！

寇亭亭不以为意：“和他们一起来踢馆的呗。”

他刚才看她的两道目光虽然淡淡的，却像是烙在了视网膜上一样清晰：“嗯……不像。”

“马上马上……”黑板右侧那位来踢馆的大学生，抓着文化衫的前襟，使劲擦擦脸上冒出来的汗，急急地写着最后两行，“我完成了！”

两个人的答案一模一样，都正确，只是完成时间相隔了三分多钟。

很显然，无论是解题方式还是耗时，这道题他又输掉了。

“……怪不得比我快，这字也太潦草了！ α 和 a 分不清楚。”

面对这种挑剔，教室里响起一片嘘声。

“那你们就应该找个写字快的上来比试。”代表东道主说话的是班长毕赢，“我们比的是数学，不是书法。”

“还有这里，明明少了关键一步，怎么直接得出了复频域？还有这里……”

“你不说看不清楚吗？虽然少了一步，但这一步所需要的欧拉公式对于你们来说应该是常识吧。连我都看出来了，你看不出来？”

大学生一时语塞。他没想到自己平时数学类大奖小奖拿到手软，今天会在一个县城高中吃瘪，不由得求助地看了一眼台下。

同伴们都露出了失望的神色——他们是格陵大学数学系大二的学生，听说云泽二中有位天才拒绝了本系的保送，心中不忿，于是组织了一帮高材生前来踢馆。

本想着己方接受了两年的专业学习，肯定要让让这帮小弟弟；没想到第一局的线性代数就输了，接下来的解析几何和微积分也被吊打。

这个看上去和普通高中生没什么两样的少年，一做起题来，自信又沉稳。现在他坐回了自己的座位上，就像一位刚 KO 对方的拳手一样，坦然地接受着前后左右的祝贺与欢呼。

如果仔细看，就会发现他的眼神其实一直偷偷地跟随着班花寇亭亭——当她脸上也露出了赞许的神色时，他的高兴和腼腆才像个青春期的男孩子。

“那个……再来一局！”

“怎么？输不起啊？”曹慎行气势汹汹地站了起来，两只拳头砸在桌上，“咱们可是说好了，谁输了就光屁股去操场跑十圈！你脱不脱？！”

见这膀大腰圆的高中生眼神炯炯地盯着自己，大学生不禁后退了一步，双手护胸："你……你干吗？"

"你不脱，我帮你脱！"

"你们在干什么？！"

一道清亮而严厉的女声突然响起，数学老师兼班主任纪永姿突然出现在教室门口。

毕赢立刻收起了咄咄逼人的神色。曹慎行更像是猛然缩小了几圈一般，悄悄地把刚才踢开的凳子挪挪正，乖乖地坐下。

就连姜珠渊身后的细长眼睛也突然屏住了气息。

而刚赢了比赛的少年辛牧之，掩不住得意的声调："妈……纪老师，没什么，有人来找我比赛。已经输干净了，马上就走。"

姜珠渊陶醉地托着腮："亭亭，你说辛牧之是不是天下无敌？"

身后传来一声闷笑。她恼怒地转过头去，两条眉毛几乎拧成了麻花。

细长眼睛坦然地接受了来自她的一通乱射，又垂下眼帘，不知在想什么。

纪永姿面容姣好，气质沉静，看上去最多只有三十五岁，很难想象会有辛牧之这么大的一个儿子。她性格柔中带刚，为人处事不偏不倚，很有一套教学育人的方法，一向深受学生敬重与喜爱。

"毕赢，你说。"纪永姿转而问班长。

"他们是格陵大学数学系的学生，突然跑来说要比赛。三局两胜，结果连输三场。"

曹慎行举手道："光屁股跑圈也是他们自己答应的，老表说，要不还是把裤衩穿上。他们说不用！"

面对这一帮荷尔蒙过剩的高中生，纪永姿先是让他们七嘴八舌地说了一通，然后才示意安静："好了，我知道了。"

纪永姿走上讲台，拍了拍那泫然欲泣的大学生。

"你是 ××× 吧？我在去年格陵的数模会场见过你。那次你拿了一等奖，很厉害。"

轻柔的话语多少抚慰了大学生受伤的心灵。

可是转念一想，今天却输给了毛头小子，不由得更加惆怅。

纪永姿看了一眼写满公式的黑板。

“辛牧之，你上来。和这位同学一起，把对方的板书擦干净。”

毕赢站起来：“纪老师，我来擦。”

“不。让辛牧之自己擦，一个字一个字，慢慢地擦。”

既然班主任发了话，两人只得乖乖地一个字一个字地擦起黑板来。

大学生嘟嘟哝哝地嫌弃辛牧之的字：“太潦草，还缺少关键步骤，高考一定会扣分。”

“手速跟不上思维而已。怎么，不服气？”辛牧之边擦边轻松地笑，“你的算法本来就繁琐又过时。”

“你什么意思？”

“友谊第一，比赛第二这句话听过吧。”

“这么老土！”

“对了，你的算法差不多就是这么 out。”

“你胡说什么？这是我们这学期刚讲过的内容！公式定律只有经典，没有过时这一说！”

“你们老师水平有限。我可不这样认为。”

“好了。看来你们双方都挺不服气。”站在讲台下方的纪永姿微笑，“那么听听其他人的想法吧。到底是‘友谊第一，比赛第二’，还是‘成败论英雄’——比赛的最终目的到底是什么？”

她转向毕赢：“毕赢，你来说吧。”

被点到名的毕赢站起来，推了推鼻梁上的眼镜。

“挑战对手，学习对手，从而成为更优秀的自己，这就是竞争的意义。”

纪永姿赞许地点了点头。

“所以请在擦掉前，一个字、一个字地，好好学习对方解题的思路吧。”

温柔而清晰的话语，蕴含着隐隐的力量。

大学生仿佛给人泼了一瓢凉水般冷静下来，认认真真地看起辛牧之的算法。

一旦抛开抗拒的心情，小兄弟精妙的思维方式真是令人击节赞叹。

一行行公式，印进脑海里。

黑板擦完，他也学会了。

临走之前，他认真地对辛牧之道谢。

“谢谢你，我今天学到很多。我们一定要再见面。”

等大学生们都离开了，纪永姿又面向全班抛出了一个新的问题。

“解题要用到的知识超纲了，我们在课堂上没有讲过。但同学们刚才都看过演算方法了——认为自己学会了的请举手。”

全班大约有三分之一的同学举起手来。

细长眼睛敲了敲姜珠渊的后背。

姜珠渊不明就里地转过来：“什么事？”

他声音里带着一丝惊奇和好笑：“怎么不举手？你不会？”

“很奇怪吗？没举手的人多了去了，你不也没举手。”

“我不举手有我的原因，我不是你的同学。”

“对啊，你到底是谁？你为什么坐在霍超群的座位上？霍超群呢？”

寇亭亭撞了撞姜珠渊的胳膊；纪永姿正看着她呢。姜珠渊赶紧结束谈话，坐正身体。

“能根据那位大学生的演算方法做出来的请举手。不能的，请放下。”

没有人把手放下来。

“能根据辛牧之的方法做出来的请举手。不能的，请放下。”

举起的手臂都静静地放了下来。

最后只剩下毕赢一个人还举着。

纪永姿看着毕赢，露出了一个肯定的微笑；然后她对辛牧之认真道：

“比赛一次，胜过练习百次。我想你也学到了一些。”

辛牧之清澈的目光定格在干净的黑板上，终于他也点了点头。

姜珠渊悄声问寇亭亭："你懂不懂纪老师在说什么？"

"虽然我不懂，但一定是在教训他。"

"有时候纪老师说的话比禅机更难琢磨。"

细长眼睛插嘴："禅机是什么？怎么写？"

"禅机就是很馋的鸡，咯咯哒。"

寇亭亭捂着嘴笑了起来；他知道她在嘲讽："我虽然不懂禅机，但我懂你们老师在说什么。你想知道吗？"

"说什么？"

"你想知道？"

"当然。"

"不告诉馋鸡。"

纪永姿目光锁定在这一直发出声音的两排。"姜珠渊后面的那位同学很面生。你是哪个班的？以前……怎么没有见过你？"

在全班人的注目礼下，细长眼睛镇定自若地站了起来。

他实在是经得起几十双眼睛的洗礼——简单的白 T 恤和牛仔裤穿在他身上，颀长挺拔，神采俊朗，比这帮青涩的高中生要有味道得多。

"我不是这家学校的学生，也不是格陵大学的学生。"他慢吞吞地回答，"不过，我们以前见过面。"

纪永姿一怔，复又疑惑地皱起眉毛，脸上表情阴晴不定。

在纪永姿出神的间隙，细长眼睛好整以暇地弯下腰，拍拍姜珠渊的肩膀："姜珠渊？这个名字很有趣。珠渊是什么？怎么写？禅机是很馋的鸡，那珠渊一定是……"

"你，报上名来！我倒要听听是不是好听得像朵花儿一样？"

他笑笑，站直身体："我姓吴，明天的明，誓言的誓。"

"吴明誓——你骗谁啊，吴明誓？无名氏！"

纪永姿控制住局面。

“好吧，吴同学，你来到这里是有什么要和大家分享吗？”

吴明皙在听纪永姿说话时，面上的表情总像在控制着什么；而听到“分享”两个字的时候，嘴角终于不自主地抽动了一下。

但很快他就恢复了平静。

“我来看看传说中的辛牧之到底有多厉害。”如果只是这句话也就算了，他很快补了一刀，“不过如此。”

“哦……”男生开始起哄，曹慎行更是将书桌拍得震天响；姜珠渊把头转向了辛牧之；后者摇着头，将一支笔丢到桌上。

嚣张的人他见得多，不少这一个：“别费劲了。我不吃激将。”

吴明皙没有再说什么。在如山的倒彩声中，他走上讲台，拿起一截粉笔，开始疾书。

很快大家都看出来了：“哦，他在做第三题！”

他选用了辛牧之的方法——傅里叶变换，但切入点是大家都懂的正弦波。

他一行行流畅地书写，仿佛一名侠客，用最简单的剑术一点点地拆招；讲台下的人也聚精会神地看着。

看到最后，姜珠渊不由得“啊”了一声。

其实这道题她没看懂题目，但吴明皙的演算过程，居然令数学渣的她好像明白了什么是傅里叶变换，即是从不同的角度去归纳和总结复杂的信息，化繁为简。

而这种方法应用在微积分计算中，可以把繁杂的计算变成最简单的加减乘除。

再回过头去读题目，她醍醐灌顶。

她不由得看了一眼站在讲台一边的纪老师，很明显她也有些怔忡，呆呆地看着吴明皙板书的背影，攥紧的双手暴露出紧张的内心。

姜珠渊从未见过纪老师这样不淡定过。

板书结束，吴明晢朝后一扔粉笔头，不偏不倚地落进了粉笔盒里。

“不明白的，请举手。”

良久，无人举手。

吴明晢的目光落在了姜珠渊身上。那眼神仿佛在说——连你都懂了，我很安慰。

他拍了拍手上的粉笔屑，眼神又投向辛牧之：“想知道我的真名吗？”

“别多想，你的名字也没有那么重要。”

“好。那你觉得什么重要，都可以拿来做赌注。”

姜珠渊的心提到了嗓子眼儿，她能感觉到寇亭亭也屏住了呼吸，两人的手偷偷地在课桌下握在了一起。

辛牧之重新拿起笔在指间不停转动；坐在他身后的曹慎行拍着他的肩膀，一会儿轻捏，一会儿轻捶，似在怂恿，又在支持。

终于，笔被啪的一声拍在桌上。

“你输了，不仅要告诉我你叫什么，还要告诉我你读哪间学校，你的数学老师叫什么，你看哪些参考书。”

“好。如果你输了呢？”

“我输？好，所有来挑战我的人，我都是这项赌注——如果我输了，就请所有人去老饕门吃一天。随便点，随便吃。”

“老饕门？你干妈开的那家饭店？‘格陵十大不可错过美食’之首？”

辛牧之有些疑惑：“我的事你倒很清楚。”

吴明晢笑了笑，走到他的课桌前。

不甘示弱，辛牧之也站了起来。

两人交耳，又很快分开。

“给你七天的时间准备。再见。”

他扬长而去。

第一天。

女生寝室内，盥洗时间。

“这个吴明誓到底什么来头？看上去好有气势。”

“你别看他穿得很简单，都是牌子货哦！”

“而且长得好帅呀！”

寇亭亭吃完饭回来，就听到这几句对话，不由得好笑：“人都走了，还在回味。”

“真的很帅嘛，哪像我们班上的那些男生，又丑又臭，除了辛牧之。”

正在书桌前奋战的姜珠渊摘掉耳机，抬起头来，挥挥手里的糙米棒：“亭亭，我入门了！傅里叶变换！真的好好玩，时域、频域随便切换——我讲给你听啊！”

“辛牧之刚给我讲过，我没有听懂，听不懂就算了吧，反正考试不会考。热得快呢？我要烧水。”

另一名室友从床上探出头来：“亭亭，今天会不会有突击检查？我的电热杯还放在桌上呢。”

“我妈说没接到通知。”寇亭亭的妈妈是宿管，“不过还是要注意用电安全。尤其是珠珠你哦。”

姜珠渊指指桌上一块被灼烧过的痕迹:“你看这里,我怎么可能忘记？”

两人相视一笑。

“等我洗好了，来给你刮腿毛。”

“好。”

刮完腿毛也熄灯了，两个女孩子一起往床上一窝，姜珠渊躺着，寇亭亭坐着，将她的腿放在自己腿上，打开一瓶身体乳。

“刮完毛一定要擦护肤膏，不然毛囊会受伤的。”

“如果我像你一样一点汗毛都没有就好了。你都不出汗。”姜珠渊递了一块水果干到寇亭亭嘴边，“亭亭，你说那个吴明誓会不会真的再来？”

“哦？挑战书是他下的，他应该会再来。”寇亭亭道，“怎么？你很期待吗？”

那双似笑非笑的细长眼睛浮现在姜珠渊脑海中。

她往嘴里丢了一块草莓干。

“不期待，完全不期待。”

第二天。

教室内，课外活动时间。

一对白嫩的小手执起 DV，打开电源。

取景框里映出的是明烈的日光穿过被风吹起的窗帘，一张张整齐书桌，一片片汪洋书海。

镜头转动。

“嗨，珠珠，抬起头来。”

穿着运动服，正在吃话梅的姜珠渊闻声抬起头来，见是寇亭亭在拍 DV，很自然地做了个经典的 V 手势。

“来，就剩你没有自我介绍了。”

“其他人都录过了？”

“嗯。”

“大家好，我叫姜珠渊。我的兴趣是吃东西和刮腿毛……”

“停停停，这个就不用说了，说说你的心仪大学和专业。”

“当然是格陵农业大学的公共营养专业。我要学习吃什么，怎么吃，好好吃。你呢？”

“我啊，我想读幼儿教育专业。”

“有这种专业吗？”

“当然，格陵师大就有。我一定会努力考进去的。”

“一起加油！”

“走，拍他们去。”

寇亭亭和姜珠渊两人轮流拿着 DV 这里拍拍，那里拍拍——辛牧之和毕赢在打乒乓球，曹慎行领着十几个人在练军体拳。有人翻双杠，也有人玩纸牌。

“哎，亭亭你过来。你上次是不是偷拍辛牧之挖鼻孔了？”

“没有，我从来不拍同学出丑。”

“不行，让我们看看。”

“你们其实是想看我上次去遥湖拍到的美女吧。喏，看吧。”

“嘿嘿嘿！”

一班男生和寇亭亭研究录像时，姜珠渊问辛牧之。

“你一点都不担心比赛吗？”

辛牧之摸着球拍脱胶的地方，耸耸肩：“为什么要担心？”

毕赢拿起凉水壶，喝了一口，爽快道：“直说吧，你担心会输？”

辛牧之吃惊地看着扭捏的姜珠渊；后者心虚地别开脸。

“喂，姜珠渊，他不就是教会了你一道题？你身为我的后援会总会长，要叛变？”

“没有，”姜珠渊急忙解释，“我只是觉得这个人和之前来找你比赛的人都不一样。其他那些人呃……他呃……”

“我替你说吧。用剑法来打比方，辛牧之的剑法精妙绝伦，这个人的剑法大巧不工。但决斗时不存在最好的剑法，只有最合适的拆招。”

辛牧之和毕赢相视一笑，对了对拳。

“还是你懂我。”

“当然，没有你，我是第一，有你，我是第二。但我很高兴我是这个第二，而不是那个第一。再来！”

第三天。

教学大楼楼顶，晚自习前。

“我就知道你们在这里。”姜珠渊拉着寇亭亭气喘吁吁地爬上楼顶，指着明显正在密谋的五个人，“辛牧之、毕赢、曹慎行，还有成少为——

既然你在，也少不了缪盛夏！”

“为什么？”原本躲在成少为身后的缪盛夏无可奈何地探出头来。

“为什么？因为你们两个孟不离焦，焦不离孟。”

成少为和缪盛夏对视了一眼，突然往对方下三路招呼。

“你好，老焦！”

“你好，老孟！”

“喂！请注意这里全是刚成年少男少女好吗？”

“好了，不玩了。”缪盛夏从腋下夹着的皮包里拿出一份对折起来的资料，“毕赢说的那个吴明誓，原名叫 Patrick Shin，出生于美国马里兰州，今年二十一岁，刚拿到普林斯顿大学数学学士学位。他父亲叫 Albert Shin，是欧拉基金会主席。总而言之，是名副其实的高富帅，还比我多一个‘聪’。”

“就这些？”

“能找到的只有这些，这人还挺神秘。”

辛牧之拿着那张 A4 大小的纸翻来覆去地看了半天。

“这么戏剧化的发展拿来讲给谁听都没办法相信吧？一个和我的人生轨迹完全不同的人突然出现，向我挑战，你以为是在写言情小说？他到底有什么目的？”

“那就要问，他在你耳边到底说了什么了？”

辛牧之不语。

成少为谆谆善诱：“牧之，我看着你长大，有什么话不能对他们说，总可以对我、你的干哥哥说吧。”

辛牧之靠着栏杆，托着腮，出神地望着远方。

“想想，你一出生我们就认识了……”

“求求你不要又说那一套在火车上帮我妈接生，如何惊心动魄、充满母性光辉了。再发展下去，我的脐带都是你咬断的了——拜托，你当时才四岁。”

“可那都是事实！是缘分让我们两家人在火车上相聚相知，是信任让干妈投资老饕门，是爱……”

“够了，闭嘴，我说。他说要和我分享我最重要的人。”

姜珠渊立刻看向寇亭亭。

“傻瓜！当然是辛牧之的妈妈纪老师了。”

五脸震惊。

“谁也不准把这件事告诉我妈。”

“真没想到，他是冲着纪老师来的啊！”

“这几天我妈也怪怪的。”

“怎么？上课的时候倒不觉得。”

寇亭亭道：“一个人的胃口是瞒不住的。这几天我妈特意做了纪老师爱吃的菜，她也没吃几口。”

大家面面相觑之余，似乎也没有什么好的方法去解决这个尴尬的问题。

要知道，纪老师对他们来说都很重要。

刚升上中学时，他们都是问题多多的少男少女。

对于寇亭亭来说，是纪老师帮助妈妈戒酒，并推荐她得到了宿管的工作。纪老师交生活费和他们一起搭伙吃饭，辛牧之给她补习也完全免费。如果没有纪老师，她就只能和酗酒的妈妈混在一起，长此下去，她会心态扭曲，甚至不择手段地摆脱这种生活。

对于毕赢来说，是纪老师帮助他认清在家人吹捧溺爱下的自己原来有那么多局限。如果没有纪老师，也许他会变得心胸狭窄、满心嫉恨，甚至会通过伤害一直比他强大的辛牧之来树立自信心。

对于曹慎行来说，是纪老师在他被父亲暴打时保护了他。如果没有纪老师，他早就被打死了，又或者将自己在家庭中承受的暴力转接到别人身上，成为充满戾气的暴徒。

对于成少为来说，是纪老师改变了他原本阴暗多灾的生活。没有纪老师的倾囊相助，就没有老饕门的重振，也不会有现在这个意气风发的他。

对于他们每个人来说，纪永姿都是很重要的存在。

可是纪老师到底在烦心什么，他们却不知道。

大家各有各愁，只有姜珠渊和缪盛夏的感受相对浅一些。但纪永姿一直都是姜珠渊的偶像，她也不想看到一向优雅端庄的纪老师深陷烦恼。

“所以他说的分享到底是什么意思？”姜珠渊道，“其实我们每一个人都在和你分享纪老师，也许他并不是那个意思。”

六双眼睛齐唰唰地看向姜珠渊。

“哪个意思？”

姜珠渊的眼珠骨碌碌地转了一转。

“那个意思？”

“……珠珠，你学坏了！”

第四天。

姜家，上午八点半。

今天放假。

走下楼梯的姜珠渊一边打哈欠，一边把夹在内裤里的睡裙扯出来。

“毛姨——有粽子吗？”

毛姨从楼梯下探出头：“家里有客人。”

姜珠渊这才看到端坐在客厅里的哥哥姜金山及女友官瑜。

打过招呼，她又埋怨道：“哥，你带官瑜姐回来怎么不提前说一声？”

当众扯内裤，她一点形象都没了！

“不是约好了等你放假，带你去格陵吃好吃的吗？”

姜金山和官瑜两人相亲认识，谈恋爱已有两年多的时间。两人一有空就会带姜珠渊出去品尝美食。今天他们要去格陵办事，顺便预订了百丽湾一家咖啡馆的早午餐。

只要给吃的，姜珠渊的眼睛就会发光。美食面前，她把学校里那些糟心的事情全抛在脑后，专心品尝起来。

她不仅有一双杏仁大眼，还有一口洁白好牙，吃东西不紧不慢，珍惜又充满活力，让看她吃饭的人都觉得无比幸福。

姜金山和官瑜约好了下午三点再来接她回家，保持电话联系："你一个人可以吗？"

"我都十八岁了，当然可以。"她也想自由活动一会儿。

一个人坐在海边吃东西，真是难得的享受。吹着海风，不喝酒都有微醺的感觉。

姜珠渊想象着自己是一名成功的职业女性，结束了一周的充实工作，正在海边度过周末。她优雅地拿起刀叉，切开面前的蟹饼……

"是你，藏珠于渊。"

姜珠渊原来绷紧的两颊瞬间垮下来。她抬头一看，吴明誓站在面前，居高临下地挥了挥手。

"你怎么会在这儿？"

两人几乎是异口同声。停了十秒，又再次一起出声。

"一个人？"

真没想到会在这里碰到他/她。

"是你，Patrick Shin。"

他对于她知道他的名字似乎一点也不惊讶，施施然地坐下，跷起二郎腿。

"看你吃饭真是特别有食欲。"

一想到他挑战辛牧之的目的是纪老师，姜珠渊的心境就有些微妙。

Patrick Shin 把玩着面前的筷架："刚才明明在幻想自己是优雅的成年女性，现在这又是什么表情？"

"没，没什么。"

姜珠渊掩饰地咬了一口热腾腾的蟹饼。

"这么小的岁数就有心事，不好，不好。"

"我看是你有什么想说。"

Patrick Shin 摸了摸鼻子。

“纪老师教你多久了？”

“三年。我刚转学到云泽就到了她的班上。”回忆起往事，一抹微笑不知不觉地爬上了姜珠渊的脸庞。

“中学转校，会不会不习惯？离开了熟悉的环境，要重新交朋友，还要适应不一样的教学方针。”

“是啊。为了让我快点融入集体，纪老师帮了我很多。不过我干吗要告诉你呢？”

“平时，她会偏心自己的儿子吗？”

“不觉得。相反，她对辛牧之比对我们都要严厉得多。”

“这也是一种偏心吧。”

“你问了这么多，如果想知道，那来当纪老师的学生好了。不管你有多厉害，她教你也绰绰有余。”

“我并不只想当她的学生。”

闻言，她又流露出了那种复杂的眼神。虽然不知道原因，但他觉得她的反应挺有趣。

“我吃好了，拜拜。”

姜珠渊背上包，向沙滩走去。

她一边走，一边踢着脚下的沙子。

突然，她停了下来，转头问跟在身后的 Patrick Shin：“你跟着我干吗？”

“这片海是你家挖的？”

姜珠渊撇撇嘴。

“你这个人，表情很丰富。”

“你这个人，心思很复杂。”

“你想知道？”

姜珠渊不理他，在沙滩坐了下来，眺望着远方。

"喜欢看海？"

"我不清楚纪老师喜不喜欢看海。"

"我问你。"

"你不觉得这片海就像你之前讲的傅里叶变换吗？"海是无限的函数集合，在时域和频域会有不一样的轮廓，甚至只要找对了角度，还可以把这一片波涛汹涌化为一个点，"真的很神奇，感觉可以应用在很多方面。"

她所说的正是傅里叶变换的原理。三天前还完全不懂傅里叶变换的她，现在却能联想到这么远，而她脸上的表情，正像是吃到了无比美味的食物一般，让身边的人也感染到了那种幸福和充足。

"谢谢你教了我傅里叶变换。"

"不用谢，知识本来就会从高往低流。"

姜珠渊看了他一眼，道："哎，人之患，在于好为人师哦。"

她刚说完，便疑惑地皱起了眉头。这句话——怎么似曾相识？不待她深想，他道："什么？什么人之患？"

哦，他是ABC，估计没有学过博大精深的古代诗词："你知道吗？中国古代就有一个很厉害的数学家已经描绘过傅里叶变换了。"

"哦？"

"苏轼是北宋年间有名的大数学家，他是这样描绘傅里叶变换的——横看成岭侧成峰，远近高低各不同。不识庐山真面目，只缘身在此山中——是不是很厉害？"

"厉害。"

姜珠渊大笑起来。

"你在糊弄我，对不对？"

"哈哈哈哈，对。"

但他一点也不觉得被冒犯了。相反，看着她开怀大笑，他也发自内心地感到轻松愉快："其实每个人都会傅里叶变换，只是自己不知道罢了。人不总有把复杂的事情想得简单，把简单的事情想得很复杂的本领吗？"

姜珠渊止住笑，认真道：“对，其实简单的事情不应该复杂化。那我就直接问了。”

“你想问什么？”

“你是要当辛牧之的继父吗？”

Patrick Shin 先是睁大了眼睛，继而爆发出一阵抑制不住的大笑。

他笑得那么畅快，前仰后合，一头栽进了沙子里。

“你笑什么？”

“不，其实我不想笑，可是我不笑的话，可能会想吐。怎么办？喂，这种微妙的、有点恶心、又想爆笑的感觉是什么？”

“是有病。”

“你们都这样想？”

“没办法不这么想吧？你说要和他分享纪老师，又说不想当纪老师的学生。那想干什么呢？”

Patrick Shin 翻身站起，抖了抖沙。

“话语是心境的映射。如果你没有先设定好坐标轴，不会说这种话。”

“什么坐标轴？”

Patrick Shin 避而不谈：“你听说过科赫的雪花吗？”

第五天。

晚自习后，教室外。

学生都已离开，纪永姿拿着一支电筒，正在做最后的巡查。突然一个人影出现在走廊尽头。

“纪老师。”

“姜珠渊？怎么还没回寝室。”

“我来拿草稿本。”

等她取了草稿本出来，纪永姿笑道：“老师看看，你又在研究什么？”

姜珠渊翻开草稿本：“科赫的雪花。不过我还没搞明白，纪老师，您能给我讲讲吗，为什么包围着有限面积的会是无限周长？”

纪永姿抚摸着草稿本上的雪花图案，久久不能言语。

“纪老师，您怎么了？”

“……没事。快回寝室吧。”

第六天下了一天的雨。

“珠珠，泡面吗？”

“泡！拿我的火腿肠来。”

“老表，卷子做完了吗？”

“做完了，给你。”

“辛牧之，这道题……”

“我看看。”

第七天。

吃完中饭，姜珠渊咬着饭勺走进教室。

“亭亭，我突然想到一个方法来对付那个 Patrick Shin……”

Patrick Shin 还是坐在霍超群的座位上，穿着白衬衫，西裤，打着正式的领带和领夹。

而辛牧之正在穿他有重要赛事时才穿的那件白衬衫，寇亭亭麻利地在自己的脖子上打着领带，然后拿下来给他套上，拉紧。

气氛好严肃，仿佛生死决战。

姜珠渊急忙溜到自己座位上，摸摸发红的耳朵。

“是今天吗？不是七天吗？今天是第七天？”

Patrick Shin 看着她，突然眨了一下右眼。

“什么方法？我很好奇。”

比赛的方法很简单，在一个大题池内由两人分别选题进行演算，直到分出胜负为止。

“所以胜负的依据是什么？不如也简单点，只用时间来决定。”

“OK。”

第一道是数列题。

那边已经开始演算，而 Patrick Shin 却足足看题目看了一分钟。

辛牧之一边演算一边揶揄：“怎么，被人点了穴？这么简单的题目，我可不会让你。”

Patrick Shin 笑了笑，上前一步，在右下角率先写出了答案。

紧接着，他开始倒推步骤。

于是黑板上便出现了奇怪的现象，辛牧之和 Patrick Shin 从黑板的对角线开始写起，一个正，一个反。

而辛牧之的演算过程，不再像以前那样跳脱，而是老老实实地将每一步都写清楚，所以两人几乎是在同一时间完成了演算。

第二题是解析几何。

这次 Patrick Shin 没有反推，而是和辛牧之一样，从头写到尾。

他们解题的步骤差不多，又是同一时间完成。

没想到赛况一开始就如此胶着。姜珠渊咬着下嘴唇，望着辛牧之奋笔疾书的背影。

Patrick Shin 手里的粉笔断了，他转身来讲台上取新粉笔时，抬头看了姜珠渊一眼。

当他发现姜珠渊关切的视线停留在辛牧之身上时，隐隐感到了一丝不满。

再次打平。

第三题、第四题，每道题他们都几乎同时完成。

讲台下观战的同学们开始窃窃私语；等毕赢伸手去拿第五题的题目时，辛牧之道：“不用了。”

“为什么？”

“一道题也就算了，两道、三道、四道——是你，掐着时间点，好和我同时完成，故意不分胜负。”辛牧之道，“如果你觉得这样能羞辱到我，那就错了。大不了认输。”

“好。”

辛牧之看着他的板书，似乎要把每一个公式都印在脑海里。

“下次见面，我一定会比现在强。”

“下次见面是下次见面的事情了，不如先把赌约履行了。”

辛牧之这才想起来还有个约定，他脸上露出不知所措的表情。

“等一等，由我来出最后一道题。”

出现在教室门口的是脸色苍白的纪永姿。

从前有一个妈妈，她有两个儿子。老大和老二相隔一万米，他们分别以时速五千米相对而行。这位妈妈心里牵挂着大儿子，可又放不下小儿子，她以秒速五百米向大儿子走去，遇到大儿子后就折返向小儿子，遇到小儿子再折返……

请问在两个孩子重遇之前，这位妈妈走了多少米?

这是一道小学级别的奥数题，大多数人都能很快想到解题技巧，对于辛牧之和 Patrick Shin 来说更是不在话下。但是很奇怪，Patrick Shin 这回真像被人点了穴一样，一动也不动。

毕赢急得和辛牧之打眼色：“快说啊。答案，答案。”

辛牧之迟疑道：“一千八百公里。”

Patrick Shin 顿了一顿，将粉笔放在讲台上。

“我的中文名字是辛律之。我的数学老师是我的父亲，Albert Shin，辛家明。我会列一个书单给你。”

“你也姓辛？”辛牧之奇怪地问，“你爸也姓辛？”

“当然，他马上就到。”

突然间有哒哒哒的声音响起。起初大家觉得这是耳鸣，但声音越来越大，越来越近，原来是从窗外传来的，大家纷纷探头出去看……

“看那里！”

空中有一个黑色飞行物，越来越大，越来越近，原来是一架直升机。

“哦，缪盛夏啊。”

“不是他，他的直升机不是这个样子的。”

“那还有谁？”

“哦哦哦，要停在操场上了！”

“快，下去看看。”

直升机的轰鸣声吵得几乎听不见对面的人声。大家一窝蜂地往楼下跑，姜珠渊留在座位上，算刚才那道题：“匀速运动！那就只和时间有关了。原来这么简单。”

她起身去追大部队。

下楼的过程中，姜珠渊突然脚下一滑，幸好身后有人扶了一把。

“谢谢——辛律之？”他不是早下楼了吗？

但细细看上去，他脸上那股苍秀的神气又和Patrick Shin完全不一样。

他似乎也在审视着她，那眼神就好像他们已经认识了很久。

她不是她。

他松开手。

姜珠渊站稳了。不知何时，辛律之又出现在前方的楼梯底部，双手插在裤袋里。

“走得真慢。”

“你快，你瞬间移动。”姜珠渊撇撇嘴。

她漂亮聪颖，活泼可爱，充满灵性，一点就通。

这一趟能遇到她，真是意外之喜。

傅里叶投射时域的不确定，话语反映一个人的心境。

“你怎么老是和我驳嘴？”

“你说什么呀，我没有。”

“没有？明明就很在意。”

“你……”她突然明白坐标轴的意思了。

两朵红晕慢慢爬上了她的脸颊。

其实我们每个人都不知道下一步会遇到什么。

但命运早已编排好它的齿轮，环环相扣，有条不紊。

映射到每个人身上，远近高低，跌宕起伏。

我们所见命运的不确定性，也正是它的精彩之处。

直升机停在了操场上。

舱门打开。

7号宇宙的故事才刚刚开始。

图书在版编目（CIP）数据

万食如意 ：全 2 册 / 金陵雪著. 一北京 ：中国华侨出版社，2017.9
ISBN 978-7-5113-7016-7

Ⅰ. ①万… Ⅱ. ①金… Ⅲ. ①长篇小说一中国一当代 Ⅳ. ① I247.5

中国版本图书馆 CIP 数据核字 (2017) 第 201424 号

万食如意

著　　者：金陵雪
出 版 人：刘凤珍
责任编辑：安　可
装帧设计：弘果文化传媒
经　　销：新华书店
开　　本：880mm×1230mm　1/32　印张：18.5　字数：330 千字
印　　刷：河北鹏润印刷有限公司
版　　次：2017 年 9 月第 1 版　　2017 年 9 月第 1 版印刷
书　　号：ISBN 978-7-5113-7016-7
定　　价：58.00 元

中国华侨出版社 北京市朝阳区静安里 26 号通成达大厦 3 层 邮编：100028
法律顾问：陈鹰律师事务所
发 行 部：（010）82068999　　传　　真：（010）82069000
网　　址：www.oveaschin.com
E-mail：oveaschin@sina.com

如发现图书质量问题，可联系调换。质量投诉电话：010-82069336